MEMORY EFFEKT

Psychothriller

von

Lena Sander

Sander-Lena@online.de
www.lenasander.de

Covergestaltung: **Lena Sander / Reiner Sander**
Titelbild: **www.fotolia.com**
Lektorat: Susanne Pavlovic **www.textehexe.com**
Korrektorat: Anke Höhl-Kayser **www.hoehl-kayser.de**

Impressum:
Lena Sander
c/o AutorenServices.de
König-Konrad-Str. 22
36039 Fulda

Bisher erschienene Titel der Autorin:

Zersetzt – Thriller

Exitus - Der Deal: Psychothriller

Prolog

Der Regen sammelte sich zu kleinen Pfützen auf dem unebenen Stahlträger. Sie sah einen Käfer, der ins Wasser gefallen war und verzweifelt versuchte, sich auf einen Schraubenkopf zu retten. Er strampelte. Sie hielt sich mit einer Hand an der Querverstrebung der Autobahnbrücke fest und beugte sich nach unten.

»Um Himmels willen, bleiben Sie stehen!« Die Stimmen drangen wie in Watte gepackt an ihr Ohr. Sie ruhte in sich. Hatte mit ihrem Leben abgeschlossen.

Worte konnten geduldig sein. Man konnte mit ihnen spielen. Sie beliebig aneinanderreihen und durcheinanderwürfeln. Sie dienten zur Kommunikation, doch gleichermaßen als Waffe. Jedes einzelne Wort konnte tief in die Seele dringen. Die Zunge war wie eine geschärfte Klinge und stach unerbittlich zu. Man konnte Menschen lenken und manipulieren, sie quälen und zerstören. Worte, sie waren die grausamste Folter.

Wie lange es wohl dauern würde, bis ihr Körper die Wasseroberfläche erreicht hätte? Ob der Aufprall zum sofortigen Tod führen würde? Was, wenn sie sich während des Sprungs anders entschied? Würde ihr die Zeit bleiben, um zu bereuen? *»Es gibt immer eine Alternative.«* Gab es einen anderen Ausweg, eine Lösung? Nein.

Vorsichtig nahm sie den Käfer auf und betrachtete ihn. Ein Insekt, ein Lebewesen, ein Geschöpf Gottes. Er kämpfte und würde niemals aufgeben. Vor einiger Zeit war sie noch wie dieses kleine Insekt gewesen, das sich gerade auf ihrer Hand trocken putzte. Sie hatte gekämpft und gestrampelt bis zur völligen Erschöpfung. War an unsichtbaren Mauern abgeprallt, immer wieder zu Boden gerissen worden. Ihre Seele war zerquetscht und ausgepresst worden wie eine reife Zitrone. Schon lange hatte sie den Boden unter ihren Füßen verloren. Kein Halt, kein Schraubenkopf, auf den sie sich hätte retten können.

Schwerelos. Einfach fallen lassen – loslassen. Alle Sorgen und Probleme, die an ihr hafteten, würden sich Stück für Stück von ihr trennen und zerplatzen wie Seifenblasen, sie würden zu bedeutungslosen Überbleibseln zerfallen und der Fluss würde sie davontragen. Die Lichter der Kranken- und Polizeiwagen spiegelten sich in dem dunklen, müden Nass. Ein Schritt. Nur ein Schritt trennte sie von der ewigen Ruhe, nach der sie sich sehnte.

Gleich würde sie es wissen. Loslassen, fallen lassen. Der Käfer klappte seine Flügel auf und wieder zu. Sie schimmerten in dem blinkenden Licht. Er schien sie anzustarren, dankbar für seine Rettung. Sie führte die Hand zu ihrem Mund und hauchte ihn an. Wieder klappte er die

Flügel auf. Und als wolle er ihr zurufen: »Komm«, hob er ab und flog davon. Sie ließ den Stahlträger los …

1. Kapitel

Juli 2014 – Der stille Schrei

Das Geräusch musste von ihr selbst stammen. Jedes Mal, wenn sie ausatmete, hörte sie dieses Zischen, begleitet von einem Pfeifen. Obwohl ausreichend Sauerstoff zur Verfügung stand – sie hatte schließlich gerade gelüftet – konnte sie kaum die Luft in ihre Lungen ziehen. Die Schmerzen waren so durchdringend, dass sie sich nicht auf Belanglosigkeiten wie ihre Atmung konzentrieren konnte. Er rammte seine Faust mit geballter Kraft in ihren Unterleib. Ein Gefühl, als würden ihre Organe zerquetscht und gewaltsam verschoben. Noch vor einer Stunde war sie so voller Hoffnung gewesen – Hoffnung darauf, dass es besser werden würde. Deshalb war sie auf diese Reaktion nicht gefasst gewesen – diesmal nicht.

»Du bist eine Schlampe, mein Schatz«, flüsterte er und zerrte sie an ihren Haaren über die Papierschnipsel, die er zuvor aus dem Ultraschallbild fabriziert hatte. Er packte sie an ihren Oberarmen. Seine Finger pressten sich wie Schraubzwingen tief in ihr Fleisch.

»Sieh mir in die Augen, wenn ich mit dir spreche, du

Hure!« Er hob sie an und stellte sie wieder auf ihre zitternden Beine. Noch bevor sie ihre Arme zur Abwehr erheben konnte, trat er zu. Der Stiefel bohrte sich in ihren Bauch. Sie knallte mit ihrem Rücken und dem Hinterkopf an die Wand. Schmerzen, sie hatte schon so viele ertragen müssen, doch was sie jetzt verspürte, hielt keinem Vergleich stand. Als hätte er mit diesem Tritt ihr Ungeborenes in einen Feuerball verwandelt, der sie von innen zu verbrennen drohte. *Oh Gott, hilf, hilf meinem Baby.* Ihre Beine gaben nach. Den Rücken an die Wand gelehnt, rutschte sie in die Hocke.

Sie hoffte darauf, dass seine Tritte dem Baby nichts anhaben konnten, hoffte darauf, dass ihr Körper es abschirmen würde und ihre Gebärmutter stark genug war, um es zu beschützen. Doch diese Hoffnung schwand, als sie die warme Flüssigkeit spürte, die an ihren Schenkeln herablief. *Eine Blutung im dritten Monat kann schon mal vorkommen, die muss nichts bedeuten, noch nichts bedeuten. Bestimmt. Gott lässt es nicht zu, das kannst du nicht, Gott, du bist barmherzig. Auch wenn ich bis heute nicht so recht an dich geglaubt habe, aber wenn du existierst, dann kannst du es nicht zulassen, hörst du?* Das Ultraschallbild setzte sich vor ihren Augen wieder zusammen. Festhalten, diesen einen glücklichen Moment, in dem sie das Bild zum ersten Mal gesehen hatte. Als die Hoffnung in ihr keimte, dass sich alles ändern würde. Diese Hoffnung, die ihre Gebärmutter jetzt abstieß und zerfetzte, so wie er es mit dem Ultraschallbild getan hatte.

Sie sah ihn wie ein Gespenst, unwirklich und doch wahrnehmbar, wie er den Telefonhörer in die Hand nahm, wie er die Tasten drückte und danach in der Küche verschwand.

»Ja, gestürzt, im Treppenhaus … schwanger«, konnte sie hören. Natürlich würde er seinen Kollegen vom ärztlichen Notdienst niemals erzählen, dass die Stufen verblüffende Ähnlichkeit mit seinen Stiefeln gehabt hatten. Sein Wort war Gesetz. Keiner würde ihm widersprechen oder an seinen Schilderungen zweifeln. Keiner wäre so dumm und würde seine Äußerungen hinterfragen. Warum auch, er war der angesehene Arzt, eine Koryphäe auf seinem Gebiet. Der Inhaber einer aufstrebenden Privatpraxis. Der Mediziner, der an unzähligen Wochenenden freiwillig den Dienst als Notarzt übernahm und sich rührend um seine – wie er es nannte – psychisch kranke Frau kümmerte.

»Natürlich habe ich die Erstversorgung bereits durchgeführt, was denken Sie denn?« *Oh ja, das hast du, die Erstversorgung.* Sie ließ von ihrem Bauch ab und spreizte ihre angewinkelten Beine. Das Blut hatte ihre Jeans bereits durchnässt und tropfte auf den Boden. Sie fuhr mit dem Zeigefinger hindurch. Warm. *Bitte, gütiger Gott, ich habe dich noch nie um etwas gebeten, bitte lass es nicht geschehen.* Im gleichen Augenblick veränderte sich der Schmerz. Krämpfe durchzogen ihren Bauch. Sie umklammerte die Knie und krümmte sich. Die Faust, die sie zuerst getroffen hatte, quetschte jetzt ihr Innerstes aus ihr heraus. Sie biss sich auf die Lippen und konnte ein Stöhnen nicht unterdrücken. Sie wusste, dass sie nicht schreien durfte. Schreie würden die Situation verschlimmern.

Du rufst nach mehr? Du willst eine Zugabe? Dann lass mich dich berühren, ganz sanft.

»Quatschen Sie nicht so lange, das können wir vor Ort klären.« Das Gespenst hantierte in der Küche. Die Kühlschranktür knallte zu, und kurz darauf konnte sie das wohlbekannte Geräusch des Kronkorkens hören.

»So eine Sauerei«, fauchte er, trat mit der Bierflasche in der Hand ins Wohnzimmer und kam einige Schritte auf sie zu.

»Wie willst du diese Scheiß-Blutflecken jemals wieder vom Parkett entfernen?« Sie zuckte zusammen. *Gleich berührt er mich. Ganz sanft.*

Er stellte die Flasche auf den Boden. Beugte sich zu ihr, hob sie hoch und trug sie zum Sofa. Danach sammelte er die Schnipsel des Ultraschallbildes ein und legte sie vor ihr auf den Tisch. Mit seinem Taschentuch wischte er notdürftig das Blut vom Boden, dann schob er den Hocker über den Fleck. Sie griff nach dem größten Schnipsel des Ultraschallbildes und presste ihn fest in ihrer Faust zusammen. Die Papierfetzen waren noch immer mit einem Hoffnungsschimmer behaftet. Auch wenn ihr Verstand das Gegenteil suggerierte. Der Schnipsel war wie ein Anker, an dem sie sich festhalten – nein, festkrallen wollte. So, wie man Papier zusammenkleben konnte, konnte man bestimmt auch ihr Baby reparieren. Reparieren, das war einer seiner Ausdrücke. *Kein Problem. Wenn ich etwas bei dir kaputtmache, dann kann ich es ja wieder reparieren.* Jetzt würde sie alles dafür geben, wenn er es wieder reparieren könnte.

»Was macht denn das für einen Eindruck, wenn die Kollegen gleich eintreffen und hier sieht es aus wie bei den Hartz IV-Müllers von nebenan?« Er starrte sie wütend an, als sie nach dem nächsten Schnipsel auf dem Tisch griff. Sie erwiderte seinen Blick für eine Sekunde. Den Mut, sich ihm entgegenzustellen, hätte sie nicht aufgebracht – auch nicht die Kraft.

»Sieh mich nicht so an. Du bist selbst schuld, wenn du das Baby verlierst. Das ist jetzt dein Problem«, fauchte er sie an und versuchte, ihre Hand zu öffnen.

Es war immer ihr Problem. Ob sie den falschen Fernsehsender eingestellt hatte, das blöde Buch las, den Knopf an seinem Arztkittel nicht fest genug nähte oder das Essen nicht rechtzeitig auf den Tisch brachte – ihr Problem. Ob sie nun schwanger war oder nicht. Sie hätte auch einfach ein Ei in der Küche fallen lassen können. Es war der Stress. Er hatte es nicht leicht mit seinen Wochenend-Schichten. *Komm her, Schatz, ich will dich berühren, ganz sanft.* Sie wollte nicht loslassen und presste ihre Finger noch enger zusammen. *Du Arschloch, du verdammtes Arschloch.* Mit der unbändigen Wut kam auch eine neue Welle der Krämpfe. Sie drehte sich zur Seite und kauerte sich zusammen. Doch diesmal ließen die Schmerzen nicht nach. Eine Armee von Soldaten, bis an die Zähne bewaffnet, marschierte durch ihren Unterleib. Granaten explodierten und Bomben zerfetzten ihre Gebärmutter. Eine Armee, die keinen Waffenstillstand kannte. Sie konnte das Leid und den Schmerz nicht mehr in sich hineinfressen und schrie – laut, zu laut. *Nun ist es so weit. Er wird mich berühren, ganz sanft. So sanft, dass ich es diesmal nicht überleben werde. Aber es ist mir egal. Dann gehe ich dahin, wo mein Baby gleich sein wird. Dahin, wo mich niemand mehr ganz sanft berühren wird …*

Sie musste das Bewusstsein verloren haben. Vor einiger Zeit hatte sie in einem Buch gelesen, dass Bewusstlosigkeit bei extremen Schmerzen eine körpereigene Schutzfunktion war. In einem dieser nutzlosen Bücher, wie er sich ausdrückte.

»Es tut mir leid, wir konnten den Abort nicht verhindern.« Sie hörte den fremden Arzt, doch eine Antwort blieb sie ihm schuldig.

»Haben Sie mich verstanden, junge Frau?« Sie starrte an die weiß getünchte Decke des Krankenhauszimmers. Schon seit sie denken konnte, hatte sie diese zwei Stimmen in sich vereint. Die Bauchstimme, die ihre Gefühle ausdrückte. Doch die zweite Stimme war die der Vernunft, die der praktischen und logischen Denkerin – der Realistin. Sie nannte diese Stimme Miss Logik.

»Ich injiziere Ihnen ein Beruhigungsmittel und etwas

gegen Ihre Schmerzen. Ruhen Sie sich aus. Wir unterhalten uns morgen.« Miss Logik: *»Sag es ihm, diesem fremden Arzt. Schrei es aus dir heraus, dann hilft er dir, dieser Hölle zu entkommen, das ist deine Chance. Los jetzt!«* Der Arzt drehte sich um, sah ihr in die Augen und schloss die Tür hinter sich.

Seit Jahren war sie eine Gefangene in ihrer eigenen Wohnung. Sie saß unter einer muffigen, gläsernen Käseglocke. Hinter dem Glas tobte das Leben. Junge Menschen, die lachend an ihrem Fenster vorbeischlenderten, und die Nachbarn, die täglich ihren Hund spazieren führten. Sie beobachtete ältere Personen, die sich auf ihren Rollator stützten und nur langsam vorankamen, aber auch Kinder, die sich auf dem Schulweg zu immer größeren Gruppen zusammenschlossen. Kinder … Und sie saß abgeschirmt unter ihrer stinkenden Glaskuppel. Manchmal durfte sie den Deckel heben und ihr Gefängnis verlassen. Die Zeit war begrenzt und die Kontrollanrufe auf ihrem Handy erfolgten punktgenau. Wäre sie nur eine Minute zu spät vom Einkaufen zurückgekommen, hätte sie etwas vergessen oder zu viel ausgegeben, hätte er sie berührt, ganz sanft. Um diese Situation zu vermeiden, gehorchte sie wie befohlen. Acht Jahre lang saß sie abgeschirmt unter der Käseglocke und wartete darauf, bis er es endlich geschafft hatte. Bis er es vollbracht hatte, Stück für Stück ihrer selbst abzutrennen.

Sie sah ihn vor sich, wie er mit dem Käsemesser ganz sanft durch den Schmelz glitt, Scheibe für Scheibe abschnitt, hinein biss und sich nach diesem Genuss die Finger einzeln ableckte.

Sie wusste genau, wann dieses Martyrium seinen Anfang genommen hatte, wusste auch den Grund dafür. Sie war schuld. Immer, wenn er sie berühren wollte, ganz sanft, war es ihre Schuld. Wenn sie vergessen hatte, seine Zigaretten einzukaufen, dann wurde sie gebrandmarkt. Musste die Verbrennungen als Konsequenz tragen, als Mahnmal. *Nein, musst du nicht!* Sie konnte sich niemandem anvertrauen. Diese Schmach hätte sie nicht ertragen. Dann waren die psychischen und physischen Qualen, die er ihr zufügte, bestimmt das kleinere Übel.

2. Kapitel

Februar 2015 – Das Sanatorium

Die Erinnerungen verfolgten sie und wollten sich auch nicht abschütteln lassen. *Was sagte die Therapeutin? Es braucht Zeit, viel Zeit ...*
Sie öffnete den Mund, in dem sich noch der letzte Bissen ihres Frühstücksbrötchens befand, um ihrer Tischnachbarin die Antwort auf deren Frage: »Und warum sind Sie hier, im Sanatorium?« zu geben. Dazu kam sie nicht mehr. Der Bissen blieb ihr im Hals stecken. Auch die nächste Frage: »Ist Ihnen nicht gut?«, konnte sie nicht einmal mit einer Geste beantworten. Sie hustete und rang nach Luft. Mit zittriger Hand versuchte sie, ihre Kaffeetasse zurück auf den Unterteller zu stellen. Die Tasse entglitt und zersprang auf dem Boden in unzählige Scherben.

»Kein Problem«, sagte James, ein Mitarbeiter des Sanatoriums, beruhigend. »Ich hole etwas zum Aufwischen.« Er, der gute Geist des Hauses, James, wie er sich selbst zu nennen pflegte. Keiner kannte seinen richtigen Namen. Wenn er danach gefragt wurde, winkte er ab, zwinkerte und sagte: »Der beste Butler heißt immer James.« Der groß gewachsene, schlaksige Kerl kümmerte sich um viele Belange der Kurgäste. Tatsächlich wie ein guter Butler, der wusste, was seine Gäste gerade benötigten. Sie hatte sich schon oft gefragt, ob James kein Zuhause hatte. Sie hatte den Eindruck, dass er immer gerade dann anzutreffen war, wenn man ihn brauchte, nicht nur in dem barocken Speisesaal, dessen Spiegelwände jedem vorgaukelten, dass der Raum um ein Vielfaches größer sei.

»Haben Sie sich verbrüht, gnä' Frau, kann ich Ihnen behilflich sein?« Sie fuhr auf ihrem Stuhl herum. James schüttelte eine gefaltete Serviette auf und legte sie ihr auf die durchnässte Hose.

»Danke.« Aus dieser Nähe waren seine tiefen Pockennarben gut erkennbar und die frische Schnittwunde, die er sich bei seiner morgendlichen Nassrasur zugezogen haben musste.

»Benötigen Sie die noch?«, war die nächste Frage von James. Er zeigte auf die Tageszeitung ihres Tischnachbarn, die mit Kaffee befleckt war. Ein Schwall seines Rasierwassers zog in ihre Nase – Tabac. Sie hustete erneut, konnte nicht antworten und klatschte ihre Hand mitten auf das nasse Papier.

Es gab viele Gründe, warum sie sich in diesem Sanatorium befand. Hier, in diesem alten Haus, dessen Innenarchitekt ein Verwandter König Ludwigs des Sechzehnten gewesen sein musste. War sie doch heute Morgen von ihrem Tischnachbarn, Herrn Silberkron, der sie gerade schockiert ansah, auf Mitte dreißig geschätzt worden. So rechtfertigte anscheinend allein schon ihr Aussehen diese Kur.

»Ich hätte Ihnen die Zeitung auch so gegeben, junge Frau. Die ist eh schon einige Tage alt. Sie hätten sie nicht extra mit Kaffee tränken müssen.« Herr Silberkron lächelte, schüttelte die letzten Tropfen ab und reichte ihr das nasse Papier.

Ein Trugbild. Das, was sie zuvor nur aus dem Augenwinkel hatte erkennen können, war bestimmt eine Täuschung – ganz sicher. Sie nahm die Zeitung in die Hand, schlug sie auf und starrte wie paralysiert auf die Anzeige:

Freiburg,
im Januar 2015

Ganz ohne Vorbereitung,
so plötzlich, viel zu früh verstorben.

Mia Kronen

*** 15.5.1986 † 25.1.2015**

In tiefer Trauer

Plötzlich wurde die Welt um sie herum aus den Angeln gehoben. Es fühlte sich an, als stünde sie auf einer Hängebrücke. Den tiefen Abgrund vor Augen, dünne Seile, die kaum einen Halt boten, und morsche Holzplanken, die beim nächsten Schritt nachgeben und ihr den Weg in die Tiefe eröffnen würden. Die Kaffeeflecken flossen vor ihren Augen ineinander und bildeten abstruse Formen. Der ausgestreckte Zeigefinger, den sie jetzt sah, deutete auf ein Wort. Dieses eine Wort sprang aus der Zeitung direkt auf ihre Stirn, fraß sich durch die Haut, suchte sich den Weg über ihre Gehirnwindungen und brannte sich tief in ihr Gedächtnis.

»Verstorben.« Wie auf einer großen Leuchtreklametafel blinkten die Buchstaben. Sie, Mia Kronen, sie, die gerade mit achtundzwanzig Jahren einen Kuraufenthalt angetreten hatte, war tot.

3. Kapitel

Ihre Welt war zuvor schon verschoben gewesen, doch jetzt vibrierte der Boden unter ihren Füßen beängstigend, wie bei einem Erdbeben.

»Das gibt es doch nicht«, schrie Mia hysterisch und starrte auf die Anzeige. Aber die Buchstaben veränderten sich nicht. Auch das Geburtsdatum blieb bestehen. Sollte es eine Namensvetterin geben, die am gleichen Tag wie sie geboren worden war? Nein, eigentlich unmöglich. Sie wohnte in einer überschaubaren Studentenstadt, und Mia Kronen war kein Allerweltsname.

»Was ist denn passiert, gnä' Frau? Was ist der Grund für Ihr Missfallen?« Ein Schwall Tabac zog in Mias Nase.

»Hier.« Mia legte die Zeitung mitten auf den Tisch und deutete auf die Anzeige.

»Mein herzliches Beileid«, sagte Herr Silberkron, und seine Gattin stimmte mit ein.

»Das tut mir leid, gnä' Frau.«

»Es tut Ihnen leid, dass ich tot bin? Aha … Kommt es Ihnen nicht merkwürdig vor, dass hier vor mir meine eigene Todesanzeige liegt?« Mia nahm die Zeitung und riss die Seite heraus.

»Ich kannte Ihren Vornamen und Ihr Geburtsdatum nicht, Frau Kronen, daher musste ich davon ausgehen, dass es sich bei der Verstorbenen eventuell um eine Verwandte von Ihnen handelt. Das ist aber sehr makaber«, erklärte James.

Im ersten Moment wusste Mia darauf keine Antwort. Die Gedanken sprangen in ihrem Kopf herum wie Grashüpfer auf einer Sommerwiese. *Das ist eine Falle, das war er. Er möchte mich aus meinem Versteck locken.* Was konnte eine Bannmeile schon ausrichten? Papier war geduldig und würde sie auch auf der Straße nicht abschirmen. Die Polizei konnte erst tätig werden, wenn er gegen ein Gesetz verstieß. War es denn gesetzeswidrig, eine Todesanzeige für eine lebende Person aufzugeben? Oder hatte er mit der Sache nichts zu tun? Aber wer …?

»Frau Kronen, hallo?«, fragte Herr Silberkron. In Gedanken versunken, hatte Mia nicht bemerkt, wie sie mit offenem Mund auf die anderen Patienten gewirkt haben musste. Im Speisesaal war mittlerweile Ruhe eingekehrt. Einige Gäste hatten sich um Mias Tisch versammelt und starrten sie erwartungsvoll an.

»Ruf doch mal bei der Redaktion an und frag, wer diese Anzeige aufgegeben hat«, durchbrach Nancy Hesse die Stille. Mias Zimmernachbarin. Nancy beugte sich zwischen Herrn Silberkron und dessen Frau über den Tisch. Sie griff nach der Tageszeitung. Die Bluse trug sie sehr offenherzig. Um nicht direkt in ihr ausladendes Dekolleté blicken zu müssen, drehte Herr Silberkron seinen Kopf demonstrativ zur Seite.

»Hier steht die Telefonnummer.« Nancy faltete das Papier und hielt Mia die Zeitung vor die Nase.

»Nun mach schon, kannst auch mein Handy haben.« Seit Mia Nancy das erste Mal gesehen hatte, war das Smartphone deren ständiger Begleiter gewesen. Es grenzte an ein Wunder, dass sie von dem Spektakel am Nachbartisch überhaupt etwas mitbekommen hatte. Sie starrte ständig auf das Display oder tippte darauf herum. Selbst die Therapeutin hatte sie nicht davon überzeugen können, ihr Handy zumindest während der Gruppensitzung auf die Seite zu legen.

Die Gäste, die um ihren Tisch versammelt waren, schienen alle näher zu rücken. Mia fühlte sich wie in einem engen Raum, dessen Wände Stück für Stück auf sie zukamen. Die Luft wurde dünner. Die Gerüche von verschiedenen Parfüms vermischten sich mit dem Duft von Brötchen, Kaffee und Tabac. Jeder für sich genommen wäre bestimmt angenehm gewesen, doch die Mischung schnürte Mia den Hals zu. Sie bekam keine Luft mehr. Abrupt stand sie auf, schob ihren Stuhl dabei unsanft zurück, rempelte Nancy an und rannte aus dem Speisesaal.

Sie schlug ihre Augen auf und starrte in ein Gesicht, das nur eine Handbreit entfernt von ihrem auftauchte. James tätschelte ihre Wange.

»Es reicht jetzt«, flüsterte Mia und schob seine Hand zur

Seite.

»Entschuldigung, gnä' Frau, aber Sie waren ohnmächtig. Darf ich nach Ihrem Befinden fragen?« James musste sie in ihr Zimmer gebracht haben. Mia lag auf dem französischen Bett und sah den röhrenden Hirsch, der sie aus einem goldenen, barocken Rahmen von der gegenüberliegenden Wand aus anstarrte. James deutete auf Mias Hand.

»Das Blatt wollten Sie nicht loslassen.«

Da war sie wieder, die Faust, die ihr den Nackenschlag verpasst hatte. *Die Anzeige!* Mia hob die zerknüllte Zeitungsseite nach oben.

»Nicht wieder ohnmächtig werden, Sie sind weiß wie die Wand, wenn ich das so sagen darf.« James griff nach einem Gästehandtuch, das auf dem Tisch gegenüber lag, und wedelte ihr damit Luft zu. Mias Finger, in denen sich die Seite der Tageszeitung befand, waren wie festgeschraubt – verkrampft, und ließen sich nicht öffnen.

»Hey!« Mia fuhr herum. Sie hatte nicht bemerkt, dass sich eine weitere Person in ihrem Zimmer aufhielt. Ein fremder Mann, der ihr soeben eine Injektionsnadel tief in den Oberarm stach.

»Ich bin Dr. Mann. Keine Angst, ich spritze Ihnen nur ein Beruhigungsmittel. Bald geht es Ihnen wieder besser. Sie werden nur etwas müde werden.« Der Arzt warf die Verpackung der Spritze in den Müll und ging aus dem Zimmer. Mia spürte, wie sich ihr Herzschlag verlangsamte. Eine wohltuende Ruhe kehrte in ihren Körper ein. Ihre

Finger gehorchten und gaben die zerknüllte, mit Kaffeeflecken übersäte Zeitungsseite frei. James nahm sich einen der mit Brokat überzogenen Stühle, stellte ihn neben das Bett und setzte sich.

»Sie können sich ja heute Nachmittag oder morgen mit der Zeitungsredaktion in Verbindung setzen, dann wird sich bestimmt alles aufklären«, sagte er und beugte sich näher zu Mia.

»Ich kann das nicht verstehen. Wer macht so etwas und warum?« Sie deutete auf die Todesanzeige.

»Was fühlen Sie dabei, gnä' Frau?«

»Was ich dabei fühle? Also, zuerst war ich schockiert«, antwortete Mia und konnte ein Gähnen nicht unterdrücken.

»Und dann?«

»Wut.«

»Könnte es sich auch um ein Missverständnis handeln? Eine andere Person mit dem gleichen Namen?«, fragte James und rückte ein Stück näher ans Bett.

»Mia Kronen, geboren am 15.05.1986. Missverständnis?«, erwiderte Mia ungläubig.

»Das wäre natürlich ein kurioser Zufall, gnä' Frau. Aber Sie sind das blühende Leben, eine hübsche, junge Frau, und der Rest wird sich bestimmt finden.«

»An einen Zufall kann ich nicht glauben.« Müde wedelte Mia mit dem Zeitungsfetzen vor James' Nase herum.

»Ich helfe Ihnen gern bei der Aufklärung, doch nun müssen Sie sich zuerst ein wenig ausruhen.« Lag es an der

Spritze oder an dem gleichbleibenden Tonfall, mit dem James sprach? Mia wurde immer müder. Ihre Lider fühlten sich an, als würden sie an kräftigen Fäden nach unten gezogen. Als wäre ihr Körper mit Blei beschwert worden, wurde sie tiefer und tiefer in die Matratze gedrückt. Mia sah noch, wie ihr die Anzeige aus den Fingern glitt und zu Boden wehte.

»Ich ziehe mich zurück, gnä' Frau. Wenn Sie sich erholt haben, sieht die Welt wieder anders aus.« Sie sah James, der den Stuhl an seinen Platz zurückstellte und zur Tür schritt – kerzengerade, wie ein Soldat beim Salut.

Aus einem traumlosen Schlaf schreckte Mia plötzlich auf und schnappte wie eine Ertrinkende nach Luft. Mit offenem Mund atmete sie tief ein und wieder aus. Sie war allein, nur der Hirsch, ein stattlicher Achtender, starrte sie fragend an. Je länger Mia ihm in die Augen sah, desto mehr meinte sie ein Blinzeln zu erkennen. Auch wenn sie sich in ihrem Zimmer bewegte, wanderten seine Augen mit. Sie setzte sich an die Bettkante und suchte nach der Anzeige, die ihr aus der Hand gerutscht sein musste. Da war nichts. Auf dem dicken, roten Perserteppich, in den man bei jedem Schritt einsank, als würde man auf Sand laufen, war nichts zu finden. Sie bückte sich auf den Boden und kroch unter das Bett. Nichts. War doch alles Einbildung gewesen? Ihr Unterleib krampfte, und sie drückte die Hand gegen ihre Bauchdecke. Mia kniete auf dem Boden und legte ihren

Oberkörper auf dem Bett ab. In dieser Stellung hielt sie einen Moment inne und wartete auf das Abklingen der Krämpfe. Seitdem sie Pünktchen – so hatte sie ihr Ungeborenes genannt – verloren hatte, wurde sie immer wieder von diesen Schmerzen heimgesucht. Es war wie ein Phantomschmerz, den auch Menschen bei einer Amputation verspürten.

Die Schmerzen hatten nachgelassen. Mia stand auf, zog sich an, nahm ihre Jacke vom Kleiderhaken und schnappte sich ihre Handtasche. Sie musste James fragen. Es konnte gut möglich sein, dass er die Zeitungsanzeige eingesteckt hatte.

4. Kapitel

Dezember 2014 – Scherben

Sie schlug die Akte zu und schüttelte den Kopf. Der Patient zeigte ihrer Meinung nach keine typischen Anzeichen einer dissoziativen Identitätsstörung, obwohl drei Kollegen unabhängig voneinander diese Diagnose gestellt hatten. Linda zog die Schreibtischschublade auf, nahm sich eine Praline aus der Schachtel und steckte sie genüsslich in den Mund. *Glückshormone.* Plötzliches Gebrüll auf dem Flur ließ sie aufhorchen. Sie schob den Schreibtischstuhl nach hinten und eilte zur Tür.

»Schräädumpffff«, schrie die junge Frau, bei der es sich um eine neue Patientin handeln musste. Sie stand im Wartebereich, einer Nische, die mit vier Stühlen und einem Tisch ausgestattet war. Oberschwester Irmgard, die eine Patientenakte und einen kleinen Koffer in der Hand hatte, wich einen Schritt zurück.

»Schräääääädumpfff.« Was die Patientin von sich gab, war nur ein unverständliches Kauderwelsch.

»Guten Tag. Ich bin Frau Dr. Schwarz«, stellte sich Linda vor, näherte sich der jungen Frau und streckte ihr die

Hand zur Begrüßung entgegen.

»Schrääää…« Ihre braunen, kurzen Haare standen wirr vom Kopf. Wasser, Seife und Kamm musste diese Patientin schon lange nicht mehr gesehen haben. Jetzt, Anfang Dezember, war es sehr kalt draußen, doch die junge Frau hatte keine Jacke, oder sie hatte diese bereits abgelegt. Ihre weiße Bluse war zerrissen und übersät mit Flecken. Dort, wo die Haut hindurch schimmerte, waren Blutergüsse erkennbar. Den rechten Fuß stellte sie nur auf den Zehenspitzen ab und verlagerte ihr Gewicht auf den linken. In einer Hand hielt sie ein ramponiertes Smartphone, die andere ballte sie zu einer Faust.

»Duuumpffff.«

»Sie haben bestimmt Durst, darf ich Ihnen einen Tee anbieten oder lieber ein Wasser?«

Ablenken, die Patientin aus der Situation befreien und Alternativfragen stellen. Das klappte nicht immer, aber einen Versuch war es wert. Keine Reaktion. Die Braunhaarige starrte auf einen imaginären Punkt direkt neben Lindas Füßen.

»Das ist Oberschwester Irmgard, und die holt Ihnen jetzt ein Mineralwasser.« Linda warf Irmgard einen flüchtigen Blick zu. Diese verstand, stellte den Koffer ab, drückte Linda die Patientenakte in die Hand und eilte in Richtung Schwesternzimmer.

»Ein wunderschöner Tag. Es ist zwar kalt heute, aber die Sonne scheint.« Die Frau zuckte zusammen, als ein

Bohrgeräusch ertönte.

»Die Feldmann-Klinik befindet sich in einem Altbau, da müssen immer wieder Renovierungsarbeiten durchgeführt werden. Ich hoffe, der Krach ist einigermaßen erträglich für Sie.« Die junge Frau sagte kein Wort. Ihr Blick schwenkte von dem imaginären Punkt zu Linda. Sie starrte sie an. Ihre Augen waren so ausdruckslos wie ihr ganzes Gesicht.

»Schräädumpf.« Auch diesmal konnte Linda nicht deuten, was ihr die Braunhaarige mitteilen wollte, aber die Stimme der Patientin hatte sich beruhigt. Linda ging die letzten zwei Schritte auf sie zu. Sie griff behutsam an den Oberarm der jungen Frau und legte die andere Hand auf deren Schulter.

»Nehmen Sie doch bitte Platz.« Gehorsam setzte sich die Patientin auf den Stuhl, der direkt hinter ihr stand. Oberschwester Irmgard kam zurück und stellte die geöffnete Flasche Mineralwasser und einen Pappbecher auf den Tisch. Aus ihrer Kitteltasche ragte die Manschette eines Blutdruckmessgerätes.

»Schräääääää«, krächzte die junge Frau und griff sofort nach der Plastikflasche. Sie trank, ohne auch nur einmal abzusetzen – wie eine Verdurstende in der Wüste. In der Zwischenzeit warf Linda einen Blick auf die Akte. Diagnose bei Aufnahme: F23.0. Linda wusste, was hinter diesem Code der internationalen Klassifikation von Krankheiten stand: akute polymorphe psychotische Störung ohne Symptome einer Schizophrenie.

Die Patientin hatte die Wasserflasche vollständig geleert. »Möchten Sie noch ein Wasser oder lieber einen Tee?«, fragte Linda, während die Oberschwester versuchte, der Patientin das Blutdruckmessgerät anzulegen.

»Schräääääääääääädumpf«, schrie die Frau jetzt wieder lauter.

»Ich mach das schon«, sagte Linda zur Oberschwester gewandt und legte der jungen Frau die Manschette um den Oberarm. Linda sah immer wieder auf die zur Faust geballte Hand der Patientin.

»Soll ich Jens ... ähm, ich meine, Herrn Dr. Hartmann verständigen? Immerhin ist ihm die Patientin zugeordnet worden.«

»Äämmmpfff.«

»Nein danke, Irmgard. Stören Sie ihn nicht in seiner wohlverdienten Pause. Aber würden Sie uns bitte einen Tee bringen?«

»Ja, mach ich.«

»Danke.«

Auf den Armen der Patientin waren einige Narben erkennbar. Das alles sprach für körperliche Misshandlungen. Linda schloss einen Überfall in jüngster Vergangenheit zwar nicht aus, aber die Verletzungen – zumindest diejenigen, die sie sehen konnte, hatten den Heilungsprozess schon lange abgeschlossen. Es handelte sich nicht nur um Schnittwunden, sondern auch um Male, die Linda als schwere Verbrennungen erkannte.

Die junge Frau hatte großen Durst und, wie Linda jetzt feststellen konnte, einen viel zu niedrigen Blutdruck, Herzrasen, eine rissige Zunge und trockene Haut. All das waren unmissverständliche Zeichen dafür, dass die Erstdiagnose lauten musste: E86, für Dehydration, F44: für die dissoziative Störung – Trauma und Z04: Abklärung bei Verdacht auf Misshandlung.
Schwester Irmgard stellte zwei Becher mit frisch aufgebrühtem Tee auf den Tisch. Während Linda die Manschette am Oberarm der Patientin löste, warf sie einen weiteren Blick auf die Akte. Identität: unbekannt. Wurde von der Polizei nach auffälligem Verhalten im Stadtpark aufgegriffen. Sprache: unverständlich. Mitgeführte Gegenstände: Koffer mit ein paar Kleidungsstücken, Smartphone: defekt. Keine Papiere.

»Schräääädduuumpf«, schrie die Patientin jetzt lauter. Sie stand blitzartig auf und schob ihren Stuhl dabei so ungestüm nach hinten, dass dieser umkippte und auf den Boden knallte.

»Was ist denn passiert? ... Linda?«, fragte Jens, der plötzlich in der Tür stand. Linda warf ihm einen flüchtigen Blick zu und wandte sich sofort wieder zu der jungen Frau.

»Das ist mein Chef, Dr. Jens Hartmann, ein sehr netter Arzt.«
Linda wusste nicht, warum, aber genau in diesem Augenblick eskalierte die Situation. Die Braunhaarige riss sich die zerfetzte Bluse vom Leib und sprang auf den Tisch.

Die Teebecher stürzten zu Boden und die heiße Flüssigkeit verteilte sich auf dem Linoleum.

»Schräääää, Schräääääää, Schrääääa«, kreischte die Patientin.

»Sie hat eine Scherbe in der Hand«, rief Irmgard. Dr. Hartmann kam einige Schritte näher.

»Hier kann Ihnen nichts passieren. Versprochen«, versuchte er sie zu beruhigen.

»Duuuuumpffffff«, schrie die junge Frau und hielt die grüne Scherbe direkt an ihre Halsschlagader. Linda konnte nicht nachvollziehen, wie die Patientin an diese blutverschmierte Scherbe gelangen konnte. Wenn sie, wie im Bericht erwähnt, von der Polizei im Park aufgegriffen worden war und hier in der Klinik die Aufnahmeuntersuchung durchgeführt wurde, dann hätte man die Scherbe finden und ihr abnehmen müssen.

»Jens.« Mehr musste Linda nicht sagen. Der Chefarzt verstand sofort, machte auf dem Absatz kehrt und verließ die Szenerie.

»Schrääääädddummmpf.« Das Blut aus ihrer Handinnenfläche tropfte auf ihre nackten Schultern.

»Haben Sie unser Atrium schon gesehen? Eine Oase, das kann ich Ihnen versprechen. Es ist eine Mischung aus Wintergarten und Innenhof. Lichtdurchflutet und trotzdem vor Wettereinflüssen geschützt. Unser Gärtner hat den grünen Daumen. Dort gibt es Palmen und Orchideen in den tollsten Farben. Zwei zahme Graupapageien, die Ihnen Gesellschaft leisten und alles nachplappern. Sie können sich in eine der bunten Hängematten legen oder sich in einem der Schaukelstühle mit Ihrer Lieblingsmusik berieseln lassen. Sie lieben doch Musik, nicht wahr?«, sagte Linda, blickte der panischen Frau tief in die Augen und ging wieder einen Schritt näher auf sie zu. Die Hand der Patientin zuckte …

5. Kapitel

Mit ihrem fliederfarbenen Morgenmantel bekleidet und dem Kaffeebecher in der Hand kam Linda aus der hochmodernen offenen Einbauküche. Sie durchquerte das weitläufige Wohn- und Esszimmer und stellte den Becher auf den Glastisch vor die ausladende, weiße Sofalandschaft.

»Mama, Mama, Mama«, rief Leonie, die mit ihrem alten, ramponierten Plüschtier »Murphy« im Arm auf Linda zu rannte. Murphy war ein kugelrunder Kater, den Leonie vor einigen Monaten gegen eines ihrer Spielzeuge im Kindergarten eingetauscht hatte. Er durfte nicht gewaschen und vor allen Dingen nicht entsorgt oder ausgetauscht werden. Linda hatte sich die Mühe gemacht und nach langem Suchen einen neuen Murphy gefunden. Doch ihre vierjährige Tochter machte ihr einen Strich durch die Rechnung. Sie zeterte so lange, bis Thomas und Linda die Mülltonne durchwühlten, um den alten Kerl wiederzufinden. Linda musste das Ohr des Plüschtieres – das bei dieser Aktion schwer gelitten hatte – danach notdürftig mit einer falschen Garnfarbe festnähen.

»Mööfie hat Hunger«, rief Leonie, kletterte auf Lindas Schoß und hielt ihr das dicke Plüschtier vor die Nase.

»Na, das geht aber nicht. Wir können ihn ja nicht verhungern lassen. Armer Kerl. Was möchte er denn fressen?«, fragte Linda.

»Aber Mama …«, Leonie verdrehte die Augen, hielt eine Hand vor den Mund und kicherte. »Fressen, das darf man doch nicht sagen.« Linda lachte und ging mit Leonie im Schlepptau in die Küche.

»Guten Morgen, meine Damen. Habt ihr gut geschlafen?«, fragte Thomas, der gerade in die Küche gekommen war. Er gab Linda einen Kuss und hob Leonie hoch.

»Höher, Papa, höher«, rief die Kleine und lachte in den höchsten Tönen.

Als Leonie ihre Müslischüssel auf den Tisch gestellt hatte, setzte sie Murphy direkt daneben und kletterte auf den Stuhl.

»Ein Löffel für Mama, ein Löffel für Papa und ein Löffel… ui, Mama, jetzt hab ich das Lätzchen vergessen. Sauerei gemacht. Du musst halt auch den Mund aufmachen, Mööfie, hörst du?« Thomas, der das Desaster vorhergesehen hatte, stand bereits mit Küchenkrepp hinter der Kleinen bereit.

»Du musst Murphy einfach besser erziehen, mein Schatz«, sagte Linda und biss genüsslich in ihr Croissant.

»Gestern war es wieder spät. Wann bist du denn von der Klinik nach Hause gekommen?«, fragte Thomas, während er sich auf einen Stuhl setzte und gleich darauf nach einem Brötchen griff. »Meinst du nicht, dass du dir in letzter Zeit etwas zu viel zumutest?«

»Ja ich weiß, entschuldige. Am Wochenende holen wir alles nach, versprochen. Eine neue Patientin ist eingeliefert worden, ein sehr interessanter Fall. Weißt du noch, wie es war, als du mit Menschen und nicht mit Reagenzgläsern und Investoren gearbeitet hast?«

»Da schaut man nicht auf die Uhr, ich weiß. Das war auch nicht böse gemeint. Ich denke nur an dich und an unsere Prinzessin …. und ein kleines bisschen auch an mich. Aber ich freue mich aufs Wochenende«, erklärte sich Thomas und zwinkerte Linda zu.

»Tut ihr streiten?«, fragte Leonie.

»Nein, Schatz, wir diskutieren«, antwortete Thomas.

»Aha, dann muss ich nachher auch mit der Frau Renner distuiiieren.«

»Diskutieren«, sagte Thomas langsam, »aber warum möchtest du mit deiner Kindergartentante diskutieren?«

»Weil die will immer, dass wir Salat essen.«

»Salat ist doch gesund«, erklärte Linda und trank den letzten Rest aus ihrer Kaffeetasse.

»Aber dann essen wir das Essen von Benny und Frieda.«

»Wer sind denn Benny und Frieda?«, fragte Thomas.

»Die Kaninchen im Kindergarten«, erwiderte Linda und lachte. Die Türglocke ertönte. Leonie sprang vom Stuhl und rannte sofort los. Thomas sah aus dem Fenster, um sich zu vergewissern, wer vor der Tür stand.

»Karin ist heute aber pünktlich, um Leonie abzuholen.

Ihr Sohn hat wieder zugenommen, der wird immer runder«, kommentierte er. Linda räumte den Frühstückstisch ab.

»Tsüsss Mama.« Leonie rannte auf Linda zu und umklammerte ihre Beine.

»Tschüss, mein Schatz. Ich wünsche dir viel Spaß heute.« Linda beugte sich zu Leonie, küsste sie und zog dann den Reißverschluss ihrer dicken Winterjacke nach oben.

»Ich muss mich auch beeilen, wir haben pünktlich um 8:30 Uhr eine Besprechung im Institut.« Thomas packte eine Flasche Mineralwasser und Obst in seinen Aktenkoffer.

»Geht es wieder um die Embryonen?«, fragte Linda.

»Wir hatten doch beschlossen, das Thema erst mal ad acta zu legen. Zumindest solange es noch nicht spruchreif ist«, sagte Thomas und ging in den Flur voraus.

»Du kennst meine Meinung dazu … aber gut. Vergiss deinen Schal nicht, es ist kalt heute. Ich ziehe mich dann auch an und mach mich auf den Weg in die Klinik.« Linda küsste ihn zum Abschied und zog den Knoten an Thomas' Schal fester.

»Wir telefonieren. Ich liebe dich«, rief Thomas und ging in Richtung Straße.

»Ich liebe dich auch«, erwiderte Linda und schloss den Briefkasten auf.

Sie nahm die Zeitungen und Briefe an sich. In einem

großen braunen Umschlag befand sich ein fester Gegenstand. Es fühlte sich an, als hätte ihr jemand einen – sie überlegte – USB-Stick? geschickt. Plötzlich ließ sie die Briefe fallen. Als hätte sie ein imaginärer Blitz getroffen, zuckte ihr Körper zusammen. Linda starrte auf die Straße. Eine Sekunde später hörte sie den Zusammenprall zweier Karosserien. Eine weitere Sekunde später den Schrei einer Frau. Sie schlüpfte in ihre Stiefel, zog die Jacke vom Kleiderhaken und spurtete los.

6. Kapitel

Februar 2015 – Die Todesanzeige

Mia rannte die geschwungene Treppe hinunter ins Erdgeschoss.

»Können Sie mir bitte sagen, wo James ist?«, fragte sie die Empfangsdame an der Rezeption atemlos.

»Wer?« Die Frau war schon älter und stand bestimmt kurz vor der Rente. Mia wiederholte ihre Frage:

»Wo ist James?«

»Wer soll das sein?« Die Angestellte musste nicht nur älteren Semesters, sondern auch etwas verwirrt – ihre Oma nannte es tüdelig – sein. Mia wandte sich ab. Gerade als sie schnellen Schrittes den Speisesaal betreten wollte, stieß sie mit Nancy zusammen.

»Aua, Mensch, kannste nicht aufpassen?« Nancy hob das Smartphone vom Boden auf.

»Was heißt denn da ich? Du starrst doch ständig auf dieses blöde Display und bekommst nichts um dich herum mit«, erwiderte Mia. »Weißt du, wo James ist?«

»Wer?«, fragte Nancy, wieder abwesend auf ihr Smartphone fixiert.

»Der Butler … hörst du mir überhaupt zu? Ich brauche die Zeitungsanzeige.«

»Du willst also herausfinden, wer die Anzeige aufgegeben hat? Hättest gleich gestern anrufen können, hab dir doch mein Handy angeboten, aber nein, wolltest ja nicht. Und nu? Hier …« Nancy hielt Mia das Mobiltelefon vor die Nase.

»Nein, ich fahre direkt in die Zeitungsredaktion. Am Telefon wird man nur abgewimmelt.«

»Gut, ich habe erst heute Nachmittag meine nächsten Anwendungen, da komm ich mit. Los!« Nancy packte Mia am Jackenärmel und zog sie hinter sich her zur Rezeption. Mia war es recht, dass Nancy sie begleiten wollte. Ihre Angstzustände hatten sich mit den Therapien zwar verbessert, aber geheilt – falls es eine Heilung gab – war sie noch lange nicht.

»Jetzt warte doch mal. Ich brauche die Anzeige.«

»Quatsch nicht, die hat doch der Zeitungsverlag selbst. Du trägst ja auch nicht Uhus nach Athen, komm jetzt.«

»Du meinst Eulen.«

»Was?«

»Halt«, rief die Empfangsdame. »Sie wissen doch ganz genau, dass Sie sich bei Verlassen des Hauses in die Liste eintragen müssen. Das hat versicherungstechnische Gründe. Das habe ich Ihnen doch …«

»Laber laber, quatsch kein Musical – oder heißt das …? – egal, hier«, unterbrach Nancy den Redefluss der Dame

und kritzelte ihren und Mias Namen in eine Liste.
Mia ging voraus. Sie wusste nichts über Nancy, auch nicht den Grund dafür, warum sich Nancy im Sanatorium aufhielt. Doch das würde sie bestimmt später noch in Erfahrung bringen.

»Du hast ein Auto? Gut, dann brauchen wir wenigstens nicht bei dem Sauwetter mit dem Bus in die Stadt zu fahren. Jetzt schließ schon auf.« Mia schüttelte den Kopf.

»Nein, ich habe kein Auto.«

»Und warum sind wir dann hier auf dem Parkplatz gelandet, hä?« Diese Frage konnte Mia nicht beantworten. Dem Anschein nach war sie so in ihre Gedanken versunken gewesen, dass sie nicht darauf geachtet hatte, welchen Weg sie gegangen waren.

»Alles muss man selbst machen. Jetzt nehme ich die Sache in die Hand. Selbst ist die Frau. Los, komm jetzt.« Nancy spannte den Schirm auf, hakte Mia ein und ging mit ihr in Richtung Bushaltestelle.
Trotz der Begleitung von Nancy hatte Mia ein ungutes Gefühl. Sie war nervös und merkte erst, als Nancy aufschrie, dass sie sie versehentlich in den Arm gezwickt hatte.

»Aua, Mensch, was soll denn das? Und warum schaust du dich ständig um, werden wir verfolgt? Okay, wenn es nette Jungs wären, hätte ich nichts dagegen einzuwenden …« Nancy konnte nichts über Mias Vergangenheit wissen. In ihrer ersten Gruppensitzung hatte sich Mia lediglich

vorgestellt und sich ansonsten auf das Zuhören konzentriert.
Das Namensschild auf dem Schreibtisch wies den Zeitungsmitarbeiter als »Dirk Renner Anzeigenannahme« aus. Seine blonden, kurzen Haare waren zu einer modernen Frisur nach vorne gegelt. Über dem gestreiften Hemd trug er einen gelben Pullunder.

»Diese Auskunft darf ich Ihnen nicht erteilen, Datenschutz, Sie verstehen?« Der junge Mann blickte sofort wieder auf seinen Bildschirm.

»Bitte. Es ist sehr wichtig. Immerhin hat hier jemand meine Todesanzeige aufgegeben, und wie Sie sehen können, stehe ich sehr lebendig vor Ihnen«, versuchte Mia einen zweiten Anlauf.

»Das kann ja jeder behaupten. Sie können sich nicht ausweisen und mir auch keine andere Bescheinigung vorlegen, dass Sie tatsächlich Mia Kronen sind. Also, was verlangen Sie von mir?«

»Nun pass mal auf, du gelber Kanarienvogel-Pullunderfan. Mit solchen Korinthenkackern wie dir …« Nancy hielt inne, als Mia ihr einen Stoß in die Rippen versetzte.

»So kommen wir auch nicht weiter«, flüsterte Mia Nancy ins Ohr.

»Entschuldigen Sie bitte, das war nicht so gemeint.« Nancy zog ihre Jacke aus und öffnete den dritten Knopf ihrer Bluse.

»Sie sind unsere einzige Hoffnung«, schnurrte sie, schob einige Unterlagen auf dem Schreibtisch zur Seite und setzte sich auf die Kante. »Sie sind unser Reiter in der Not.«

»Sie meinen wohl Retter in der Not. Trotzdem lassen Sie das bitte und nehmen Sie Ihre Hand da weg, ich muss arbeiten.« Nancy ignorierte die Worte des Redaktionsmitarbeiters, beugte sich zu ihm nach vorne und streichelte über seinen Arm.

»Wir brauchen doch nur den Namen von demjenigen, der diese Anzeige aufgegeben hat, nur den Namen und sonst nichts.« Nancy wurde vom Klingeln des Telefons unterbrochen. Der Mitarbeiter schubste Nancy zur Seite und hob den Hörer ab:

»Hallo, Schatz … ja, aber das müssen wir später klären. Ich ruf dich zurück, Frank.« Mia stand wie angewurzelt da und starrte zu Nancy, die abrupt vom Schreibtisch sprang, ihre Bluse zuknöpfte und sich blitzschnell die Jacke überwarf.

»In dem Fall wäre wohl eine männliche Begleitperson für dich die bessere Wahl gewesen«, flüsterte sie Mia zu.

Er war es, ganz sicher. Auch wenn er einige Meter von ihnen entfernt auf der anderen Straßenseite lief. Auch wenn sie ihn nur von hinten sehen konnte. Er war es. Die Statur, der zielstrebige, gerade Gang und sein Arztkoffer. Kein Zweifel, er, Herr Dr. Arnold West, der Mann, dem sie acht Jahre ihres Lebens geopfert hatte. Der Mensch, der sie misshandelt, missbraucht und wie Dreck behandelt hatte. Das Arschloch, das mit einem Lächeln im Gesicht ihr ungeborenes Kind aus ihr herausgeprügelt hatte. Warum man ihm nach der Gerichtsverhandlung die Approbation nicht entzogen hatte, konnte sie sich nicht erklären. Aber wie sie sich gefühlt hatte, als ihm seine Kollegen ein falsches Alibi bestätigten, wie demütigend und vorwurfsvoll sie von seinem Rechtsbeistand vorgeführt worden war, wusste sie ganz genau. Wie er sie nach der Verhandlung zur Seite genommen und ihr leise ins Ohr geflüstert hatte: »Du kleines Dreckstück glaubst wohl, du kannst mein Ansehen ruinieren. Keine Bannmeile der Welt wird mich davon abhalten, dich zu berühren, ganz sanft, mein Schatz. Du gehörst mir, hast du das verstanden?« Sie hörte es, als wäre es gestern gewesen. Er verschwand um die nächste Straßenbiegung.

»Warum bleibst du denn stehen … du bist weiß wie die Wand und zitterst, ist dir schlecht?«, fragte Nancy besorgt. Mia starrte Nancy an und konnte im ersten Moment nicht antworten. Die Feuchtigkeit, die vom Regen noch in der Luft lag, hatte aus Nancys glatter, gestylter Kurzhaarfrisur einen braunen Lockenkopf entstehen lassen. Ihre Wimperntusche war verlaufen. Sie lächelte Mia an. Dabei sah sie aus wie die sommersprossige Momo, die das Geheimnis der „grauen Herren“ erkunden wollte. Die grauen Herren … wenn Mia die Zeit nur zurück drehen könnte. Heute wüsste sie es besser und würde niemals bei einem Mann bleiben, der die Hand gegen sie erhob. Sie würde nicht mehr auf seine ständigen Entschuldigungen hereinfallen und nicht immer wieder neue Hoffnung schöpfen. Heute wüsste sie es besser.

»Hallo, jemand zu Hause? Klopf klopf, denk nach, McFly, denk nach …« Nancy stupste Mia am Kopf. »Kennst du den Film „Zurück in die Zukunft“? …Was ist denn los mit dir?«

»Ich habe jemanden gesehen, dem ich nie mehr begegnen möchte. Es würde jetzt aber zu weit führen, dir das alles zu erzählen«, erklärte Mia und senkte den Kopf. Im selben Augenblick, als Nancy Luft holte, um ihr eine Antwort zu geben, hörten sie:

»Hallo, warten Sie mal.« Mia zuckte zusammen und rannte los.

»Hallo, so warten Sie doch.«

Nancy holte Mia ein und zog sie am Jackenärmel zurück.

»Jetzt bleib doch stehen. Du bist ja schlimmer zu hüten als ein Sack voll Läuse … oder waren es …? – egal. Komm, das ist doch nur der Zeitungsmitarbeiter.«

»Frau Kronen, mein Chef stand am Schreibtisch nebenan«, Herr Renner strich sich eine blonde Strähne aus der Stirn, »da konnte ich Ihnen natürlich keine Auskunft geben. Die Geschichte ist schon sehr kurios. So etwas ist mir noch nicht untergekommen.« Er zog ein Taschentuch aus seiner Hose und tupfte sich über die Stirn. »Also, ich habe mich erkundigt. Die Anzeige hat eine Frau Westphal aufgegeben, warten Sie mal.« Aus der anderen Hosentasche zog er einen zerknitterten Zettel. *Frau? Frau Westphal … Arnold …, Arnold West? Das ist doch kein Zufall.*

»Hier, ich habe den Namen notiert, Frau Westphal, aber die Adresse und die Telefonnummer habe ich leider nicht. Wurde gelöscht – kann schon mal vorkommen.«

»Wird das kontrolliert? Müssen die Personen, dic cinc Anzeige aufgeben, sich nicht ausweisen?«, fragte Nancy.

»Nein, die Anzeige wurde bar bezahlt. Damit hat sich das für uns erledigt«, antwortete der junge Mann.

»Wie jetzt, da kann jeder kommen und Anzeigen schalten, wie er will, und wenn Sie die Kohle haben, ist alles andere egal?«, brüskierte sich Nancy.

»Ja, also… ja, aber so einen Fall hatten wir bisher auch noch nicht. Mmmmhhh, wäre eigentlich eine gute Story. Halten Sie mich auf dem Laufenden. Ich muss wieder in die Redaktion. Hoffe, ich konnte Ihnen weiterhelfen.«

»Sind Sie sich ganz sicher, dass es eine Frau war, die den Auftrag erteilt hat?«, fragte Mia.

»Das kann ich nicht beschwören. Wie gesagt, ich habe die Anzeige nicht aufgenommen. Aber wenn der Inserent bar bezahlt hat, dann war er oder sie auch persönlich in der Redaktion.«

»Danke.«

»Da nicht für«, rief Herr Renner und eilte zurück zum

Gebäude.

7. Kapitel

Für Außenstehende mochte es unvorstellbar klingen, das wusste Mia, aber sie hatte sich in ihrer Hass-Liebesbeziehung auf eine gewisse, absurde Art und Weise in den ersten Jahren geborgen gefühlt. War es Geborgenheit oder – wie es die Therapeutin, Frau Claudia Sänger, genannt hatte, eher Abhängigkeit und die Angst vor dem Unbekannten? Mia wusste es nicht, jetzt noch nicht. Doch was sie in diesem Augenblick fühlte, wusste sie ganz genau. Sie war wie ein altes, gebrauchtes Schmuckstück – ein Amulett, das jahrelang getragen und beansprucht worden war. Im Inneren die Fotos von zwei Menschen, die sich einst geliebt hatten – irgendwann. Es hafteten auch glückliche Erinnerungen an dem Kleinod. Doch wenn man ganz genau hinsah, war das silberne Gehäuse angelaufen und das filigrane Muster kaum noch zu erkennen – abgeschlagen. Die tiefen Kratzer gut wahrnehmbar. Ein Kleinod, das war das richtige Wort. Sie stand mitten in der Stadt an einer belebten Einkaufsstraße. Die Menschen, die an ihr vorbei hasteten, hatten es eilig und beachteten sie nicht. Der Taxifahrer auf der anderen Straßenseite hievte schwere Taschen in den Kofferraum, während der Fahrgast mit einer eindeutigen Geste auf sein Handgelenk deutete. Passanten rannten zur Bushaltestelle. Eine Gruppe Asiaten folgte eilig einer Dame, die ihren Schirm weit nach oben hielt. Das Leben tobte. Mitten unter Menschen und doch allein. Einsam. Verloren, beschädigt und achtlos beiseite geworfen. Ein beschlagenes, zerkratztes Schmuckstück.

»Hallo, bist du schon wieder auf einem anderen Planeten?« Mia erschrak, als Nancy sie sich unterhakte.

»Entschuldige, ich war in Gedanken.«

»Ach was, gut, dass du das erwähnst. Wäre mir sonst kaum aufgefallen«, lachte Nancy. »Komm, da drüben ist ein Café, ich lade dich ein.«

Auf eine gewisse Art beneidete sie Nancy. Diese Unbeschwertheit. Wie sie ohne jegliche Scheu auf Menschen zugehen konnte, etwas ungestüm in manchen Situationen und dennoch auf ihre Art liebenswert. Aber auch Nancy war eine Patientin im Sanatorium für psychosomatische Krankheiten. Psychosomatik – Körper und Seele. Die Therapeutin hatte erklärt: Wenn die Psyche eine Erschütterung erlitten hatte, dann war sie mit dem Körper nicht mehr im Einklang. Dadurch konnten sich schwere Krankheiten entwickeln. Welches Ereignis Nancys Einklang aus dem Rhythmus gebracht hatte, würde Mia noch herausfinden.

Nancy steuerte einen Zweiertisch in der hinteren Ecke an.

»Einen Latte und einen Cappuccino«, rief Nancy der Bedienung zu, während sie ihre Jacke über die Stuhllehne warf.

»Müssen wir direkt am Fenster sitzen?«, fragte Mia. *Wäre nett gewesen, wenn du mich zumindest gefragt hättest, was ich trinken möchte.*

»Beste Aussicht, bester Platz. Ich weiß, das liegt immer im Auge des Beachters.«

»Betrachters.«

»Was?« Nancy schob sich den Stuhl zurecht und setzte sich an den runden Tisch.

»Jetzt setz dich schon hin. Was ist dir denn passiert, dass du so schreckhaft bist und nicht gesehen werden willst? Das hat doch nicht nur etwas mit dieser Todesanzeige zu tun, oder?«

»Das ist eine lange Geschichte«, antwortete Mia.

»Ich hab Zeit.«

Nach kurzem Zögern erzählte sie Nancy eine Zusammenfassung der prägenden Ereignisse aus ihrer achtjährigen Beziehung mit Arnold.

»Danke«, sagte Mia zu der Bedienung gewandt, als diese den Cappuccino vor ihr abstellte. Sie nahm den Löffel, rührte den Schaum unter und betrachtete die Muster, die sich auf dem Kaffee-Milch-Gemisch bildeten. Genau so sah es in ihr aus, ein heilloses Durcheinander. Aufgewirbelt durch die neuesten Ereignisse. Die Todesanzeige, die sie nicht einordnen konnte. Bisher hatte sich Mia nur ihrer Therapeutin anvertraut, die sie bereits seit ihrem letzten Krankenhausaufenthalt betreut hatte.

»So eine blöde Drecksau«, war Nancys erste Reaktion, nachdem die Bedienung sich wieder vom Tisch entfernt hatte. »Wenn ein Mann bei mir nur einmal seine Hand erheben würde, würde ich ihn sofort verlassen … natürlich, nachdem ich seine Eier rausgerissen und zerquetscht hätte. Warum hast du ihn nicht viel früher in die Wüste geschickt?«

»Das ist eine gute Frage, die ich mir heute mit dem nötigen Abstand auch stelle. Ich habe ihn geliebt. Zumindest die ersten Jahre. Er hatte eine schlechte Kindheit und ist von seinem Vater geschlagen worden. Ich hatte Verständnis für ihn. Irgendwie hat er es geschafft, mir ein schlechtes Gewissen einzureden – er hat mich auch psychisch manipuliert, damit ich mir selbst die Schuld an seinen Wutausbrüchen gab.«

»So ein Quatsch.«

»Ja, das sagt sich leicht für Außenstehende.« *Genau das ist einer der Gründe, warum ich nicht im Detail darüber reden möchte.*

»Warum hast du dir keine Hilfe gesucht? Polizei, Sozialarbeiter, Frauenhaus, oder zumindest Eltern, Geschwister oder Freunde?«, fragte Nancy und trank von ihrem Latte macchiato.

»Meine Eltern sind ums Leben gekommen, als ich zehn Jahre alt war. Geschwister habe ich keine. Ich bin bei meiner Großmutter aufgewachsen.« Mia sah nachdenklich aus dem Fenster. »Sie ist vor acht Jahren verstorben, kurz nachdem ich Arnold kennengelernt hatte. Arnold war damals ein toller Mann. Ein aufstrebender Arzt, sah gut aus, hatte Charme, war intelligent und zärtlich – zumindest am Anfang. Es war tatsächlich eine wundervolle Zeit. Die schönste Zeit meines Lebens.«

»Bist du bescheuert? Wie kannst du von diesem Arschloch schwärmen?«

»Das war wahrscheinlich einer der Gründe, warum ich es so lange ausgehalten habe. Bei jeder seiner Entschuldigungen dachte ich, dass es wieder so werden kann wie zu Beginn unserer Beziehung.« Mia zog ein Tempo aus ihrer Handtasche und schnäuzte sich die Nase.

»Ich kann es trotzdem nicht nachvollziehen, aber eventuell können das nur Menschen, die in derselben Situation sind.«

»Es ist demütigend, fremden Menschen zu erklären, dass man versagt hat. Dass man geschlagen wird. Man möchte nach außen hin immer den Schein einer glücklichen Beziehung wahren. Ich habe mich geschämt.«

»Aber das muss doch jemandem aufgefallen sein. Blaue Flecken, Verbände, irgendwas. Du bist doch bestimmt des Öfteren ärztlich versorgt worden, oder?« Nancy zog ihr Smartphone aus der Tasche und schaltete es ein.

»Die meisten Verletzungen konnte er selbst behandeln. Ich musste in den letzten Jahren drei Mal in ein Krankenhaus gebracht werden, doch er wusste genau, wie er den Ärzten dort die Verletzungen erklären konnte.«

»Mistkerl. Brutal und intelligent ist keine gute Mischung.

Wie hat es angefangen und warum?«, fragte Nancy. Mia zögerte einen Augenblick und betrachtete die Regentropfen, die ans Fenster klatschten. »Wir haben zwei Jahre lang vergeblich versucht, ein Kind zu bekommen. Wir haben alle Untersuchungen über uns ergehen lassen und nach Zeitplan miteinander geschlafen. Obwohl die Ärzte bei keinem von uns ein medizinisches Defizit feststellen konnten, hat es einfach nicht sein sollen.«

»Sei froh«, warf Nancy lapidar ein, schaltete das Handy wieder aus und steckte es zurück in ihre Tasche. Sie konnte nicht wissen, wie sich Mia damals gefühlt hatte. Wie es war, wenn der Kinderwunsch nicht erfüllt worden war. Ein Leben, das aus der Symbiose zweier Liebender entstehen würde. *Zuerst ist es nur ein Pünktchen, doch irgendwann spürst du die Bewegungen – das Leben, das in dir heranwächst. Ein Mensch, ein kleines Wunder. Die Sehnsucht, die weiter reift und in völliger Verzweiflung endet.*

»Die Blume kann nichts dafür«, erwähnte Nancy und nahm den letzten Schluck ihres Latte macchiato. Mia merkte erst jetzt, dass sie die Blätter der Rose, die in der gelben Vase auf dem Tisch stand, einzeln abrupfte. Nancy sammelte die Blütenblätter ein und stopfte sie in die Vasenöffnung.

»Nach der dritten künstlichen Befruchtung und zwei Fehlgeburten war es dann soweit. Er hat angefangen zu trinken. Und eines Abends kam er auf mich zu und beschimpfte mich als nichtsnutziges Weib. Ich würde nur

Kosten verursachen und wäre zu nichts zu gebrauchen. Könnte nicht einmal das Einfachste und Natürlichste für eine Frau bewerkstelligen – ein Kind gebären. Er war plötzlich wie ausgewechselt. Ich kannte ihn so nicht. Ein anderer Mensch. Laut wurde er nie, aber sein Flüstern war viel unheimlicher, als wenn er geschrien hätte. Er packte mich am Jackenkragen und schleuderte mich gegen die Wand. Mein Kopf knallte gegen den Beton. Ich war geschockt. Wusste nicht, wie ich reagieren sollte. Als ich mich wieder gefangen hatte, habe ich ihm ganz klar zu verstehen gegeben, dass ich ihn verlassen würde, wenn er das jemals wieder täte. Er hat sich sofort tausendmal entschuldigt, meine Kopfwunde versorgt und mehrfach beteuert, dass so etwas nie mehr vorkommen würde.«

»Aber wenn doch einmal diese Grenze überschritten wurde …«

»Ich weiß«, unterbrach Mia und wischte sich eine Träne von der Wange.

»Verstehe, auch das können wohl nur Betroffene nachvollziehen.« Nancy streichelte Mias Hand. »Aber du hast es geschafft. Du bist dem Mistkerl entkommen.«

»Ja, bis jetzt. Nachdem ich ohne künstliche Befruchtung schwanger wurde, hatte ich doch tatsächlich die Hoffnung, dass jetzt alles wieder gut werden würde. Das war ein Fehler – ein großer Fehler. Mein Baby … « Mia kramte in ihrer Handtasche nach einem weiteren Tempotaschentuch. Sie wischte ihre Tränen ab und schnäuzte sich erneut die

Nase. Nancy musste die aufkommenden Gefühle von Mia richtig gedeutet haben. Sie sagte kein Wort und wartete ab, bis sich Mia wieder beruhigt hatte.

»Es war, als hätte jemand nach diesem Erlebnis einen Schalter in meinem Kopf gedrückt. Als hätte ich jahrelang als Untote dahinvegetiert – ferngesteuert, nur reagiert und nicht gelebt. Verstehst du? Ich habe mich einem Arzt im Krankenhaus anvertraut, der sofort die Polizei verständigte. Danach kam ich im Frauenhaus unter, wurde psychologisch betreut und habe auf den Kurbeginn im Sanatorium für Psychosomatische Erkrankungen gewartet.«

»So, und jetzt denkst du, dass dieser Mistkerl etwas mit der Anzeige zu tun hat?«, fragte Nancy und bestellte bei der Bedienung zwei Jasmintee.

»Genau. Ich konnte zwar eine Bannmeile erwirken, aber das nutzt relativ wenig. Die Polizei kann immer erst eingreifen, wenn tatsächlich etwas passiert ist, und dann kann es zu spät sein. Einmal musste ich das Frauenhaus schon wechseln.«

»Vorsicht ist die Mutter der Keramikkiste.«

»Porzellankiste.«

»Was? – egal, ich muss mal dringend. Bin gleich wieder da.« Nancy sprang auf, schob den Stuhl zurück und folgte dem Hinweisschild zu den Toiletten. Mia sah aus dem Fenster, hinüber auf die andere Straßenseite. Eine junge Frau beugte sich zu einem etwa zwei Jahre alten Kind und gab ihm einen Keks in die Hand. Das Kind biss einmal ab und warf den Keks in den Rinnstein. Verstehen konnte Mia natürlich nichts, aber die Gestik und Mimik der Frau sprachen Bände. Sie hob den gestreckten Zeigefinger und fuchtelte damit vor dem Kind herum. Genau in dem Augenblick, als sich die Frau wieder zu dem Kind beugte, trat eine Person vor das Fenster und versperrte Mia die Sicht.

8. Kapitel

Dezember 2014 - Vereist

In der verkehrsberuhigten Wohnstraße war noch nichts von einem Unfall zu erkennen. So schnell wie möglich rannte Linda in Richtung Hauptstraße. Der Gehweg war zwar gestreut, dennoch musste Linda aufpassen, dass sie nicht auf der Eisfläche ausrutschte. Schon von Weitem sah sie ihre Nachbarin, die den Kopf schüttelte. Immer mehr Menschen eilten von der naheliegenden Straßenbahnhaltestelle herbei und versammelten sich um die Unfallstelle. Der Unfall, den Linda erahnt hatte, eine Sekunde, bevor er geschehen war. Ein Unbekannter telefonierte lauthals.

»Jaaa … einen Notarzt, Rettungswagen, schnell«, verstand Linda. Der Mann hatte in der anderen Hand ein Taschentuch, mit dem er Blut von seiner Stirn wischte.

»Frau Dr. Schwarz«, rief Frau Brenner und rannte auf Linda zu.

»Was ist denn passiert?«, fragte Linda und sah in das mitleidige Gesicht ihrer Nachbarin.

»Linda, also … Frau Dr. Schwarz, bleiben Sie bitte

stehen«, flehte Frau Brenner und hielt Lindas Hände fest.

»Lassen Sie mich bitte durch.« Linda schob die Nachbarin zur Seite und ging einige Schritte näher an das Geschehen. Ihr Bauch krampfte sich zusammen. Trotz der eisigen Kälte wurde ihr heiß. Ein weißer Lieferwagen mit der Aufschrift »Hausmeisterdienst« versperrte ihr die Sicht. Er musste ins Schleudern geraten sein und stand quer auf der Straße. Mit dem Kotflügel hatte er ein parkendes Auto gerammt, das wiederum einen weiteren PKW auf den Bordstein geschoben hatte. Überall lagen Scherben.

»Frau Schwarz, bitte«, rief Frau Brenner und zog Linda von hinten an der Jacke.

Linda riss sich los. Hinter dem Lieferwagen standen fremde Personen, die sich über zwei leblose Körper beugten. Sie lagen einige Meter voneinander entfernt auf dem Boden. Linda sah die Kinderschuhe und rannte los. *Das sind Elefantenschuhe, Winterschuhe, die gleichen wie sie auch Leonie angehabt hat.* Heute Morgen, vorhin, als sie von Karin und ihrem Sohn abgeholt worden war. Linda unterdrückte die aufsteigende Übelkeit. Es war kaum ein Durchkommen. Die Passanten und Schaulustigen bildeten eine Traube um das verunglückte Kind. Panisch drückte sich Linda vorbei an den fremden Menschen. In dieser Situation legte sie keinen Wert auf Etikette oder Höflichkeit und verschaffte sich mit ihren Ellbogen den nötigen Platz. Schockiert sah sie in das blasse, schmerzverzerrte Gesicht und ließ sich auf die Knie fallen.

»Mama, Mama«, schrie der blonde Junge verzweifelt. Er hatte keine äußeren Wunden, aber sein Bein war unnatürlich verdreht.

»Mama, Mama«, rief der Junge weiter. Linda streichelte ihm über den Kopf und versuchte seine Aufmerksamkeit zu erlangen. Sie ging davon aus, dass er sich nicht nur das Bein gebrochen, sondern auch einen Schock hatte, und ein Schockzustand konnte schwerwiegende Folgen nach sich ziehen.

»Wohnst du hier in der Nähe?«, fragte Linda mit ruhiger Stimme.

»Mama, wo ist meine Mama?« Linda wandte sich an die Menschen, die immer noch hilflos um sie herumstanden.

»Kennt jemand von Ihnen den Jungen und weiß, wo er wohnt?« Linda sah in fragende Gesichter. Der eine oder andere zuckte mit den Schultern, aber auf eine Antwort wartete sie vergebens.

»So lassen Sie mich doch mal durch, Herrgott nochmal«, hörte Linda ihre Nachbarin. „Linda? Das ist Robin. Er wohnt mit seiner Mutter drüben in der Tannenbergstraße. Aber die Mutter ist bestimmt schon zur Arbeit.«

»Wissen Sie, wo die Mutter arbeitet, und können Sie sie verständigen?«, fragte Linda.

»Ja, mach ich«, bestätigte Frau Brenner und zog ihr Handy aus der Manteltasche. *Es gibt also durchaus Situationen, in denen neugierige Nachbarn von Vorteil sein konnten.* Linda überlegte, wie sie Erste Hilfe leisten konnte.

»Sie da«, rief Linda dem Herrn zu, auf dessen Jacke das Logo des Hausmeisterdienstes prangte. »Wir brauchen hier eine Rettungsdecke, damit wir den Kleinen wärmen können.« Der Mann starrte Linda wortlos an. Hinter ihm konnte Linda eine … eine Aktentasche erkennen, die auf dem Boden lag. *Thomas. Nein, von diesen Aktentaschen gibt es Hunderte. Doch! Nein, das kann nicht …*

Linda stand auf.

»Die Mutter von Robin macht sich gleich auf den Weg«, sagte Frau Brenner.

»Kümmern Sie sich um den Jungen. Er muss warm gehalten werden. Reden Sie mit ihm, aber lagern Sie ihn vorsichtshalber nicht um«, erwiderte Linda und rannte los.

Der Schnee hatte sich rot verfärbt. Blutrot. Sein Blut. Die Welt schien still zu stehen. Sie hörte Menschen, die Unverständliches vor sich hinmurmelten. Das Geschrei einer Frau hinter ihr und die Sirenen der Rettungsfahrzeuge, die noch weit entfernt waren. Doch ihre Welt – Lindas Welt war eingefroren. Ein Standbild. Nur für einen Augenblick. Ein Wimpernschlag der Zeit, der alles verändern konnte. Der einen Keil in den Verlauf des Lebens trieb und sie plötzlich in eine ganz andere Richtung manövrierte. Eine Richtung, die nicht geplant war, die nicht geplant werden konnte. Schicksal. *»Ich liebe dich auch.«*

»Thomas«, schrie Linda verzweifelt und ließ sich neben

ihm in den Schnee fallen. Linda wusste, dass Kopfwunden stark bluteten und oft schlimmer aussahen, als sie tatsächlich waren – meistens. *Bestimmt. Erste Hilfe … denken, Linda, denk. Bewegen? Nein, er könnte auch eine Rückenverletzung haben. Aber wenn … Nein. Einen klaren Kopf, du musst denken – wie soll ich das denn jetzt, verdammte Scheiße.*

»Wir haben den Puls schon gefühlt, der ist okay«, sagte der Hausmeister. Linda zog ein Taschentuch aus ihrer Jacke und versuchte verzweifelt, die Blutung zu stillen.

»Wir müssen einen Druckverband anlegen, er verliert zu viel Blut. Und wir müssen ihn warmhalten, wir brauchen auch hier eine Rettungsdecke … Sie da, Sie haben bestimmt auch einen Erste-Hilfe-Kasten im Auto, oder?«

»Ja, aber ich bin nicht schuld. Der Junge ist einfach über die Straße gerannt, ohne zu gucken, wollte wohl zur Straßenbahn. Dann musste ich ausweichen, kam ins Schleudern und hab dann den Mann da erwischt. Ich konnte nicht mehr bremsen, ehrlich«, rechtfertigte sich der Herr.

»Das klärt die Polizei. Los jetzt, den Verbandskasten«, forderte Linda.

»Ich halte ihm die Füße hoch«, mischte sich ein Passant ein.

»Nein.« Im gleichen Augenblick, als der Lieferwagenfahrer mit dem Verbandskasten zurückkam, trafen der Notarzt und der Rettungswagen ein.

»Sind Sie seine Frau?«, fragte einer der Sanitäter und half

Linda auf die Beine.

»Ja.«

»Wir kümmern uns«, erklärte der freundliche junge Mann mit der neonfarbenen Jacke.

»Kommen Sie, der Notarzt braucht Platz, damit er Ihrem Mann helfen kann. Sie wohnen hier in der Nähe?« Linda hörte nur mit einem Ohr zu und starrte zu Thomas, der kein Lebenszeichen von sich gab. Der Notarzt versorgte Thomas' Kopfwunde und legte eine Manschette um seinen Hals. *»Ich liebe dich auch.«*

Sie stand da und beobachtete die Szene wie eine Außenstehende. Durfte nicht zu ihm, in seiner Nähe sein, so, als wäre sie eine Fremde. Wie damals – genau wie damals. Sie sah ihren Vater vor sich und trat auf der Stelle hin und her. Hilflos. Ausgeschlossen. Sie hatte die Segeltouren mit ihrem Vater geliebt, sonntags, immer sonntags bei schönem Wetter. Hin und her. Der Wind, der ihr um die Nase gepfiffen hatte, wie jetzt. Doch jetzt handelte es sich um einen eisigen, kalten Wind. *Thomas.* Der Notarzt legte eine Infusion an. Hin und her. Einer der Rettungssanitäter entknotete den Schlauch und hob den Infusionsbeutel nach oben. Knoten, Linda kannte sie alle, Ihr Vater hatte sie ihr beigebracht. Ob Thomas' Schal warm genug war? Sie hatte ihm den Knoten enger gezogen heute Morgen. Als er gegangen war, hinaus in die Kälte. *»Ich liebe dich auch.«*

»Hallo, können Sie mich hören? Wie heißen Sie denn und wie ist der Name Ihres Mannes?«

»Thomas, Linda«, stotterte sie und trat auf der Stelle hin und her.

»Und Ihr Nachname?«, fragte der Rettungsassistent in einem ruhigen, freundlichen Ton.

Der Notarzt und zwei weitere Rettungskräfte verfrachteten Thomas auf eine Trage, deckten ihn zu und schoben ihn in den Rettungswagen.

»Doktor … entschuldigen Sie bitte«, sagte Linda und versuchte ihre Gedanken zu ordnen. »Dr. Thomas Schwarz und mein Name ist Dr. Linda Schwarz.«

»Kann ich helfen?«, mischte sich Frau Brenner ein.

»Sind Sie eine Bekannte von Frau Schwarz?«

»Ich bin eine Nachbarin, Frau Brenner«, stellte sie sich dem Sanitäter vor, der währenddessen Lindas Puls fühlte.

»Wir nehmen Frau Schwarz auch mit ins Krankenhaus, sie hat einen Schock.«

9. Kapitel

Plopp. Plopp. Der Wecker musste defekt sein, oder sie hätte schon viel früher die Batterien wechseln müssen. Die Bettwäsche roch nicht nach Frühlingswiese wie sonst. Sie kratzte. *Seidenbettwäsche kratzt nicht.* Plopp. Plopp. Linda wusste, dass alle Menschen träumten – jede Nacht. Nur die Erinnerungen daran waren unterschiedlich. Manchmal hatte man den Eindruck, als hätte man nicht geträumt. An andere Träume konnte man sich bruchstückhaft erinnern. Doch ab und zu – bei Linda eher selten – war die Erinnerung so stark, als wäre es tatsächlich passiert, als wäre sie tatsächlich nur mit dem Morgenmantel, den Stiefeln und ihrer Jacke bekleidet auf die Straße gerannt. Plopp. Plopp. Zu Thomas, der einen Unfall gehabt hatte. Dessen Blut den Schnee rot gefärbt hatte.

»Linda, bist du wach?« Sollte sie die Augen öffnen? Oder konnte sie zurück in ihren Traum flüchten, um Thomas zu warnen? Im Flur, als sie ihn verabschiedete, als sie den Knoten seines Schals enger gezogen hatte – kein Palstek, nur ein gewöhnlicher Knoten. Es war kalt draußen, er durfte sich nicht erkälten. Eiskalt. Plopp. Plopp. *»Ich liebe dich auch, aber bleib stehen. Stopp!«* Hätte sie die Chance, die einmalige Chance gehabt, alles zu ändern? Doch wenn es nur ein Traum gewesen war, dann konnte sie beruhigt die

Augen öffnen und vergessen.

»Hallo, Linda. Das Krankenhaus hat mich informiert. Du hast mich als Notfallkontakt angegeben. Es tut mir leid, so unendlich leid. Ich hab mich gleich auf den Weg gemacht. Ich bin für dich da«, sagte Jens.

Er musste sich geschnitten haben. Mitten auf seiner Wange prangte ein blutstillendes Pflaster. Die Lachfalten, die seinem Gesicht die sympathische, freundliche Ausstrahlung verliehen, waren heute nicht zu sehen. Diese Falten sahen eher besorgniserregend aus. Plopp. Plopp. Jens streichelte Linda über die Hand. *Thomas.*

»Ich bin da. Auch wenn du nicht reden möchtest. Du bist nicht allein.«

Sie hatte nicht viele Freunde. Freundschaften musste man pflegen, doch genau dafür hatte sie keine Zeit gehabt. *Thomas.* Dr. Jens Hartmann war ihr direkter Vorgesetzter, ein guter Kollege – nein, ein Freund.

»Wie geht es Thomas, wo ist Leonie?«, flüsterte Linda.

Eine Krankenschwester kam herein, zog einen Vorhang auf und drehte den Wasserhahn am Waschbecken dahinter fester zu. »Tropft der verflixte Wasserhahn wieder?«

»Du hattest einen Schock. Thomas liegt auf der Intensivstation. Die Ärzte kümmern sich gut um ihn. Karin, eure Nachbarin, hat Leonie vom Kindergarten mit nach Hause genommen. Aber meine Frau und ich kümmern uns gern in den nächsten Tagen um die Kleine«, erklärte Jens.

»Danke, aber das ist bestimmt nicht nötig.«

»Hallo, Frau Schwarz, ich bin Schwester Frieda.« *Frieda, wie das Kaninchen im Kindergarten von Leonie.*

Schwester Frieda kontrollierte die Infusion und steckte Linda ein Fieberthermometer in den Mund.

»Gleich kommt Ihr behandelnder Arzt, Frau Schwarz.«

***

»Meinst du nicht, dass es noch zu früh ist?«, fragte Jens.

»Nein, ich muss zu Thomas. Los, roll mich jetzt da rein oder ich stehe auf und gehe zu Fuß«, antwortete Linda und knöpfte ihren Morgenmantel zu.

Jens öffnete die Tür und schob Lindas Rollstuhl in das Zimmer der Intensivstation. Um Thomas' Kopf war ein dicker Verband angelegt. Mund und Nase wurden von der Beatmungsmaske verdeckt. Neben dem Bett stand ein Arzt. Er kontrollierte die Messwerte der Lebensfunktionen auf dem Monitor. Die Beatmungsgeräusche waren gleichbleibend, doch das Piepen, das aus dem Lautsprecher des Monitors kam, war unregelmäßig.

»Guten Tag«, begrüßten Linda und Jens den Arzt fast gleichzeitig.

»Näher, bitte fahr mich näher an sein Bett.« Linda streichelte Thomas' Hand.

»Guten Tag«, antwortete der Intensivmediziner, »Ihr Mann hat ein Schädel-Hirn-Trauma und liegt im Koma.«

Linda zitterte und ihr Magen verkrampfte sich. Schweiß bildete sich auf ihrer Stirn.

»Wird er … ich meine … wird er …?«, stotterte Linda. Sie konnte es nicht aussprechen, wollte die Worte nicht in den Mund nehmen – es nicht heraufbeschwören. *Alles wird wieder gut. Er ist stark. Ein junger, sportlicher Mann, hat keine Vorerkrankungen und ist ein Kämpfer. Alles wird gut.*

»Die nächsten vierundzwanzig Stunden sind entscheidend«, sagte der Arzt. Linda drückte Thomas' Hand. Sie war emotional so tief mit ihm verbunden, dass er es spüren musste – bestimmt. Fachleute behaupteten, dass Komapatienten vieles, was um sie herum passierte, unterbewusst miterlebten. *Er spürt es, er muss es spüren.*

»Die Hirnblutung ist gestoppt. Es besteht allerdings immer noch die Möglichkeit, dass wir Ihren Mann erneut operieren müssen. Wenn der Hirndruck nicht nachlässt, müssen wir schnell reagieren. Wir werden dann die Schädeldecke anbohren, um Blut und überschüssiges Liquor … Entschuldigung, ich meine Hirnflüssigkeit, abzulassen. Geben Sie dazu Ihr Einverständnis?« *Hirndruck, anbohren, Einverständnis.* Linda spürte, wie ihr Puls sich beschleunigte. Sie hatte das Gefühl, als würde ihr jemand mit einem Hammer gegen die Schläfen klopfen. *Schädeldecke.*

»Linda?« Jens legte seine Hand auf Lindas Schulter. *Alles wird gut.*

»Ja selbstverständlich, alles was nötig ist«, antwortete Linda.

Keinerlei Regung. Nicht die kleinste Veränderung – nicht einmal ein Zucken. Auch im Schlaf würde man sich bewegen. Sich hin und her drehen. Mit den Zehen wackeln oder einen Laut von sich geben. Nichts. Wie eine leblose Hülle. Selbst die Atmung war künstlich. Dabei war Thomas doch immer der Lebhaftere von ihnen beiden gewesen. Genau das war eine seiner Eigenschaften, die sie an ihm geliebt hatte – das und noch viel mehr. Schon damals, als sie sich auf dem Rummelplatz kennengelernt hatten, als er sie gerettet hatte. Genau so, wie es sich Linda als Kind immer erträumt hatte. Der Retter, der Prinz – nur ohne Pferd.

Sie hatte sich mit ihrer Freundin in die lange Warteschlange vor der Achterbahn eingereiht, als ein paar Jugendliche Feuerwerkskörper in die Menge warfen. Die Menschen gerieten in Panik, konnten durch die Absperrung aber nicht zurück. Sie drängten sich eng aneinander, schubsten andere zur Seite und versuchten das Hindernis zu überwinden. Einige lagen am Boden und wieder andere trampelten auf deren Körper, um zu entfliehen. Genau in dem Augenblick, als Linda zu Boden gerissen wurde, war er da – ihr Retter. Direkt hinter ihr. Er half ihr auf die Beine, schaffte sich mit seinen Ellbogen Platz und hob sie über die Absperrung.

»Ich liebe dich auch.«

10. Kapitel

Februar 2015 – Pasta

Er stand auf der Straße mit dem Rücken zum Fenster. Dem Fenster, hinter dem Mia gerade saß. Sie wusste, was passieren würde, wenn er sich umdrehte. Wenn er sie entdeckte, hier in dem kleinen Café. Sie konnte seine Berührungen förmlich spüren – ganz sanft. Wie er nach außen hin den Anschein wahren, das Café betreten und zielstrebig auf sie zukommen würde. Wie ein guter Bekannter, den man schon lange nicht mehr gesehen hatte. Er würde keine Fehler machen. Seine Handlungen waren immer wohl durchdacht. Niemand würde Mia helfen – warum auch? Warum sollte jemand sie vor einem freundlichen, attraktiven Mann beschützen? Er verstand es, sich auszudrücken, sich zu benehmen – zumindest in der Öffentlichkeit.

Er zog sein Handy aus der Tasche und telefonierte. Wäre sie jetzt aufgesprungen und zur Toilette gerannt, zu Nancy, hätte die Bedienung bestimmt ein Problem damit gehabt. Die Rechnung war noch nicht beglichen und Mia hatte kein Bargeld eingesteckt.

Sie könnte so tun, als habe sie etwas verloren und müsste unter dem Tisch danach suchen. Sollte sie sich bücken? Würde er die Bewegung aus dem Augenwinkel heraus bemerken und sich gerade deshalb in ihre Richtung drehen? Ihr Herz schlug schneller. Ob Nancy rechtzeitig zurückkommen würde? Was könnte sie gegen ihn ausrichten? Gegen einen hünenhaften Mann, der so groß und breit war wie ein Kleiderschrank. Er drehte sich seitlich zum Fenster. Mia wurde übel. Ihr Bauch verkrampfte sich und die Schmerzen, die sie heute Morgen schon in Beschlag genommen hatten, kehrten zurück – Pünktchen. Sollte sie die Polizei verständigen? Was sollte sie sagen? *Da steht Dr. Arnold West vor dem Schaufenster eines Cafés, in dem ich mich befinde. Er hat mich zwar noch nicht entdeckt, aber er darf sich mir nicht weiter als fünfzig Meter nähern?* Davon abgesehen hatte Mia kein Mobiltelefon. In der Zeit nach der Trennung hatte Arnold sie terrorisiert, so lange, bis sie in ihrer Verzweiflung ihr Handy entsorgt hatte. Seitdem wollte sie kein neues mehr. Sie drückte gegen ihre Bauchdecke, dem Schmerz entgegen, atmete tief ein und wieder aus. Er steckte das Smartphone zurück in seine Tasche und ging los. Gleich war er an der Tür. Würde er eintreten und nach rechts blicken, säße Mia wie auf dem Präsentierteller. An diesem Vormittag befanden sich nur wenige Gäste in den übersichtlichen Räumlichkeiten. Zwei ältere Damen, ein Herr, der in seine Tageszeitung vertieft war, und eine junge Frau im edlen Businesskostüm, die ständig auf ihr Tablet tippte. Keiner würde es bemerken, wenn sie freundlich und ganz sanft bedroht wurde.

Der Vorhang vor der Eingangstür bewegte sich. Ganz sicher der Luftzug, der durch die geöffnete Tür verursacht wurde. Sie konnte »We are the Champions« hören. Ein Klingelton, der ihr wohlbekannt war, der sie zusammenzucken ließ. Sie drückte noch fester gegen ihre Bauchdecke.

Vor Mia stand der dampfende Jasmintee. Er war heiß und die Tasse so voll, dass sie es noch nicht gewagt hatte, einen Schluck davon zu kosten. Sie zitterte und hatte Angst, ihn zu verschütten. Sie wusste, welche Schmerzen heiße Flüssigkeit verursachen würde – nicht nur im Mund. Mia konnte es spüren, noch heute.

Sie sah, wie er in die Küche gekommen war, als sie gerade das Abendessen vorbereitete. Die Pasta wurde im sprudelnden Salzwasser aufgewirbelt. Nicht mehr lange, und sie war al dente – genau so, wie er sie liebte, wie sie sein musste. Die Tomatensoße hatte Mia bereits auf die kalte Herdplatte geschoben und den Parmesan – selbstverständlich frisch gerieben – auf den Tisch gestellt. Arnold kam auf sie zu und hauchte ihr einen nach kaltem Nikotin stinkenden Kuss auf die Wange. Die Alkoholfahne wehte ihm zwei Meter voraus.

»Gibt es schon wieder Nudeln?« Sie wusste, dass es völlig egal war, was sie darauf antwortete. Kannte genau den Ausdruck in seinen Augen, die Stimmlage. Ohnehin war es mal wieder soweit. Er hatte seinen Rhythmus. Er würde sie berühren, ganz sanft.

»Ich kann dir auch etwas anderes kochen.« Es war egal. Sie wappnete sich. Spannte ihre Muskeln an und duckte sich. Doch es traf sie keine Faust. Kein Schuh, so wie erwartet.

Sie hörte, wie er den Topf vom Herd nahm. *Nein, das würde er nicht … so weit würde er nicht gehen.* War es kochend heiß oder eiskalt? Im ersten Bruchteil einer Sekunde konnte sie es nicht mit Bestimmtheit sagen. Das Wasser ergoss sich auf ihrem Rücken. Es brannte sich tief in ihre Haut. Ein Brennen, das unbeschreiblich war, für das es keine Worte gab.

»Tataaa, da bin ich wieder«, lachte Nancy und schwang sich mit einer eleganten Bewegung auf den Stuhl.

»Steht er noch da vorne im Eingangsbereich?«, flüsterte Mia.

»Wer, wo?«, fragte Nancy laut und drehte sich zur Tür.

»Er, er ist hier«, erwiderte Mia mit zittriger Stimme.

»Das Arschloch? Dein …« Nancy wartete Mias Antwort nicht ab. Sie sprang von ihrem Stuhl auf und stapfte Richtung Tür.

»Da ist keiner«, rief sie Mia zu. Er musste, nachdem er den Anruf erhalten hatte, wieder aus dem Café gegangen sein. Mia konnte nicht wissen, wer angerufen hatte, aber in

Gedanken wünschte sie dem Anrufer alles Gute und bedankte sich.

»Jetzt beruhige dich wieder. Wenn er da war, ist er jetzt weg.«

»Was heißt, wenn … wenn er da war. Glaubst du mir etwa nicht?«

»Doch, doch. Komm wieder runter.«

»Du könntest auch nichts gegen ihn ausrichten.«

»Hast du eine Ahnung, ich habe den schwarzen Gürtel. Ich kann Mikado, jawoll«, prahlte sie lachend.

Mia nahm einen Schluck von dem Tee. Das aromatisierte Getränk schmeckte bitter. Mia schüttelte sich.

»Nee, der schmeckt nicht, da haste recht«, kommentierte Nancy. »Sag mal, warum bist du nicht einfach in eine andere Stadt gezogen, wenn du dem Mistkerl hier ständig über den Weg laufen kannst?«

»Das erste Frauenhaus, in das man mich nach dem Übergangsheim gebracht hat, war in Berlin, also etwa 800 Kilometer entfernt von Freiburg. Nach etwa drei Wochen hatte er mich ausfindig gemacht. Frag mich nicht, wie, aber er hat gute Bekannte – viele gute Bekannte. Er hat mich ins Auto gezerrt und wieder nach Freiburg verschleppt. In unsere Wohnung. Das war Anfang Dezember letzten Jahres, und du willst gar nicht wissen, was …« Mia schluckte schwer. »Und zum anderen habe ich mich, so wie es mir möglich war, um eine ältere Dame gekümmert, die ich auch nicht völlig sich selbst überlassen wollte. Das Grab meiner Oma ist auch in Freiburg und …«

»Hast du ’nen Knall?«, unterbrach Nancy. »Wenn du genau weißt, was das für ein Dreckskerl ist und was er mit dir anstellt, falls er dich erwischt, dann denkst du an eine alte Dame und an das Grab deiner Oma? Na ja, wenn da drin noch Platz genug für dich ist.«

Nancys Worte trafen Mia mitten ins Herz.

Nancy hatte recht. Natürlich hatte sie recht, auch wenn Mia sich über ihre Ausdrucksweise ärgerte. Doch wo sollte sie hin? In welcher Stadt wäre sie vor ihm sicher? Im Ausland? Sollte sie ihren Namen ändern und Hunderte Kilometer zwischen sich und ihre Heimatstadt bringen? Konnte sie sich an irgendeinem Ort auf der Welt sicher sein, dass er sie nicht finden würde? Sie müsste immer in Angst leben. *Das machst du hier auch.* Sie würde niemanden kennen, wäre fremd. *Das bist du hier auch. Nein, ich kenne zumindest die Stadt, die alte Dame, Frau Neumann, meine Therapeutin und jetzt Nancy.* Eine neue Sprache lernen, ein neues Leben. *Das kannst du hier auch.*

11. Kapitel

»Ihre Karte wurde einbehalten. Bitte setzen Sie sich mit einem Mitarbeiter unserer Filiale in Verbindung«, stand auf dem Display.

»Mist.«

»Was denn los?«, fragte Nancy.

»Weg, einfach weg, meine EC-Karte.« Mia klopfte gegen den Geldautomaten.

»Das nutzt nüscht. Wenn weg, dann weg. Ich kenne das, glaub mir. Du musst da rein und mit einem Bankangestellten sprechen. Da beißt der Hund keinen Faden ab.«

»Die Maus.«

»Was? – ach egal. Komm jetzt.«

Die Krawatte hing schief und der Knoten war nicht fachmännisch ausgeführt, das sah Mia auf den ersten Blick – schließlich hatte sie Arnold jeden Morgen einen Windsorknoten binden müssen. Auch aufgrund des geschätzten Alters des Bankangestellten ging sie davon aus, dass es sich um einen Auszubildenden handeln musste.

»Ja, also … ich hole mal meinen Chef, einen Moment, bitte.« Der Azubi entfernte sich eilig.

»Jetzt hat der die ganze Zeit auf seinen blöden

Bildschirm geglotzt, da stand doch bestimmt, warum die Karte einbehalten wurde. Auch wieder Korinthenkacker hier, ich sag's dir.« Nancy lehnte sich über die Theke und versuchte, den Bildschirm in ihre Richtung zu drehen. Jemand hinter ihr räusperte sich, und sie ließ von ihrem Vorhaben ab.

»Schönen guten Tag, mein Name ist Marcus Langenstein, ich bin der Filialleiter. Mein Mitarbeiter hat mich über Ihr Anliegen informiert. Würden Sie mir bitte in mein Büro folgen? Dann können wir die Sache besprechen.«

»Guten Tag«, begrüßten Mia und Nancy Herrn Langenstein und folgten ihm in sein Büro.

»Nehmen Sie bitte Platz.« Der Filialleiter deutete auf zwei Stühle, die vor seinem Schreibtisch standen. Auf der Arbeitsfläche herrschte Ordnung. Alles spiegelte, als hätte die penible Putzfrau gerade erst nach getaner Arbeit den Raum verlassen. Kein unnötiges Stück Papier, nicht einmal ein Notizzettel war zu sehen. Nur ein aufgeschlagener Kalender, der Bildschirm und die Tastatur, auf die Herr Langenstein tippte, sobald er saß. Mia und Nancy sahen sich fragend an.

»Frau Mia Kronen?«

»Ja«, bestätigte sie.

»Kann ich bitte Ihren Personalausweis sehen?«

»Den habe ich leider nicht dabei.« *Wenn ich nur wüsste, wo das blöde Ding steckt.*

»Wenn Sie sich nicht ausweisen können …«

»Also, nu stellen Sie sich mal nicht so an, ja. Mia hatte ja schließlich ihre EC-Karte dabei, die im Übrigen immer noch in Ihrem Automaten steckt. Und wenn sie die geklaut hätte, dann wäre sie bestimmt nicht so blöd und würde hier persönlich vor Ihnen sitzen – oder?«, wandte Nancy ein. Herr Langenstein überlegte und tippte wieder auf die Tastatur ein.

»Na gut. Dann nennen Sie mir bitte Ihre Personalien.«

»Mia Kronen, geboren am 15. Mai 1986 in Freiburg«, sagte Mia.

»Verheiratet oder ist das Ihr Mädchenname?«, fragte Herr Langenstein weiter.

»Beides«, war Mias Antwort. Als sie jedoch den fragenden Blick des Filialleiters sah, erklärte Mia weiter: »Ich bin noch verheiratet und befinde mich im Trennungsjahr. Bei der Heirat habe ich nicht den Namen meines Mannes angenommen, sondern meinen Mädchennamen behalten.«

»Gut«, kommentierte Herr Langenstein. »Und wann haben Sie das Girokonto eröffnet?« Sein Unterton klang eher ungläubig als fragend.

»Sind wir bei „Wer wird Millionär“? Dann ziehen wir jetzt den Publikumsjoker. Zur Sache, Schätzchen«, unterbrach Nancy. Unbeeindruckt von Nancys Kommentar antwortete Mia: »Im August letzten Jahres.«

»Wann haben Sie das letzte Mal Geld abgehoben?«

»Das weiß ich nicht mehr so genau. Ist aber schon eine Weile her.« Mia überlegte, doch ein genaues Datum wollte ihr nicht einfallen.

»Können Sie mir zumindest Ihren letzten aktuellen Kontostand nennen?«

»Boah, Sie können echt nerven, das sag ich Ihnen. Sie will doch nur ihre Karte zurück und Geld abheben, was ist denn daran so schwer?« Nancy rutschte nervös auf ihrem Stuhl hin und her.

»Meine Damen. Ich mache hier wirklich eine Ausnahme. Wenn Sie sich schon nicht ausweisen können und Sie hier in unserer Filiale auch nicht persönlich bekannt sind, müsste ich Sie normalerweise wieder unerledigter Dinge nach Hause schicken. Also bitte ich um etwas Geduld. Ich muss zumindest einen Datenabgleich vornehmen.«

Nancy sah auf den Boden und murmelte etwas Unverständliches vor sich hin.

»Entschuldigen Sie, Herr Langenstein. Selbstverständlich. Ich habe im Dezember das letzte Mal Geld abgehoben … denke ich. Es müssten sich jetzt ca. 3000 Euro auf dem Konto befinden.«

»Laut den vorliegenden Buchungen haben Sie am 26. Dezember das gesamte Guthaben von 1.580 Euro abgehoben.«

»Warum fragen Sie dann so dumm, wenn Sie es eh schon wissen?«, mischte sich Nancy wieder ein.

»Das kann schon sein, aber wir haben Februar, und

wenn ich seit diesem Zeitpunkt kein Geld vom Konto abgehoben habe, dann müsste ich ein Guthaben von über 3.000 Euro haben. Ich bekomme schließlich jeden Monat Unterhaltszahlungen von meinem Noch-Ehemann. Wo liegt das Problem?«, ereiferte sich Mia.

»Ja, genau. Wo liegt das Problem? Zeit ist Gold.«

»Geld, junge Dame. Zeit ist Geld. Immer mit der Ruhe. Ich versuche gerade, die Angelegenheit für beide Seiten zufriedenstellend abzuklären.«

»Welche Angelegenheit? Ihr Automat hat versehentlich meine Karte einbehalten«, ärgerte sich jetzt auch Mia.

»Die Dinge gestalten sich etwas komplizierter, Frau Kronen.«

»Und um was geht es genau?«, keifte Nancy ungeduldig.

»Ich habe hier eine Bestätigung vorliegen, dass Sie, Frau Mia Kronen, am 25. Januar 2015 verstorben sind. Das Konto existiert nicht mehr.«

12. Kapitel

Dezember 2014 – Die Diagnose

Oberschwester Irmgard stellte eine Tasse Kaffee auf Lindas Schreibtisch. Die Krankenschwester musste wieder einige Kilos zugelegt haben, oder der weiße Kittel war bei der letzten Wäsche eingegangen. Die Abstände zwischen den Knöpfen im Brustbereich gaben den Blick auf ihr hautfarbenes Mieder frei.

»Danke, Irmgard, aber Sie müssen mich doch nicht bedienen.«

Irmgard Westphal gehörte zum Stammpersonal der Station in der Feldmann-Klinik. Jens erwähnte des Öfteren scherzhaft, dass sie bereits zum Inventar zählte. Irmgard hatte hier ihre Ausbildung absolviert und würde vermutlich – was nicht mehr lange dauern konnte – auch von hier aus direkt in Rente gehen. Sie war die Mutter der Station.

»Mach ich doch gern. Wie geht es Ihrem Mann?«

»Unverändert. Aber zumindest hat der Hirndruck nachgelassen. Die Ärzte sagen, er sei stabil«, antwortete Linda. Das Klopfen an der Tür unterbrach die Unterhaltung.

»Ja bitte?« Jens öffnete die Tür und kam mit einigen Akten unter dem Arm auf Linda zu.

»Wir sehen uns später, ich gehe wieder an die Arbeit«, verabschiedete sich Irmgard.

»Bist du dir sicher, dass du dich schon wieder in die Arbeit stürzen kannst?«, fragte Jens.

»Ja, das lenkt zumindest ab. Immer nur zwischen zuhause und dem Krankenhaus zu pendeln, das macht mich verrückt.« Linda deutete Jens an, auf dem Stuhl vor ihrem Schreibtisch Platz zu nehmen. *Zuhause.* Ohne Thomas war es das nicht mehr. Sie vermisste ihn. Sie fühlte sich leer, einsam. Er war ein wichtiger Teil ihres Lebens. Doch dieser Teil lag nun regungslos im Krankenhaus, umgeben von Menschen, für die er nur ein x-beliebiger Patient war.

»Wie verkraftet es Leonie?«, fragte Jens besorgt und setzte sich.

»Es ist nicht so einfach, einem vierjährigen Kind die Situation zu erklären. Sie weiß, dass ihr Papa eine Kopfverletzung hat und sich jetzt erholen muss, damit es heilt.«

Linda fiel es nicht leicht, darüber zu sprechen. Probleme, die sie selbst betrafen, machte sie lieber mit sich im Stillen aus. Als Psychologin konnte sie dieses Verhalten natürlich nicht gutheißen. Es war wichtig, über bedrückende Ereignisse zu sprechen, sich irgendwann zu öffnen und sich jemandem anzuvertrauen.

»Das kann ich gut verstehen. Mein Angebot steht immer noch. Leonie darf gern einige Tage oder auch Wochen bei uns verbringen. Susanne, meine Frau, und Svenja würden sich bestimmt sehr freuen über den kleinen Wirbelwind.«

»Das ist nett, danke. Aber Leonie braucht mich jetzt«, sagte Linda.

»Und wie kommst du zurecht mit der Situation?«, fragte Jens.

Der Unfall hatte ihre komplette Lebenssituation verändert. Thomas fehlte überall im Haus. Zu jedem Gegenstand in ihrer Villa gab es eine Geschichte. Die Einrichtung hatten sie gemeinsam ausgesucht. Sie wirkte jetzt wie Ausstellungsstücke in einem Möbelhaus – schick, aber unbewohnt, nicht vollkommen. Für Linda hätte dieser Prunk nicht sein müssen, auch wenn sie das Geld dazu gehabt hatte – das Vermögen, das ihr von ihren Eltern hinterlassen worden war. Alles Geld der Welt würde Thomas nicht schneller wieder aufwachen lassen, ihn genesen lassen und zu ihr zurückbringen. »Die Gesundheit und die Familie sind das wertvollste Gut, das ein Mensch besitzen kann«, pflegte Lindas Vater zu sagen. Damit hatte er recht gehabt.

»Linda?«

»Entschuldige, Jens, ich war in Gedanken.«

»Wenn du reden willst oder etwas brauchst, du weißt, ich bin da für dich.« Er beugte sich auf seinem Stuhl nach vorne und streichelte Linda über die Hand.

»Danke.«

»Fühlst du dich stark genug für eine neue Patientin?«

»Apropos Patientin, wie geht es denn unserer Frau X – der braunhaarigen, jungen Frau, die ich davon abhalten konnte, sich mit der Scherbe die Halsschlagader aufzuschlitzen?« Es nützte ja nichts. Linda bemühte sich, ein wenig Interesse für ihre Arbeit zu entwickeln.

»Gut. Woher sie allerdings die Scherbe hatte, wissen wir immer noch nicht. Sie spricht nur mit den Papageien im Atrium. Wir zeichnen alles auf, so wie besprochen. Das war eine gute Idee von dir.« Jens lächelte. »Wir konnten deine Studie wieder einmal in der Praxis belegen. Menschen, die nach einem Trauma zuerst abgelenkt und erst zu einem späteren Zeitpunkt mit dem Erlebten konfrontiert werden, entwickeln viel seltener eine posttraumatische Belastungsstörung. Das scheint nicht nur bei deinen ambulanten Patienten zu funktionieren, sondern auch bei Frau X. Wir werden uns noch Zeit damit lassen, die traumatischen Ereignisse anzusprechen. Ich bin gespannt, was sie den Papageien alles anvertraut hat.« Jens zwinkerte ihr zu. »Wir müssen gerade in der Psychologie neue Wege beschreiten. Sicher sind unsere Patienten keine Versuchskaninchen und ganz sicher bewegen wir uns rein rechtlich mit den Aufnahmen in einer Grauzone. Doch hierbei geht es auch in gewisser Weise um die Sicherheit der Patientin. Immerhin können wir die Selbstmordgefahr noch nicht vollständig ausschließen. Und die ein oder andere altbekannte Therapiemethode etwas zu pimpen, war bei unseren Schützlingen bisher immer von Erfolg gekrönt. Das haben wir nicht zuletzt auch dir zu verdanken, Linda.«

Linda lächelte. »Pimpen?«

»Svenja«, grinste Jens. »Meine Kleine wird zum Teenie und beschwert sich darüber, dass ich mich zu hochgestochen und zu förmlich artikulieren würde. Also, *pimpen* ist jetzt ein hipper Ausdruck – oder?«

»Na klar, richtig cool«, bestätigte Linda.

»Entschuldige, ich wollte dich eigentlich nicht so lange behelligen. Allerdings ist es auch schön, dich wieder im Team begrüßen zu dürfen.« Jens schob die Tasse zur Seite und schlug eine der Akten auf. »Jetzt ist auch noch dein Kaffee kalt.«

»Kalter Kaffee macht schön«, entgegnete Linda.

»Das hast du ja nicht nötig. So, genug der Floskeln.« Jens zeigte auf das Aufnahmeformular, »Es geht um eine Frau Petra Westphal, fünfunddreißig Jahre alt und körperlich in einem desolaten Allgemeinzustand. Sie war bereits in der Uniklinik – es sind keine Anzeichen äußerer Misshandlungen zu erkennen. Die dortige Psychiaterin diagnostizierte eine dissoziative Identitätsstörung. Dein Fachgebiet.«

»Frau Westphal? Ist sie mit Irmgard verwandt?«, fragte Linda.

»Nein, das war auch mein erster Gedanke, aber

Westphal ist anscheinend kein seltener Name in Freiburg und Umgebung.«

»Kann man schon sagen, ob nur eine oder bereits mehrere unterschiedliche Persönlichkeiten die Kontrolle übernommen haben?«

»Nein. Die Psychiaterin hat nur die Diagnose gestellt. Solche Patienten werden, wenn die Uniklinik selbst keine stationären Plätze zur Verfügung hat, so schnell wie möglich in eine Fachklinik überwiesen.« Jens schob seine Brille zurück auf die Nasenwurzel und zog einen seiner Kugelschreiber aus der Brusttasche.

»Das Problem bei der Therapie besteht darin, dass sich die Patientin nicht oder nur schemenhaft an das Handeln der jeweils anderen Persönlichkeit erinnern kann. Die Ursache findet sich oft schon in der Kindheit bei posttraumatischen Belastungsstörungen oder Misshandlungen«, kommentierte Linda.

»Und die körperlichen Auswirkungen können meines Wissens extrem sein.«

»Ja, Depressionen, Angstzustände bis hin zu Panikattacken, Essstörungen, Suchterkrankungen und vor allen Dingen die Selbstverletzungsgefahr, die wir in erster Linie verhindern müssen.« Jens setzte seine Unterschrift unter das Aufnahmeformular.

»So«, er reichte ihr die Akte über den Schreibtisch, »das ist jetzt deine Patientin. Wenn es Probleme gibt, du weißt, wo du mich oder einen unserer Teamkollegen finden kannst. Einfach anpiepen.«

13. Kapitel

Februar 2015 – Der Meister

Die Zeitungsanzeige, die Mia in diesem Augenblick wieder vor sich sah, und der Bankangestellte, der einen weiteren Beleg für ihren Tod gehabt hatte, ließen sie an ihrem Verstand zweifeln. Miss Logik meldete sich zu Wort: *Genau das möchte Arnold doch erreichen. Das ist sein Ziel. Wenn er dich anders nicht zu fassen bekommt, dann auf diese makabere Art und Weise. Er dreht dir den Geldhahn zu. Wenn er dich nicht körperlich verletzen kann, dann eben finanziell und psychisch. Geh zur Polizei und wehr dich, lass dir das nicht gefallen. Lass dir nie wieder etwas gefallen von diesem Mistkerl.* Arnold hatte überall seine Freunde und guten Bekannten. Mia wusste, dass ihm der Polizeipräsident dankbar war, er stand in Arnolds Schuld. Nur er, der stadtbekannte, herausragende Gynäkologe Dr. Arnold West, hatte ihm und seiner Frau zu dem lang ersehnten Nachwuchs verhelfen können. Natürlich stand Arnold unter Schweigepflicht und hätte auch seiner Frau niemals Interna aus seiner Praxis preisgeben dürfen. Dennoch hatte er in gewissen Abständen, immer dann, wenn er alkoholisiert gewesen war, von seinen prominenten

Patientinnen geschwärmt. Wie intelligent und stilvoll sie waren, wie ansehnlich, sportlich und geschmackvoll gekleidet, im Gegensatz zu Mia. Sie hatte kein Händchen für angesagte Mode, kleidete sich wie ein Bauerntrampel, war dumm und ungeschickt, zu nichts außer einem Quickie im Dunkeln zu gebrauchen. Das hatte ihr Arnold immer wieder eingebläut. Bis sie es geglaubt hatte. Er hatte sich genommen, was und wann er es wollte. Sie hatte kein Mitspracherecht gehabt. Warum auch, sie hatte keine Meinung haben dürfen. Arnold war kein Alkoholiker. Es konnte passieren, dass er monatelang keinen Tropfen anrührte, doch dann soff er wieder einige Wochen am Stück.

Arnolds gute Laune war nicht zu überhören, als er mit seinem Mercedes in den Innenhof fuhr und diesen mit lauter, dröhnender Musik beschallte. Wie er mitsang – sein Lieblingslied, es war immer sein Lieblingslied gewesen. „We are the Champions“ von Queen. Allerdings hatte er eine kreative Textänderung im Refrain vorgenommen:

I am the champion, my friend
And I'll keep on fighting till the end

Er war der Meister und es gab keine Zeit für Verlierer – für Loser, wie Mia. *»Ich bin der Sieger, mein Freund.«* Sie sah zum Fenster hinaus – aus ihrer Glaskuppel – und beobachtete ihn. *»… und ich werde bis zum Ende kämpfen.«* Er schlug zum

Beat aus den Bassboxen mit seinen Fäusten auf das Lenkrad. Brachte sich in Stimmung und heizte sich auf. *»I am the champion.«* Sie wusste genau, wann das Lied zu Ende war, wann Freddie Mercury das letzte Wort *»world«* anstimmen würde. *»Keine Zeit für Verlierer, denn ich bin der Sieger der Welt.«* Sie konnte es mitsingen – innerlich, nur für sich, sie kannte die Melodie, jeden Ton, auch den letzten, den sie gerade vernahm. Der Meister stieg aus und knallte die Autotür zu. Gleich würde er bei ihr sein, ihr zeigen, wer der Loser war, was er von ihr hielt, und sie berühren, ganz sanft. So sanft, dass die Bassdrum – seine Faust – passend zu *»I am the champion«* geschlagen werden konnte. Verstecken, in ein Mauseloch verkriechen, sich unsichtbar machen oder gar in Luft auflösen, wenn das nur möglich gewesen wäre. Seine schweren Stiefel trampelten die fünf Stufen ins Hochparterre zur Wohnungstür. *Aus dem Fenster klettern, in einem Schrank verstecken oder die Pulsadern aufschlitzen. »I am the champion.«* Der Schlüsselbund raschelte. Mia konnte jede einzelne Spitze des gefeilten Aluminiums hören. Wie er ganz sanft ins Schloss gesteckt, bis zum Anschlag geschoben und gedreht wurde. Das bekannte Geräusch, wenn der Zylinder den passenden Schlüssel erkannte und aufsprang.

Es gibt immer einen Ausweg. Nein. Wenn er sich über etwas geärgert oder ihm jemand nicht den gebührenden Respekt entgegengebracht hatte, dann durfte Mia seine Fäuste oder die Stiefel spüren, ganz sanft. Die Alternative wollte Mia nicht in Betracht ziehen. Nicht jetzt, ohne zu fragen. Nicht ohne jegliche Zärtlichkeit – ganz sanft und nicht in seinem Zustand. *»I am the champion.«*

Doch Mia hatte keine Wahl, sie musste sich mit den Qualen zufriedengeben, die er ihr schenkte.

»Na, mein Schatz«, säuselte er, als er in die Küche kam, »hattest du einen schönen Tag?«

Was sollte sie darauf antworten? Mia wusste, dass er nicht auf eine Antwort wartete. Im Gegenteil, sie hätte mit jedem Wort nur heraufbeschwören können, dass er sie berührte.

»Ich musste heute den ganzen Tag an dich denken.« Er hatte sich für die andere Möglichkeit entschieden. Arnold kam auf sie zu und drückte sich an sie. Er umarmte sie und küsste ihren Hals.

»Ich habe heute viele Patientinnen berührt und abgetastet. Musste mit meinen Fingern jede ihrer noch so verborgenen Windungen ergründen. Ich komme in Regionen, die nicht einmal der intimste Partner erforschen könnte. Wenn sie vor mir auf dem Gynäkologenstuhl liegen, mit gespreizten Beinen, und mir den Einblick gewähren. Wenn ich meine Handschuhe ausziehe … Du willst wissen, was dann passiert?« Er streichelte Mia über den Kopf und beantwortete sich seine Frage selbst. »Ich fasse sie ganz sanft an. Meine Fingerspitzen hauchen nur an ihren Schleimhäuten. Ich beobachte ihre Gesichter, aus denen die Anspannung langsam entweicht. Wie gerne würde ich nicht nur meine Handschuhe ausziehen. Würde den Frauen zeigen, wer der Champion, der Meister ist. Sie zum Stöhnen bringen. Ihnen ein Gefühl geben, von dem sie nicht gedacht hätten, dass sie es überhaupt empfinden könnten. Aber dafür habe ich ja dich, mein Schatz. Du wartest bestimmt schon den ganzen Tag darauf, dass ich dich endlich berühre.« Das Zittern fing in ihren Beinen an, zog über ihren Bauch bis in die Arme. Jeder Muskel ihres Körpers spannte sich an und verkrampfte.

»Bitte, Arnold, ich hab das Essen auf dem Herd …« Seine flache Hand traf ihre Wange mit voller Wucht.

»Was interessiert mich jetzt dein Scheiß-Essen. Komm her, ich will dich berühren.« Er packte sie an den Oberarmen, drehte sie mit dem Rücken zu sich und warf sie gegen den Küchentisch. Die Kante der Tischplatte stieß tief in ihren Bauch. Als sich Mia wieder aufrichten wollte, drückte er ihren Oberkörper zurück auf die Platte.

»Bitte nicht«, schluchzte sie.

»Du rufst nach mehr? Ja, so hab ich das gern. Bettle, dass ich dich berühre, dass du mich spüren willst. Bitte mich darum, dass ich dich befriedige, deine Sehnsüchte und Begierden stille. Los, bettel mich an!« Sein Körper lag wie ein Stein auf ihr. Arnold brachte mindestens das Doppelte wie Mia auf die Waage. Sie spürte seine Hände unter ihrem Rock. Fühlte, wie er ihren Slip nach unten zog und gleich darauf seinen Gürtel von der Hose löste.

»Los, bitte mich darum. Fühlst du die Feuchtigkeit, die langsam deine Lenden erreicht? Der Druck in deinem Unterleib, der sich immer weiter aufbaut? Du willst mich, du willst mich spüren – ganz sanft. Du willst wissen, wie es ist, wenn dich die erste kaum merkliche Berührung um Gnade winseln lässt. Du wirst mich um mehr anbetteln. Jetzt!« Mias Atem stockte. Aus dieser Nähe konnte sie seinen Körpergeruch kaum aushalten. Arnold ließ von ihr ab und richtete sich auf. Der erste Schlag des Ledergürtels klatschte auf ihr Gesäß. Sie biss sich vor Schmerzen auf die Unterlippe.

»Du sollst betteln!« Mia versuchte sich aufzurichten, doch im selben Augenblick drückte er sie wieder zurück auf die Tischplatte.

»Verstehe, du willst es hart. Das gefällt dir, nicht wahr?« Mia hörte, wie der zweite Peitschenhieb zischte. Sie hatte das Gefühl, als würde ihre Haut nur noch in brennenden, losen Fetzen herunterhängen. *I am the champion.*

»Hast du mich immer noch nicht verstanden? Du willst es noch härter? Dann komm mit, komm ins Schlafzimmer.« Arnold ließ von ihr ab. Mia richtete sich auf und zog ihren Slip über die schmerzenden Striemen nach oben.

»Das stört nur. Lass das Ding aus, mein Schatz. Wie soll ich dich sonst an den richtigen Stellen spüren lassen, wie sehr ich dich liebe?« Mia nutzte die Gelegenheit und rannte los. Durch den weitläufigen Flur ins Badezimmer. Sie knallte die Tür zu und drehte den Schlüssel um.

Das Klingeln des Telefons war ihre Rettung. Der Anrufer war dafür verantwortlich, dass Arnold die Wohnung verließ und an diesem Abend auch nicht wieder zurückkehrte – doch nur an diesem Abend.

14. Kapitel

»Mia … Mia? Hallo. Jemand zuhause? Klopf klopf.« Nancy rüttelte Mia an den Schultern.

»Schwebst du in anderen Sphären?«

»Nein, schon gut. Die Aussage von diesem Filialleiter, Herrn Langenstein, hat mich nur so schockiert, dass ich erst über einiges nachdenken musste.«

»Und zu welchem Ergebnis bist du gekommen?«, fragte Nancy.

»Das war Arnold. So muss er keinen Unterhalt bezahlen. Er treibt mich in die Enge und macht mich psychisch fertig.«

»Und woher soll der feine Herr deine Sterbeurkunde haben, hä?«

»Nichts einfacher als das. Er ist schließlich Arzt und kennt Gott und die Welt. Das bedeutet für ihn ein Fingerschnipsen, mehr nicht«, antwortete Mia und spannte den Regenschirm auf. »Wir sollten zurück ins Sanatorium fahren, die werden uns schon vermissen.«

»Quatsch mit Tomatensoße. Genau das werden wir nicht machen. Ich ruf die Tante an der Rezeption an, dass sie unsere Anwendungstermine für heute stornieren oder umbuchen soll.« Nancy zog das Smartphone aus der Jackentasche und tippte darauf herum. »Wir gehen jetzt zum Standesamt, denn genau dort hätte dein Tod gemeldet werden müssen.« *Dein Tod!* Die Aussage traf Mia wie ein Blitz. Du bist tot. *Ach ja?*, sagte Miss Logik, *wie kann sich denn eine Tote bewegen, denken und atmen? Du stehst doch hier, hier auf der Straße mit deiner neuen Freundin Nancy. Er will dich in den Wahnsinn treiben, lass es nicht zu!*

Das Standesamt befand sich im historischen alten Rathaus. Einige der Räumlichkeiten wurden ausschließlich für Trauungen genutzt. Auch heute stand ein verliebtes Paar aufgeregt auf der Straße vor der Tür. Die Braut zog immer wieder verlegen ihren kurzen Rock nach unten. Für diese Jahreszeit war die junge Frau viel zu leicht bekleidet – doch Mia hatte keine Ahnung und sie wurde auch nicht gefragt. *Warum auch?* Ein gut aussehender Mann – das musste der Bräutigam sein – zog sein schwarzes Jackett aus und legte es der Frau über die Schultern. Sie sah ihn an, lächelte und gab ihm einen Kuss auf die Wange. Was ihnen die Zukunft wohl bringen würde? Glück für einige Jahre oder gar für ihr ganzes Leben? Was, wenn der Mann sein wahres Gesicht erst einige Jahre später zeigen würde? Oder anders herum? Es gab auch Frauen, die ihre Männer misshandelten. Eine Sozialarbeiterin erwähnte einmal, dass die Dunkelziffer von misshandelten Männern enorm hoch sei. Sie trauten sich noch weniger als Frauen, damit an die Öffentlichkeit zu gehen oder sich Hilfe zu suchen. Hatten Angst vor der Außenwirkung. Was brachte Menschen überhaupt dazu, andere zu verletzen? Nicht alle wurden wie Arnold in ihrer Kindheit geschlagen. *Es gibt keine Entschuldigung. Es kann nicht repariert werden – hörst du?*

Nancy quetschte sich an den Hochzeitsgästen vorbei zur Tür.

»Soll ich die jetzt beglückwünschen oder lieber mein Beileid aussprechen?«, flüsterte sie.

»Sei nicht so garstig, es gibt auch glückliche Ehen.«

»Schau ihn dir doch mal an, den Bräutigam. Der hat es faustdick hinter den Ohren. Ein Wolf im Biberpelz, ich sag's dir«, scherzte Nancy und ging ins Rathaus.

»Im Schafspelz.«

»Ja ganz genau, die Braut ist ein Schaf. Hier geht es entlang«, erwiderte Nancy lachend. Als sie die Zimmernummer auf der Informationstafel entdeckt hatte, eilte sie die Treppen voraus nach oben.

Auf dem Schild an der Zimmertür stand »Beata Koch Standesbeamtin.« Sie klopften und warteten. Ein freundliches »Herein« ertönte. Mia und Nancy betraten den Raum. Eine Frau mittleren Alters lächelte die beiden an. Ihre Brille trug sie weit unterhalb der Nasenwurzel. Die blonden, kurzen Haare sahen aus, als wären sie frisch vom Friseur in Locken gedreht worden. Der rustikale Schreibtisch war mit Aktenmappen und Ordnern überladen.

»Was kann ich für Sie tun?«, fragte Frau Koch. Mia stellte sich vor und erklärte ihr Anliegen.

»Können Sie sich ausweisen, Frau Kronen?« Mia konnte diese Frage nicht mehr hören – wollte sie nicht mehr hören. Wenn sie sich doch nur erinnern könnte, wo dieser verflixte Personalausweis war. Sie war sich ganz sicher, dass sie ihn im Frauenhaus noch gehabt hatte.

»Nein, tut mir leid. Ich muss meinen Personalausweis verlegt haben«, antwortete sie.

»Wenn Sie sich nicht ausweisen können, darf ich Ihnen keinerlei Auskünfte erteilen. Und so etwas habe ich ja noch nie gehört!« Frau Koch schüttelte den Kopf. »Seit über vierzig Jahren arbeite ich nun schon hier, aber eine Verwechslung … Nein, ich kann mir auch nicht vorstellen, dass so etwas überhaupt möglich ist.«

»Warum nicht?«, fragte Nancy.

»Sehen Sie«, die Standesbeamtin nahm ihre Brille von der Nase und legte sie auf einen der Aktenberge, »wenn jemand verstirbt, muss dies von verschiedenen Ärzten bescheinigt werden. Nehmen wir mal an, dass Frau X zuhause stirbt, dann muss ein Arzt verständigt werden. Dieser untersucht die Leiche. Wenn der Arzt zu dem Schluss kommen würde, dass es sich um einen unnatürlichen Tod handelt – auch wenn es nur die kleinsten Unklarheiten an der Todesursache gibt – dann muss er die Polizei verständigen. Der oder die Tote wird dann obduziert. So, nun nehmen wir weiter an, dass aber Arzt

Nr. 1 einen natürlichen Tod bescheinigt hat, dann war das auch noch nicht alles. Denn es ist Pflicht, dass ein zweiter, unabhängiger Arzt den Toten untersucht.«

»Und wie wird die Identität geprüft?«, fragte Mia.

»Zumeist ist die Identität klar. Im Krankenhaus haben Sie sich zum Beispiel mit der Krankenkassenkarte angemeldet. Zu Hause haben Sie Ihren Personalausweis, Ihre Geburtsurkunde oder das Stammbuch, und meist gibt es eine Person, die den Toten identifizieren kann. Um Unbekannte kümmert sich die Polizei.«

»Nun ja«, meldete sich Nancy. »Nun nehmen wir mal an, dass Sie Ihr Mann für tot erklären lassen möchte. Er ist selbst Arzt und hat jede Menge Connections. Er hat eine Frauenleiche, die dem Alter und in etwa dem Aussehen seiner Frau entspricht, und stellt den Totenschein auf Ihren Namen aus. So, und nun sind Sie dran.«
Frau Koch überlegte. »Wie gesagt, die Leiche muss nochmal von einem unabhängigen Amtsarzt untersucht werden.«

»Und wenn das ein Bekannter meines Mannes war?«, fragte Mia.

»Der wird meist vom Beerdigungsinstitut gerufen, sobald sie den Verstorbenen überführt haben. Das kann also alles nicht sein.«

»Das System weist Lücken auf«, mischte sich Nancy in ihrer bekannt höflichen Art ein. »Ich gehe davon aus, dass das Klopapier der Behörden auch fünflagig ist, wie die

Durchschläge von jedem einzelnen bescheuerten Formular hier. Nun stellen Sie sich mal vor, dass Sie in der Tageszeitung Ihre eigene Todesanzeige lesen, danach sagt Ihnen der Banker, ätsch bätsch, Sie sind tatsächlich tot und Ihr Konto existiert nicht mehr. Und das alles mit einem Arschloch von Ex-Mann im Nacken, der den letzten Rest Leben aus Ihnen herausprügeln möchte. Ach nee, geht ja nicht, denn Sie sind ja tot!« Mia sah Nancy schockiert an. Mit solchen Aussagen und diesem Benehmen würde Nancy nur das Gegenteil dessen erreichen, was ihr eigentliches Ziel war, davon war Mia überzeugt.
Die Mitarbeiterin des Standesamtes sagte kein Wort. Nancys unfreundliches Auftreten musste auch ihr die Sprache verschlagen haben. Mia wusste, dass sie damit verloren hatte. Dass sie hier und jetzt scheitern und Frau Koch sie des Zimmers verweisen würde. Mia war von ihren Eltern zu Höflichkeit und Respekt erzogen worden, auch ihre Oma hatte großen Wert auf Umgangsformen gelegt. *»Im Leben kommst du nur mit Freundlichkeit weiter. Wenn du dich ärgerst, dann mach eine Faust in der Jackentasche und denke dir deinen Teil.«* Mia drehte auf dem Absatz um und ging wortlos zur Tür.

»Warten Sie mal, Frau Kronen. Ich darf Ihnen zwar zu diesem konkreten Sterbefall keine Auskunft erteilen, aber das allgemeine Prozedere kann ich Ihnen erklären.« Mia drehte sich um, und die Mitarbeiterin zwinkerte ihr zu.

»Na, besser die Taube auf dem Dach als die Drossel in

der Hand«, bemerkte Nancy. Die Frau sah zu Nancy und räusperte sich kurz.

»In Freiburg gibt es viele Beerdigungsinstitute, doch eines davon ist sehr beliebt – wenn man das in diesem Zusammenhang so sagen kann. Von diesen Instituten bekommen wir auch meist die Sterbeurkunden und alle nötigen Unterlagen zugesandt. Viele Angehörige sind froh, wenn ihnen in dieser schweren Stunde die bürokratischen Dinge abgenommen werden und sie nicht persönlich von Amt zu Amt gehen müssen. Nun nehmen wir an, Sie hätten einen Sterbefall in der Familie, dann würde ich Sie an das Beerdigungsinstitut Walter Hirt im Kunzenweg verweisen. An Ihrer Stelle würde ich aber auch die Polizei aufsuchen. Es gibt doch Mittel und Wege, Ihre Identität festzustellen. Ich wünsche Ihnen in jedem Fall alles Gute, Frau Kronen.«

»Danke«, sagte Mia und gab der Mitarbeiterin die Hand zum Abschied.

15. Kapitel

Dezember 2014 – Der Knoten

»Von den Patienten mit einem Schädelhirntrauma 3. Grades versterben ca. 30 bis 40 %, ein Sechstel bleibt im Koma. 7 bis 27 % erholen sich ausreichend. Doch alle anderen tragen eine bleibende Behinderung davon«, hatte Linda gelesen. Sie wusste nicht, ob diese Informationen sie beruhigen sollten. Seit Tagen forschte sie im Internet nach Therapiemöglichkeiten und neuen Verfahren, die Thomas' Genesung unterstützen könnten. Wenn ein Facharzt, ein Neurologe, egal wo auf der Welt, eine neue Methode gefunden hätte, selbst wenn diese Behandlung immense Summen verschlingen würde – sie würde nach diesem Strohhalm greifen. Linda würde alles für Thomas tun, was in ihrer Macht stand. *7 bis 27% erholen sich ausreichend.* Wenn sie schon kein Wunder bewirken konnte, bestand zumindest hier in der Universitätsklinik eine Chance auf Heilung. Sie hatte sich erkundigt. Die Neurologie hatte einen sehr guten Ruf und sie als Privatpatienten einen gewissen Vorteil – zumindest was die Auswahl der behandelnden Ärzte anging. *Eigentlich ungerecht. Warum gibt es*

noch diese Zwei-Klassen-Gesellschaft? Jeder Mensch hat die bestmögliche Versorgung verdient.
Sie streichelte über Thomas' Hand. Linda konnte Leonie nicht mit zu ihm ins Krankenhaus nehmen, auch wenn ihre Tochter noch so herzerweichend gebettelt hatte. Es wäre nicht richtig gewesen, ihr diesen Anblick zuzumuten – einem vierjährigen Kind. Sie würde ihren geliebten Vater als leblose Hülle sehen. Ein Körper, der an Schläuchen und piependen Geräten angeschlossen war. Dieses Bild würde sich in Leonies Unterbewusstsein einbrennen, und wenn Thomas nicht mehr … Leonie hätte lebenslang dieses letzte Bild von ihrem Vater vor Augen. Linda wusste, was das bedeuten würde. Welchen seelischen Schaden Leonie davontragen würde.

Plötzlich sah Linda sich wieder als das fünfjährige Mädchen mit Sommersprossen und langen, blonden Zöpfen. Das kleine Mädchen, das eine unbeschwerte Kindheit gehabt hatte, bis zu diesem Zeitpunkt.
Wenn sie aufgeregt war, sich auf etwas freute oder auch Angst hatte, trat sie auf der Stelle hin und her – hin und her.

»Papa?« Sie suchte den Garten und das Haus ab, doch er war nicht zu finden und antwortete auch nicht. Hin und her. Er war bestimmt noch bei Mama im Krankenhaus und würde gleich zur Tür hereinkommen. Sie in seine Arme schließen, ihr über den Kopf streicheln, so wie er es immer tat. Hin und her. Würde ihr einen Kuss auf die Stirn hauchen, kaum merklich und doch mit so viel Ausdruck, dass Linda diesen heute noch spüren konnte. Aber es war schon spät am Abend – sehr spät.

»Papa, wo bist du?« Mama würde es bald besser gehen. Sie war krank, aber die Engel beschützten sie. Linda hatte in den letzten zwei Wochen nicht mit ins Krankenhaus gehen dürfen. Bestimmt lag es daran, dass Mama warten wollte, bis ihre Haare wieder nachgewachsen waren – schöne lange Haare hatte sie gehabt. Linda war auch davon überzeugt, dass Mama etwas Falsches gegessen haben musste – sie hatte sich bestimmt den Magen verdorben. Wenn sie wieder nach Hause kam, würde Linda ihr eine Hühnersuppe kochen, so, wie es auch Mama immer machte, wenn Linda krank war.

Linda wollte nicht auf den Dachboden, doch es war der einzige Raum, in dem sie noch nicht gesucht hatte. Von da oben konnte man immer Geräusche hören, besonders nachts. Papa erklärte ihr, dass auf dem Speicher Vögel wohnten – große Vögel, die nur in der Nacht auf die Jagd gingen. Hin und her. Die hohen Holztreppen, die jeden ihrer Schritte mit einem Knarzen quittierten, machten ihr Angst. Hin und her. Papa sagte, es gibt Situationen, da musst du über deinen eigenen Schatten springen. Sie hatte es versucht, im Sommer auf dem Hof, doch es hatte nie so recht klappen wollen. Es konnte gut möglich sein, dass er etwas ganz Anderes damit gemeint hatte, denn er sprach oft in Rätseln. Hin und her. Sie musste hinauf, nach oben. Da oben, wo der Weihnachtsmann den Baumschmuck, das Lametta und die Krippe versteckt hielt. Das alles gehörte Mama, das wusste Linda. Mama – sie würde bestimmt bald wieder nach Hause kommen. Die Stufen knarrten. Sie hielt sich am Geländer fest.

»Papa, bist du da oben?« Noch zehn Stufen.

Eine Spinne huschte an ihrem Fuß vorbei. Linda hielt inne und wartete, bis sich das kleine Tier in Sicherheit gebracht hatte. »Spinnen sind nützlich.«

»Linda?« Sie erkannte die Stimme von Tante Else, die gerade zur Haustür hereingekommen sein musste. Sollte Linda ihr Vorhaben aufgeben und wieder nach unten rennen? Noch fünf Stufen. »Wenn man etwas angefangen hat, dann muss man es auch zu Ende bringen.« Papa hatte bestimmt recht.

»Linda, wo bist du?«, rief Tante Else erneut. Die Stimme klang viel näher. Ihre Tante musste sich auf dem Weg in den ersten Stock befinden. Linda würde morgen mit Papa segeln gehen, wie immer bei schönem Wetter, an einem Sonntag. Noch eine Stufe und die Tür.

Der Stuhl lag umgeworfen auf dem verschmutzten Dachboden. Papas Füße, die in den schwarzen Lackschuhen steckten – seinen guten Schuhen – schwankten hin und her. Seine Hände zuckten, sie war sich sicher – heute war sie sich dessen ganz sicher. Ein Seil, ein Knoten. Er hatte Linda viele Knoten beigebracht. Der Achtknoten, den jeder Seemann kennen musste. Hin und her. Den Buckelknoten und den Palstek. Sie wusste, dass es sich um einen Palstek handelte, einen der stärksten – die Schlinge löste sich nicht. Hin und her.

»Lieber Gott … Linda, komm schnell raus hier«, schrie Tante Else.

16. Kapitel

Ob es an den Kindheitserinnerungen lag, die sie an Thomas' Krankenbett heimgesucht hatten, wusste Linda nicht. Aber auf der Fahrt durch die Nacht, zurück nach Hause, fühlte sie sich so einsam wie nie zuvor. Nach Hause … Ihre Villa lag in einer ruhigen, gehobenen Wohngegend und zu dieser späten Stunde war sonst selten ein Fahrzeug hier unterwegs. Die Scheinwerfer hinter ihr blendeten. Der Wagen bog nicht ab. Sie fuhr in die Sonnenbergstraße, vorbei an der Straßenbahnendhaltestelle. Tagsüber herrschte hier ein reges Treiben. Oft rannten die Studenten von der Pädagogischen Hochschule, ohne einen Blick auf die Straße zu werfen, hinüber zu der kleinen Bäckerei, die sich direkt am Bahnhof Freiburg-Littenweiler befand. Linda schaltete zurück in den zweiten Gang. Thomas hatte sie stets belächelt, wenn er mit in ihrem Auto saß. »Du hast einen Jaguar, mein Schatz, der schafft die Steigung durch das Waldstück selbst im vierten Gang«, waren seine Worte gewesen. Gewohnheit. Vieles war nur Gewohnheit. Der PKW hinter ihr hatte seine Geschwindigkeit nicht gedrosselt und kam näher. Ihre Scheinwerfer strahlten auf die hohen Tannen am Straßenrand und scheuchten einen Waldkauz auf. Linda liebte die Nähe zum Wald. Wie gern gingen Thomas und sie mit Leonie spazieren, wenn es ihre

Zeit zuließ. Sie waren hier auch schon gemeinsam auf der Suche nach dem Hexenhaus aus Hänsel und Gretel gewesen. Linda lächelte. Schöne Gedanken. Wie in „Peter Pan“, dem Buch, das sie Leonie letzte Woche vorgelesen hatte. »Nur wenn du einen schönen Gedanken hast, kannst du fliegen.« Leonie. Sie war bestimmt gut aufgehoben bei Lindas Nachbarin, deren Sohn Max Leonies bester Freund war. Linda drosselte die Geschwindigkeit kurz vor der Einfahrt ihrer Villa. Der PKW überholte nicht. *Blödsinn.* Linda war froh gewesen, als ihre Nachbarin den Vorschlag gemacht hatte, dass Leonie eine Zeitlang bei ihr bleiben könne.

Sie betätigte die Fernbedienung zum Öffnen des Garagentores. Der Wagen, der gerade noch hinter ihr gewesen war, hielt auf der gegenüberliegenden Straßenseite. *Ein Fremder, der sich nicht auskennt und eventuell nach dem Weg fragen möchte.* »Au ja, Mama, bei der Tante Karin und Max schlafen macht Spaß, aber nur mit Mööfie«, waren Leonies Worte gewesen. Linda drückte abermals auf die Fernbedienung. Die Batterien mussten leer sein, das Tor bewegte sich nicht. Durch den Innenspiegel konnte sie auf die gegenüberliegende Straßenseite sehen. Ein Mann stieg aus dem Fahrzeug. Sein Gesicht war nicht zu erkennen. Er blieb vor seinem Wagen stehen und starrte in ihre Richtung. Wenn der Herr nach dem Weg fragen wollte, hätte er zu ihr hinüber kommen können – oder? Wer war dieser Fremde dann und was wollte er von ihr? Menschenleer. Kein Fahrzeug, kein Nachbar, nur der Waldkauz, dessen Ruf die Situation für Linda immer unheimlicher wirken ließ. Linda war kein ängstlicher Mensch, doch nachdem sie keine logische Erklärung für das Verhalten des Mannes finden konnte, entschied sie sich, die Türen zu verriegeln. Sie wählte die gespeicherte Rufnummer.

»Hallo Karin, du, da steht ein ganz merkwürdiger Mann vor meinem Haus und ich trau mich nicht aus dem Auto zu steigen. Ein ganz komischer Typ. Kannst du deinen Mann kurz entbehren und zu mir rüber schicken?«, fragte Linda.

»Na klar. Er kommt sofort. Bleib sitzen und schließ die Autotüren von innen zu«, sagte Lindas Nachbarin.

»Ja, danke, und gib Leonie morgen früh einen Kuss von mir.«

Sie spürte die Blicke des Mannes in ihrem Nacken, auch wenn dieser sie wahrscheinlich in dem dunklen Wagen gar nicht sehen konnte. Sie hatte den Eindruck, als würde er jede ihrer Bewegungen genau beobachten. Als die Außenbeleuchtung am Nachbarhaus anging, stieg der Unbekannte zurück in seinen Pkw. Lindas Nachbar Martin trat vor die Tür. Der Fremde startete den Motor. Während sich Martin auf den Weg zu dem Unbekannten machte, fuhr dieser davon.

Linda stieg aus. Der Bewegungsmelder in der Einfahrt aktivierte das Licht auf dem Garagenvorplatz.

»Was war denn das für einer?«, fragte Martin.

»Keine Ahnung. Merkwürdiger Typ. Danke, dass du so schnell reagiert hast.«

»Ist doch klar. Ich warte noch, bis du im Haus bist.«

Linda wandte sich ab, ging zum Garagentor und öffnete es mit dem Schlüssel. Sie hatte Gänsehaut und beeilte sich, wieder zurück in den Jaguar zu steigen. Nachdem sie das Auto in der Garage abgestellt hatte, verabschiedete sie sich von Martin. Sie sah noch ein letztes Mal zur Straße, als sie das Tor von innen schloss.

Auf das Nachhausekommen hatte sich Linda nicht wie sonst gefreut. Sie war allein. Leonie hatte sich oft ein Spiel daraus gemacht, Mama zu erschrecken: Wenn sie von der Arbeit nach Hause kam, stand ihre Tochter hinter der Tür und sprang mit einem »Buh« auf den Lippen heraus. Doch jetzt war die Villa leer.

Was hatte dieser fremde Mann von ihr gewollt? Wollte er überhaupt etwas von ihr? Aber warum sonst sollte er so ein eigenartiges Verhalten an den Tag legen? Der Unbekannte hatte sich nicht vom Fleck bewegt, war wie angeschweißt vor seinem PKW gestanden, mit Blick zu Linda und der Villa. Sollte sie die Polizei verständigen? Aber warum? Was sollte sie sagen? *Da stand ein Mann auf der Straße und beobachtete mich und das Haus? Blödsinn. Frau Dr. Linda Schwarz, es könnte durchaus möglich sein, dass Sie paranoide Züge annehmen.* Linda schüttelte den Kopf und betrat durch die

Verbindungstür zwischen Garage und Villa den Hausflur.

Nachdem sich Linda ihrer Kleidung entledigt und den bequemen Hausanzug übergezogen hatte, schob sie ein Fertiggericht in die Mikrowelle. Lasagne. Die beste Lasagne, die Linda je gegessen hatte, war die von Thomas. Dieses und weitere Rezepte hatte er von seiner italienischen Großmutter, seiner einzigen noch lebenden Verwandten. Sie hatten sich schon lange vorgenommen, ihren nächsten Urlaub bei Thomas' Nonna auf Sizilien zu verbringen. Wenn er wieder gesund war, dann würden sie dieses Vorhaben in die Tat umsetzen – ganz sicher.

Der Poststapel lag seit Tagen ungelesen auf dem Sideboard. Sie musste Prioritäten setzen, und bei den Briefen handelte es sich bestimmt vorwiegend um Reklameschreiben. Linda stellte die dampfende Lasagne auf den Esstisch, legte die Post daneben und setzte sich.

Was der Mann auf der Straße wohl … lass den Quatsch. Du hast alle Türen und Fenster verschlossen. Die Sicherheitsrollos nach unten gefahren und die Alarmanlage aktiviert. Du bist hier so sicher wie in Fort Knox. Linda atmete tief ein und wieder aus. Die Lasagne war zwar heiß, aber rein geschmacklich nicht einmal ansatzweise mit der von Thomas zu vergleichen. Dennoch musste Linda etwas essen.

Das Telefon klingelte, und Linda legte die Gabel zur Seite. Im ersten Moment dachte sie an Thomas. Ob sich das Krankenhaus melden würde? Ob es ihm schlechter ging oder gar … *Denk positiv, er könnte auch aufgewacht sein.* Sie warf einen Blick auf das Display des Telefons. Unterdrückte Rufnummer.

»Schwarz«, meldete sich Linda.

»Schönen guten Abend, Frau Dr. Schwarz. Ist Ihr Mann zu sprechen?«, sagte eine tiefe männliche Stimme.

»Guten Abend. Nein, wer sind Sie und worum geht es denn?«

»Entschuldigen Sie bitte, wie unhöflich von mir. Ich stehe in beruflicher Beziehung zu Ihrem Mann und dem Institut. Ihr Mann und ich hatten vor einigen Tagen einen Termin. Leider ist er nicht erschienen. Im Institut ist er auch nicht zu erreichen. Dort bekomme ich nur die Auskunft, dass er krank sei, daher meine Annahme, dass er sich zu Hause von seiner Krankheit erholen würde und ich ihn zumindest telefonisch sprechen könne«, erklärte der Herr.

»Nein. Mein Mann befindet sich im Krankenhaus.«

»Das tut mir leid, was ist denn passiert?«

»Sie haben mir immer noch nicht Ihren Namen genannt, und ich möchte Ihnen darüber keine Auskunft geben.«

»Da haben Sie recht, Frau Dr. Schwarz. Darf ich eventuell eine Bitte äußern?«

»Ich bitte Sie, alles Weitere direkt mit dem Institut zu klären«, antwortete Linda.

»Das ist mir leider nicht möglich. Ich habe Ihrem Mann wichtige, vertrauliche Unterlagen überlassen, die ich nun dringend benötige. Im Institut hat man schon vergebens danach gesucht. Daher gehe ich davon aus, dass er diese mit nach Hause genommen haben muss. Wenn es Ihre Zeit erlaubt, wäre ich Ihnen sehr verbunden, wenn Sie nachsehen könnten.« Er räusperte sich.

»Wenn Sie mir nicht mal Ihren Namen nennen wollen, müssen Sie warten, bis mein Mann wieder gesund ist.«

»So lange kann ich nicht warten. Sie können mir glauben, die Sache ist dringend, sonst würde ich Sie nicht um diesen Gefallen bitten.«

»Nach was soll ich denn suchen und wie ist Ihr Name?«, fragte Linda erneut.

»Es handelt sich um einen USB-Stick. Ich werde mich wieder mit Ihnen in Verbindung setzen. Schöne Grüße und beste Genesungswünsche an Ihren Mann. Einen schönen Abend noch.« Der Unbekannte legte auf.

17. Kapitel

Februar 2015 – Der Sarg

Mia hatte noch nie vergleichbare Räumlichkeiten betreten. Warum auch – als ihre Eltern beerdigt wurden, war sie ein hilfloses Kind gewesen und die Formalitäten hatte damals ihre Großmutter übernommen. Als diese verstarb, hatte Mia einen Nervenzusammenbruch gehabt und Arnold hatte für sie in Vollmacht alles geregelt. Arnold hatte immer alles geregelt. Sie war damals froh gewesen, dass sie ihren Mann an ihrer Seite gehabt hatte. Der Tod ihrer Oma war plötzlich und unerwartet eingetreten. Großmutter war immer gesund gewesen und hatte, wenn überhaupt, ein Krankenhaus nur als Besucherin betreten. »Herzinfarkt«, hatte der Notarzt gesagt. Sie hatte nie etwas am Herzen gehabt und auch keine Medikamente einnehmen müssen. Mia hätte damals alles dafür gegeben, wenn dies ihre geliebte Oma wieder zurückgebracht hätte. Mia hatte Arnold eine Generalvollmacht erteilt und ihm das Haus ihrer Oma überschrieben. »Es ist ja schon ein altes Haus. Ich lege noch Geld drauf und wir lassen es für uns renovieren. Ich nehme dir alles ab.« Nein, Mia musste sich um nichts kümmern. Doch nun wohnte Arnold in ihrem Haus und sie hatte keinerlei rechtliche Handhabe. »Wir müssen einen Ehevertrag abschließen, mein Schatz. Sonst musst du mit deinem Vermögen haften, wenn in meiner Praxis etwas schiefläuft. Es ist nur zu deiner Sicherheit.« *Zu deiner Sicherheit.* Mia war sicher. Er beschützte sie. Zu Beginn ihrer Beziehung hatte Mia dies noch imponiert. »Freunde, die immer nur kommen, wenn sie etwas von dir wollen, kannst du in der Pfeife rauchen, sie sind nicht gut für dich.« Bis Mia keine Freunde mehr hatte. »Du musst dich auf deine Schwangerschaft konzentrieren, dich ausruhen. Verkauf deine Boutique. Das Geld können wir dann für unseren Nachwuchs anlegen, oder?« Ein Kind …

Es herrschte eine kalte, unwirkliche Atmosphäre. Mias Absätze klackten auf dem spiegelnden Marmorboden. Sie wurden von einer Mitarbeiterin des Beerdigungsinstitutes in einen Besprechungsraum geführt. In den Regalen standen Urnen. Sie waren aus Holz, Keramik und einem anderen, polierten Material – eventuell Edelstahl, dachte Mia. Einige waren verziert mit Blumen, Engeln, Kreuzen oder den betenden Händen. Ein Schauer lief über Mias Rücken. Beerdigung, ein Thema, über das sie nicht nachdenken wollte. Ein Tabu. »Das Sterben gehört zum Leben.« Arnolds Floskel hatte Mia damals keinen Trost gespendet. Für sie als Betroffene gab es keine tröstenden Worte. Es war ein durchdringender Schmerz gewesen, der nicht nachlassen wollte. Immer wieder war sie von Tränen geschüttelt worden. In wellenartigen Schüben war die Trauer über sie gekommen und hatte gedroht, ihr Herz zu sprengen. Sie hatte keinen Elan mehr gehabt, war wochenlang auf dem Sofa gelegen und hatte den Schmerz wortwörtlich in sich hineingefressen. Noch heute, nach acht Jahren, schossen Mia Tränen in die Augen.

»Tempo?«, fragte Nancy.

»Ja, ich habe keine mehr, danke«, erwiderte Mia und wischte sich gleich darauf die Tränen ab.

»Komisches Gefühl hier, was? Ob gerade jetzt ein paar Tote nebenan liegen? Stell dir vor, die klettern nachts aus dem offenen Sarg, wandern hier als Zombies rum und spielen mit diesen Urnen und ihren Köpfen Bowling.« Mia wollte sich das nicht vorstellen.

Ein vollbärtiger Mann kam in das Zimmer.

»Schönen guten Tag, mein Name ist Helmut Hirt. Möchten Sie einen Kaffee oder lieber Cappuccino?«

»Ja gern. Zwei Cappuccini bitte«, antwortete Nancy wie aus der Pistole geschossen. Herr Hirt rief die Sekretärin zu sich, bat diese, das Gewünschte zu bringen und schloss dann die Tür.

»Was kann ich für Sie tun, meine Damen?« Mia stellte sich vor und erklärte Herrn Hirt ihre Situation.

»Und damit Sie es gleich wissen: Nein, sie kann Ihnen keinen Ausweis vorlegen, den hat sie verbummelt«, fügte Nancy Mias Ausführungen hinzu, noch ehe Herr Hirt ein

Wort sagen konnte. Er überlegte, lächelte und ging dann zur Tür.

»Ich bin gleich wieder da, einen kleinen Moment, bitte.« Nancy und Mia sahen sich verdutzt an.

»Ähm. Hält der uns jetzt für total durchgeknallt und ruft in der Psychiatrie an, oder will er uns helfen? Wäre doch viel zu einfach. Kein Wort von Datenschutz und dem ganzen Gedöns.«

»Was, wenn auch er ein guter Bekannter von Arnold ist und er ihn gerade jetzt anruft?«, kam Mia in den Sinn.

»Mal den Satan nicht an die Wand«, kommentierte Nancy.

»Den Teufel«, verbesserte Mia.

»Egal. Das langschwänzige, gehörnte Ungeheuer eben«, konterte Nancy. »Warte mal und sei ruhig.« Nancy stand auf und ging zur Tür. Sie legte ihre Hand auf die Klinke und drückte diese langsam nach unten. Im gleichen Augenblick wurde die Tür aufgestoßen und knallte heftig gegen Nancys Kopf.

»Aua, Mensch!«

»Entschuldigung, ich wollte Ihnen nur den Cappuccino bringen«, erklärte die Mitarbeiterin. Nancy trat einen Schritt zur Seite und hielt ihre Hand gegen den Kopf.

»Boah, das gibt 'ne fette Beule.«

»Kann ich Ihnen helfen? Soll ich Ihnen etwas zur Kühlung bringen?«, fragte die freundliche Frau.

»Nee, danke, Sie haben schon genug geholfen. Meine

Gehirnmasse ist nun vollkommen durcheinandergeraten und nur noch Matschepampe. Sie sind wohl auf Kundenfang, was? Noch ein netter Eiche-rustikal-Kasten frei für Nancy, hä?« Die Dame wirkte verstört und stellte eilig das Tablett mit dem Kaffee und einer Schüssel Gebäck auf den Tisch.

»Noch mal Entschuldigung bitte, das war nicht meine Absicht«, sagte sie und verließ dann das Zimmer.

»Wenn du das mit Absicht gemacht hättest, könntest du jetzt nicht mehr laufen«, zischte Nancy vor sich hin, setzte sich wieder zu Mia an den Tisch und griff sofort nach einem der Kekse.

Was, wenn sie tatsächlich mit ihren Nachforschungen in eine Falle getappt war? Wenn das alles einer von Arnolds perfide eingefädelten Plänen war? Wenn Arnold alles geplant hatte, dann war der Mitarbeiter des Beerdigungsinstitutes involviert – ganz sicher. Gut durchdacht, das musste man Arnold lassen. Er war ein Stratege. Gefährlich intelligent. Wie hätte er sonst einen leeren Sarg bestatten lassen können? War sie denn bestattet? Zu Grabe getragen worden? Diese Vorstellung verursachte ihr eine Gänsehaut.

18. Kapitel

»Ich habe ein komisches Gefühl. Warum dauert das so lange, bis dieser Typ zurückkommt? Los, lass uns abhauen«, sagte Nancy mit vollem Mund und nahm sich einen weiteren Keks aus der Schüssel.

»Ja, gute Idee«, antwortete Mia und stand auf.

»Warte, die müssen mit, sind echt lecker«, mampfte Nancy weiter, öffnete ihre Handtasche und schüttete das restliche Gebäck hinein. Danach schnappte sie sich ihre Jacke und folgte Mia zur Tür.

»Mach den Mund zu und schmatz nicht so laut«, flüsterte Mia und drückte die Klinke nach unten. Sie sah sich auf dem langen Gang um. Nichts. Vorsichtig öffnete sie die Tür und schlich in Richtung Ausgang.

»Wahhaaa«, schrie Nancy und spuckte die letzten Krümel gegen Mias Hinterkopf. Mia drehte sich blitzschnell um, griff an ihre Haare und spürte die aufgeweichten Brösel.

»Wo wollen die Damen denn hin?«, fragte Herr Hirt, der mit einem Ordner unter dem Arm hinter Nancy stand.

»Mann, müssen Sie mich so erschrecken oder was? Scheiße, ich dachte, da legt jetzt so ein Toter die Hand auf meine Schulter. Boahh«, sagte Nancy nervös und fummelte an Mias Haaren herum.

»Wir müssen jetzt gehen, wir haben noch einen Termin, entschuldigen Sie bitte, Herr Hirt«, erwiderte Mia.

»Ich habe die Unterlagen gefunden, Frau Kronen. Kommen Sie doch bitte wieder mit in den Besprechungsraum.« Mia sah unschlüssig zu Nancy. »Ich habe auch Informationen, die Ihnen bestimmt helfen werden«, erklärte Herr Hirt und wies auf den Ordner.
Als Nancy ihr zunickte und Herrn Hirt folgte, ging Mia hinterher. Der Bestatter legte den Ordner auf den Tisch und schlug ihn auf.

»Normalerweise müssen auch wir uns an so etwas wie Datenschutz halten, aber ich habe mir die Kopie des Personalausweises genauer angesehen. Die Kopie ist schwarz-weiß. Für uns ist das Passfoto nicht so wichtig, sondern die Daten. Das Gesicht ist zwar nicht genau zu erkennen, aber laut Datum ist das Bild auch schon älter und … sagen wir mal so, ich kann eine gewisse Ähnlichkeit feststellen. Aber schauen Sie selbst.« Herr Hirt zog die Kopie aus dem Ordner und lächelte Mia zu.

»Was heißt hier Ähnlichkeit?«, kommentierte Nancy, »Das ist Mia feddisch. Die kurzen braunen Haare, die blauen Augen … Und die angegebene Größe von 1,72 Meter stimmt auch. Ich bin 1,65 Meter und ich muss zu ihr hochgucken – passt doch, oder?«

»Ja, ich sehe das genauso«, bestätigte Herr Hirt. Mia nahm die Kopie in die Hand und betrachtete das Foto.

Unwirklich. Sie hatte ein beklemmendes Gefühl, konnte es aber nicht einordnen. Laut Datum würde der Personalausweis im nächsten Jahr ablaufen. Das Passfoto war in einer glücklichen und unbeschwerten Zeit aufgenommen worden. Sie lächelte darauf. Ihre Gesichtszüge waren weicher als heute. Keine Falten – wenigstens nicht die Zornesfalte zwischen den Augenbrauen, die Mia mittlerweile täglich im Spiegel betrachten konnte. Auch hatte ihr zweites, jüngeres Ich keine dunklen Schatten unter den Augen. Doch würde man sich dies alles wegdenken, dann erkannte sich auch Mia.

»Die fragliche Person wurde tatsächlich am 28. Januar in einem Urnengrab bestattet«, sagte Herr Hirt.

»Das heißt, sie wurde verbrannt?«, fragte Nancy. Verbrannt, hallte das Wort bei Mia nach. Verbrennungen verursachten unvorstellbare Schmerzen.

»Du bist zu dumm, um mir meine Zigaretten zu kaufen?«, hörte sie Arnold flüstern, als wäre es gestern gewesen, und zuckte zusammen. Seine Gesichtszüge veränderten sich zu einer grimassenhaften Fratze.

»Entschuldige, ich gehe gleich noch mal los.« Sie war dumm. Wie konnte sie das vergessen, was für ihn am wichtigsten war? Sie wollte ihm keine Angriffsfläche mehr bieten und doch hatte sie es wieder einmal geschafft. Sie hätte der alten Dame im Supermarkt nicht helfen dürfen. Wäre sie nicht abgelenkt gewesen, dann hätte sie an seine

Zigaretten gedacht, bestimmt. *Du hast es nicht anders verdient und musst ertragen, was jetzt auf dich zukommt.*

»Nichts wirst du. Hast du jetzt um diese Uhrzeit Ausgang? Nein, hast du nicht. Du bleibst mit deinem fetten Arsch hier. Das nächste Mal wirst du dich daran erinnern. Weißt du auch, wie? Komm her, mein Schatz.« Mia rannte los. Doch er war schneller, er war immer schneller als sie. Er holte sie im Flur ein. Mit geübtem Griff riss er sie an den Haaren zurück und schleuderte sie zu Boden. Sie kannte das Gefühl. Wusste, wie es sich anfühlte, wenn er mit nur einer Handbewegung ein ganzes Büschel aus ihrem Hinterkopf herausriss. Sie hielt die Hände schützend über ihr Gesicht.

»Was hast du denn, mein Schatz? Angst? Vor deinem geliebten Mann? Du weißt doch, dass ich dich immer nur ganz sanft berühre. So, wie es dir zusteht. So, wie du es verdient hast. Es ist nur zu deinem Besten, glaub mir«, flüsterte er ihr ins Ohr. Sie war schuld, selbst schuld. Natürlich war sie das. Aktion – Reaktion. Sie hatte es verdient. Selbstverständlich hatte er recht. Nur wenn er sie bestrafte , konnte sie aus ihren Fehlern lernen.

»Gut, machen wir ein Spiel draus. Das liebst du doch so sehr.« Er packte sie an den Oberarmen, stellte sie wieder auf ihre Beine und quetschte ihr dabei die Blutzirkulation ab. Sein Knie schoss nach oben und bohrte sich in ihren Bauch. Sie krümmte sich und fraß den Schmerz stillschweigend in sich hinein. *Lass es nicht zu!* Sie wehrte sich, wollte sich losreißen und versuchte, ihn von sich zu stoßen. Arnold zerrte sie in die Küche.

»So, meine Süße, jetzt ist aber Schluss. Setz dich da hin.« Mia gehorchte. Sie spürte den Puls in ihren Schläfen. Das Pochen, das ihren Körper beben ließ.

»Gibst du Ruhe? Hörst du auf, dich zu wehren?« Er zündete sich genüsslich eine Zigarette an und nahm einige tiefe Züge.

»Sag es. Sag, dass du mich liebst.« Er legte den Kopf in den Nacken und formte den Mund zu einem O. Arnold war stolz auf die Rauchringe, die er in die Luft stieß. Wenn sich Mia nur auch einfach in Luft auflösen könnte, oder in Rauch. So wie diese Kringel, die ihre Form veränderten und jetzt nur noch als Dunst in der Küche wahrnehmbar waren. Sie würde über allen Dingen schweben und durch die kleinste Ritze ihrer Käseglocke entkommen. Sie fühlte Abscheu. Ekelte sich vor ihm, vor seinem Atem, der immer näher kam und Übelkeit in ihr aufsteigen ließ.

»Sag, wie sehr du mich liebst. Los!« Er küsste sie auf die Stirn.

»Ich, ich …«, flüsterte Mia. Sie konnte es nicht. Konnte diese Worte nicht über die Lippen bringen.

»Du sagst es nicht? Kein Problem, wir haben Zeit. Alle Zeit der Welt, mein Schatz.« Er beugte sich zu ihr und knöpfte ihre Bluse auf.

»Ich liebe dich und ich liebe die Spielchen mit dir«, sagte er und zog ihr die Bluse aus. Die geballte Faust traf ihren

Unterkiefer. Ein Gefühl, als wäre sie mit hundert Stundenkilometern ungebremst gegen eine Wand gedonnert. Sie spuckte Blut auf den Küchentisch.

»So eine Sauerei. Bist du bescheuert? Schluck es runter!« Der süßlich-metallische Geschmack blieb in ihrem Mund zurück.

»Du wirst sagen, dass du mich liebst.« Mia schluckte schwer. Er hatte ihr einen Zahn ausgeschlagen. Sie hustete und spuckte dabei Blut und den Zahn aus.

»Du verdammte Schlampe«, fauchte er und wischte mit dem Handrücken über sein Gesicht. Er ließ von ihr ab und ging in den Flur. Mia wurde schlecht. Sie wusste, dass es keinen Ausweg gab, nicht für sie. Gleich darauf stand er mit seinem Arztkoffer in der Tür.

»Was haben wir denn da?« Er lachte wie ein Irrsinniger. »Schau mal, das ist ein Geburtshaken.« Er hielt einen etwa fünfundzwanzig Zentimeter langen Stab aus Edelstahl in die Luft, der gebogene Enden hatte. Mia dachte an einen Schlachthof, verdrängte den Gedanken aber sofort wieder. Arnold näherte sich ihr und legte den Haken auf den Küchentisch.

»Was meinst du, was ich damit alles anstellen könnte?« Mia wollte es nicht wissen. Sie konnte sich nicht länger zurückhalten und musste sich übergeben. Er sprang sofort einen Schritt zurück. Nach zwei tiefen Zügen an seinem Glimmstängel kam er zurück und drückte die brennende Zigarette auf Mias Oberarm aus. Sie spürte, wie sich die

Glut tief in ihre Haut fraß. Den Geruch nach verbranntem Fleisch hatte sie heute noch in der Nase.

19. Kapitel

Dezember 2014 – Der USB-Stick

Was wollte dieser mysteriöse Unbekannte von ihr? Wenn er in einer geschäftlichen Beziehung zu Thomas und dem Institut stand, dann hätte er Linda doch auch seinen Namen nennen können. Wie sollte sie diesen USB-Stick finden? Thomas hatte bestimmt nicht nur einen davon. Linda war es noch nie in den Sinn gekommen, das Arbeitszimmer von Thomas zu durchwühlen, warum auch. Jeder Mensch brauchte eine gewisse Privatsphäre, natürlich auch in einer Ehe. Wichtige Dinge hatten sie bisher immer besprochen, und einige kleine Geheimnisse konnten ihrer Partnerschaft nicht schaden. Linda hatte vollstes Vertrauen zu Thomas. Er hatte ihr bisher auch nie einen Anlass zu Zweifeln gegeben. Sie wollte sich nicht länger mit Gedanken an diesen Anrufer beschäftigen. Es war spät und morgen musste sie wieder fit sein für ihre Patienten und für Thomas.

Wie ruhig es war in diesem großen Haus. Keiner kuschelte sich zu ihr ins Bett, wie sonst so oft in den letzten Wochen.

Leonie hatte gerade die Phase, in der sie lieber zu Mama und Papa unter die Decke krabbelte, als alleine in ihrem Kinderbett zu liegen. »Da ist ein Monster im Schrank«, waren Leonies Worte. Linda wusste, dass ihre Tochter keine Angst hatte. Kinder mit Angstzuständen würden sich anders verhalten. Dennoch durfte Leonie ihre „Phase" auskosten und bei ihren Eltern schlafen. Am Freitag würde sie ihre kleine Prinzessin übers Wochenende von ihrer Nachbarin abholen, tröstete sich Linda und löschte die Nachttischlampe.

Kein Schnarchen oder tiefes Atmen neben ihr. Linda griff nach Thomas' Kopfkissen und drückte es fest an sich. Es roch nach ihm. Nach seinem Aftershave. Tränen liefen über ihre Wangen und tropften auf den Kissenbezug. Sie versuchte, an etwas Schönes zu denken. »Nur mit einem schönen Gedanken kannst du fliegen.« Das Atrium, die Ruhezone in der Feldmann-Klinik. Tatsächlich eine Oase. Linda liebte es, ihre Mittagspausen an diesem Ort zu verbringen. Der geschlossene Innenhof war mit so vielen tropischen Pflanzen bestückt, dass er fast mit dem städtischen botanischen Garten mithalten konnte. Das Zentrum bildete ein Teich. Auf der anderen Seite rieselte das Wasser einen Miniwasserfall hinunter. Dem Lauf des Wassers zuzusehen, konnte beruhigend wirken. Das Plätschern war wie ein Instrument, das zum Orchester der Natur gehörte. Genauso wie das Zwitschern der Vögel. Linda lächelte, als sie an die zwei Graupapageien Emma und Anton denken musste. Das Weibchen war die Zahmere von beiden. Emma kam ganz nah ans Gitter und legte ihren Kopf schräg, wenn Linda vor der Voliere stand – eine Aufforderung, sie zu kraulen. Anton hingegen wollte nicht angefasst werden. Dafür war er der talentiertere Sprecher und Sänger von beiden. Seinen Lieblingssong »Ich bin der Anton aus Tirol« konnte er fehlerfrei singen und pfeifen. *Das Aufnahmegerät.* Was die unbekannte Patientin den Papageien wohl erzählt hatte? Wenn sie in der Klinik keine Zeit dazu hätte, dann würde sich Linda die Aufnahmen mit nach Hause nehmen, um sie zu analysieren, beschloss sie und schlief über diesen Gedanken ein.

Am nächsten Morgen packte Linda die Briefe, die immer noch ungeöffnet auf dem Esszimmertisch lagen, in ihre Aktenmappe und nahm sie mit zur Arbeit in die Klinik. Diesen DIN A 4-großen braunen Umschlag, der wenig später vor ihr auf dem Schreibtisch lag, hatte Linda vollkommen vergessen. Kein Wunder, es gab Wichtigeres als die Post. Keine Briefmarke. Kein Absender. Nur der handschriftliche Vermerk: »Herrn Dr. Thomas Schwarz persönlich.« Handschriften waren so individuell wie ein Fingerabdruck. Sie konnten das Spiegelbild der eigenen Persönlichkeit darstellen. Linda hatte sich eine Zeitlang mit der Grafologie beschäftigt und deutete den Verfasser auf den ersten Blick als extrovertiert, charakterstark und weiblich. »Persönlich.« Linda spürte, dass sich in dem

Umschlag ein fester Gegenstand befand. Sie konnte einen USB-Stick ertasten, dessen war sie sich sicher. Ob darauf die Dokumente gespeichert waren, von denen der unbekannte Anrufer gestern Abend gesprochen hatte? Aber wenn diese so wichtig waren, warum war der Umschlag einfach so in ihren Briefkasten gesteckt worden?

»Schönen guten Morgen, Linda«, begrüßte Jens sie, als er ihre Bürotür öffnete. »Entschuldige, ich war so in Gedanken, dass ich vergessen habe, anzuklopfen. Kannst du mir noch mal verzeihen?«

»Gerade noch«, erwiderte sie und lächelte ihn an. »Guten Morgen, komm doch rein.«

Jens setzte sich auf den Stuhl vor Lindas Schreibtisch.

»Schau mal, dieser Umschlag war am Tag von Thomas' Unfall in unserem Briefkasten. Bisher habe ich mich noch nicht um die Post gekümmert.«

»Natürlich, es gab bestimmt Wichtigeres.«

»Ich habe gestern Abend einen ominösen Anruf von einem Unbekannten erhalten. Er hat auch nach mehrmaliger Aufforderung seinen Namen nicht genannt und behauptet, dass Thomas und er geschäftlich miteinander zu tun haben. Er sagte, Thomas hätte wichtige Unterlagen, die er nun dringend benötigen würde. Jetzt ist mir heute Morgen dieser Umschlag wieder aufgefallen. Hier ist so etwas wie ein Stick drin. Schau mal.« Linda gab Jens den Umschlag.

»Ja, da könntest du recht haben. Hast du Skrupel, ihn zu

öffnen, weil da *persönlich* draufsteht?«, fragte Jens.

»Genau«, bestätigte Linda.

»Deine Zweifel in allen Ehren, aber nein, die brauchst du nicht zu haben. Unter diesen Umständen ist es wichtig, die Post von Thomas zu öffnen.«

»Kann es sein, dass du auch neugierig bist?«, fragte Linda. Jens zwinkerte ihr zu.

»Ach wo, ich doch nicht«, sagte er und reichte ihr den Brieföffner über den Schreibtisch. Linda nahm ihn entgegen und öffnete den Umschlag.

»Kein Brief, nicht mal ein Zettel. Nur der Stick hier.« Sie nahm den USB-Stick und steckte diesen in den passenden Adapter an ihrem PC.

»Aber bitte zuerst kontrollieren, ob sich darauf ein Virus befindet. Nicht, dass wir damit unser System infizieren«, sagte Jens und stellte seinen Stuhl neben den von Linda.

»Kein Virus oder Trojaner zu finden«, gab Linda einige Augenblicke später die Aussage des Antivirusprogramms wieder. Gespannt öffnete sie den Ordner, der sich auf dem Stick befand.

»Präimplantationsdiagnostik«, las Jens vor. »Darauf hat sich dein Mann in den letzten Jahren spezialisiert?«

»Ja. Seine Schwester hat ein behindertes Kind auf die Welt gebracht und ist bei der Geburt ihres zweiten, ebenfalls behinderten Kindes verstorben. Deshalb hat er sich diesem Thema gewidmet. Mit den zellbiologischen und molekulartechnischen Untersuchungen kann man in

Erfahrung bringen, ob der Embryo Erbkrankheiten oder Anomalien aufweist. Und in Deutschland ist die PID bei Erbkrankheiten und Verdacht auf Tot- oder Fehlgeburten zumindest straffrei.«

Jens überlegte und sah Linda an. »Soweit mir bekannt ist, ist die PID trotzdem rechtlich, ethisch und politisch umstritten.«

»Ja, denn es geht ja nicht nur darum, abzuklären, ob dieser eine Embryo erblich belastet ist. Durch eine spezielle Hormonbehandlung ist es möglich, dass bei einer Frau mehrere Eizellen gleichzeitig reifen, die anschließend im Reagenzglas befruchtet werden können. Danach werden diese dann einem Gentest oder sogenannten Screening unterzogen. Nur die gesunden Embryonen werden dann übertragen. Stell dir vor, dass mindestens zehn Embryonen für jeden Vorgang benötigt werden. Während dieser diagnostischen Untersuchungen sterben einige ab oder werden irreparabel geschädigt. Wieder andere, gesunde Embryonen sind als Reserve erforderlich. Nach der Auslese werden meist drei gesunde Embryonen in die Gebärmutter der Frau übertragen. Entweder es kommt dann zu Mehrlingsgeburten oder es sind nicht alle lebensfähig. Also auch ein hohes Risiko für die betroffenen Frauen. Nun stellt sich die Frage nach den übrig gebliebenen Embryonen. Einfrieren für einen späteren, weiteren Transfer, ein Geschwisterchen? Vernichten? Auf der einen Seite bedeutet das eine Vorab-Selektion der Kranken und

Schwachen mit allen moralischen Bedenken, die man dabei haben muss.« Linda machte eine kurze Pause und fuhr dann fort: »Aber auf der anderen Seite stehen natürlich Paare wie meine Schwägerin und ihr Mann, die zu einer Risikogruppe gehören und für die wiederum diese Diagnostik ein Geschenk ist.«

»Du kennst dich aber bemerkenswert gut aus«, erwiderte Jens. »Allerdings eröffnet die PID auch die Möglichkeit, nicht nur nach Erbkrankheiten zu suchen, sondern auch den Mensch nach Maß zu züchten.«

»Ich diskutiere mit Thomas immer wieder über dieses Thema, aber auch wir kommen auf keinen gemeinsamen Nenner«, sagte Linda.

Im gleichen Augenblick ertönte der Pieper von Jens. Er stand sofort auf.

»Entschuldige, ich muss los. Wir sehen und später.«

20. Kapitel

Februar 2015 – Schach

Mia wurde von der Vergangenheit eingeholt. Sie war immer da, allgegenwärtig. Tief vergraben in ihren Erinnerungen und doch sekundenschnell abrufbar. Ein Wort, eine Geste oder ein Bild konnten sie zurück in die Hölle katapultieren. Selbst wenn sich die Erlebnisse jetzt nur noch in ihrem Gedächtnis abspielten, war es, als wäre sie dabei. Als würde sie es genau in diesem Augenblick erleben. Sie sah die Umgebung, Arnold und jedes noch so kleine Detail direkt vor sich. Mia konnte die Schmerzen spüren, die er ihr zugefügt hatte. Konnte ihn riechen – seine widerlichen Ausdünstungen. Zeit, es braucht viel Zeit, sagte ihre Therapeutin, Frau Sänger. Mia war Arnold schon lange nicht mehr so nahe gewesen wie heute. In der Zeitungsredaktion, im Café, auf dem Standesamt und hier im Beerdigungsinstitut. Sie hatte das Gefühl, als sei sie eine Marionette und er habe die Fäden in der Hand. Er wollte gesehen werden. Im Café, als er sich direkt vor das Fenster gestellt hatte. Es war seine Absicht gewesen, pure Berechnung, dass Mia ihn sehen konnte. Er hatte die Fäden in der Hand und lenkte sie genau dahin, wo er sie haben wollte. Wo er sie wieder berühren konnte, ganz sanft.

»Wie bereits erwähnt, Frau Kronen«, sprach Herr Hirt Mia lauter als zuvor an, »die Urne wurde in einem Baumgrab bestattet. Das heißt, es gibt nur eine Platte mit dem Namen. Ich schreibe Ihnen hier die Nummer auf, dann können Sie es sich anschauen.«

»Wer hat die Beerdigung in Auftrag gegeben und bezahlt?«, fragte Mia.

»Eine Frau Westphal.« Dieselbe Frau, die auch die Todesanzeige aufgegeben haben musste. In wessen Auftrag sie handelte, war Mia ganz klar. Warum wollte Arnold nicht selbst namentlich genannt werden? Und wer war an ihrer Statt verbrannt worden? Wessen Asche war in der Urne?

»Sind Sie sich ganz sicher, dass da nicht nur eine leere Urne vergraben wurde?«, fragte Nancy, die anscheinend Mias Gedanken nachvollziehen konnte.

»Der Ablauf ist folgendermaßen: Wir bekommen einen Auftrag und überführen dann die Leiche in unsere Räumlichkeiten. Dann wird ein Amtsarzt bestellt, der den Tod nochmals bescheinigt. Der Verstorbene wird angezogen und würdevoll in einen ausgesuchten Sarg gebettet. Wenn gewünscht, können sich dann die Hinterbliebenen ein letztes Mal verabschieden. Danach wird der Verstorbene in das Krematorium gebracht und verbrannt«, erklärte Herr Hirt.

»Langsam, nicht so schnell mit den alten Ponys«, sagte

Nancy »Die Leiche muss also nochmal von einem Amtsarzt begutachtet werden. Und welcher Arzt war das?« Herr Hirt blätterte in den Unterlagen.

»Also, normalerweise darf ich Ihnen wirklich keine Auskunft geben, aber nun bin ich ja selbst an der Aufklärung interessiert. Ich habe das Institut vor fünfzehn Jahren von meinem Vater übernommen und bisher ist mir noch kein ähnlicher Fall untergekommen. Ich habe einen Ruf zu verlieren, daher …«

Mia war sich inzwischen sicher, dass Herr Hirt kein Bekannter von Arnold war und mit ihm gemeinsame Sache machte – oder konnte er einfach nur gut schauspielern? Was, wenn … Nein, wenn sie allen Menschen misstrauen würde, könnte sie nie herausfinden, was hier gespielt wurde. Mia war sich allerdings nicht mehr sicher, ob sie dies noch herausfinden wollte. Miss Logik schaltete sich ein: *Nur wenn du das alles aufklären kannst, bist du am Leben. Als Tote bekommst du kein Bankkonto und kein Geld, keine Wohnung, keinen Job und keine Hilfe. Du bist nicht versichert. Du existierst nicht!*

Das Sanatorium! Wenn Mia dort aufgenommen wurde, dann waren ihre persönlichen Daten hinterlegt. Die Kosten mussten mit der Krankenkasse oder dem Rententräger abgerechnet werden. Das Sanatorium konnte somit belegen, dass Mia am Leben war.

»Hier steht es, der Amtsarzt hieß Dr. Reiner Wendelmeier.« Herr Hirt zeigte auf die Rechnungskopie.

»Sagt dir den Name was?«, fragte Nancy.

»Nein, aber ich kann ja nicht alle guten Bekannten von Arnold mit Namen kennen. Das heißt also nichts.«

»Ich habe zwar Interesse daran, dass diese Angelegenheit nicht an die große Glocke gehängt wird, aber an Ihrer Stelle würde ich zur Polizei gehen. Ihre Identität kann zum Beispiel durch ein medizinisches Gutachten, Gentest und Röntgenaufnahmen abgeglichen und festgestellt werden«, erklärte Herr Hirt. Genau das wollte Mia nicht. Arnold kannte bestimmt nicht nur den Polizeipräsidenten und dessen Frau. Sie waren jedes Jahr auf dem Kripoball eingeladen gewesen. Mia war sich daher ganz sicher, dass sie genau diesen Schritt nicht gehen durfte. Arnold hätte sonst weiter die Fäden in der Hand, würde sie lenken. Wenn er sie in die Falle locken würde, könnte er mit ihr machen, was er wollte. Sie war tot. Mia hatte nur eine Chance, die Fäden abzuschneiden. Nur wenn sie dachte wie er, konnte sie eine andere Richtung einschlagen. Wenn sie seine Pläne durchschaute , konnte sie diese zunichte machen. *Schach.* Das königliche Spiel und Denksport gleichermaßen. Strategie. *Du kommst nur weiter, wenn du das Spielfeld mit dem nötigen Abstand betrachtest, neutral. Lass dich nicht von deinen Gefühlen leiten und denke immer drei Züge voraus. Behalte jederzeit alle Figuren deines Gegners im Auge, im Besonderen die Dame. Du hast das Spiel gewonnen, wenn du den gegnerischen König schachmatt setzt, aber die strategische Vorgehensweise, die Arbeit, um das Ziel zu erreichen, die bewältigt vor allen Dingen die*

Dame. Du!

»Der war ganz okay, obwohl ich seinen Beruf echt spooky finde«, sagte Nancy, als sie vor dem Beerdigungsinstitut standen.

»Zumindest habe ich jetzt eine Ausweiskopie.« Mia faltete das Papier und steckte es in ihre Handtasche. »Wir sollten zurück ins Sanatorium, es wird schon dunkel.«

»Ich hasse diese dunkle Jahreszeit. Die da oben dimmen schon ab 16:30 Uhr das Licht. Trotzdem, sollten wir nicht doch zur Polizei gehen, so wie es der Bärtige vorgeschlagen hat?«, fragte Nancy.

»Nein, da bringen mich keine zehn Pferde hin. Genau das ist sein Plan.«

Nancy zog ihr Smartphone aus der Tasche und tippte auf dem Display herum.

»Was hast du denn da immer so Wichtiges?«, fragte Mia interessiert.

»Bin im Internet. Da ist der Plan vom Friedhof, guck«, Nancy hielt Mia das Handy vor die Nase.

»Und?«

»Was und? Willst du nicht wissen, wie dein Grab aussieht? Baumgrab, noch nie gehört. Los, komm, da drüben ist der Eingang.«

»Lass uns ins Sanatorium zurück fahren. Ich möchte nicht auf den Friedhof. Ich habe Hunger, mir tun die Füße weh und ich bin furchtbar müde«, entgegnete Mia.

»Du, Frau Kronen, du hörst dich an wie eine alte Schachtel. Soll ich dir deine Puschen mit rosaroten Bommel bringen, einen Brei für Zahnlose, eine Wärmflasche und 'nen Rollator oder was? Stell dich nicht so an. Jetzt sind wir schon mal hier. Was du heute kannst besorgen, verschiebe nicht auf übermorgen.«

»Morgen.«

»Nee, heute, jetzt. Los, komm!« Nancy gab Mia einen freundschaftlichen Hieb in die Rippen und hakte sie unter.

21. Kapitel

Ein Ort des Friedens, der Stille und Ruhe, stand auf dem Schild am Eingang. Der Geruch veränderte sich. Mia hatte den Eindruck, als könne sie den Verfall der Leichen riechen – modrig, nach fauliger Erde. Doch vielleicht war es auch nur der Geruch der alten verwelkten Pflanzen, die in dem offenen Holzgitter verrotteten, an dem sie gerade vorbeigingen. Viele Gräber waren noch weihnachtlich geschmückt, mit kleinen Tannenbäumen, die mit Kunstschnee überzogen waren und Gestecken aus Zweigen, mit Kugeln und Kerzen verziert. Ein älterer Mann beugte sich nach unten und zündete ein Grablicht an. Ein Licht zum Gedenken an die Hinterbliebenen.

Waren ihnen auf dem Weg gerade noch einige Besucher entgegengekommen, so wurde es jetzt, je weiter sie gingen, menschenleer.

»Buh«, versuchte Nancy Mia zu erschrecken.

»Lass das. Ich finde es hier echt gruselig im Dunkeln.«

»Quark. Ist doch gar nicht dunkel. Da brennen überall Kerzen und am Weg sind Laternen. Willst 'nen Keks?«, fragte Nancy und öffnete ihre Handtasche. »Gut, dass ich Proviant eingepackt hab.«

»Nein danke. Irgendwie ist mir der Hunger vergangen.«

»Da drüben muss es sein. Hier, an dem großen Engel vorbei, den Weg rein, da vorne unter dem Baum«, sagte Nancy mit vollem Mund.

»Mia Kronen 2015.« Mehr stand nicht auf dem 40 mal 40 Zentimeter großen Gedenkstein, der in den Boden eingelassen war. Mia starrte auf die Bodenplatte. Sie stand vor ihrem eigenen Grab. Hier ruhte ihre Asche. Sie hatte das Gefühl, als würde sie beobachtet. Sie fühlte die Blicke, die an ihr hafteten. Blicke, die so durchdringend waren, dass sie diese wie Berührungen wahrnehmen konnte – ganz sanft. Sie atmete tief durch. Der kahle Baum über ihnen breitete seine Äste aus. Im Halbdunkel schien es so, als würde er nach ihr greifen wollen. Er streckte seine dünnen Arme aus und kitzelte sie mit seinen morschen Ästen – ganz sanft. Mia hatte Gänsehaut.

»Irgendwie heavy, seinen eigenen Namen auf 'nem Grabstein, ähm, Plattendings zu lesen, oder?«

»Ein ganz komisches Gefühl, ja«, bestätigte Mia. Was würde uns nach dem Leben erwarten? Oder hatten wir nur dieses eine Leben und es wurde tatsächlich einfach ein Schlussstrich gezogen? Mia wusste, dass ihr diese Frage kein Mensch beantworten konnte. Doch als ihre Oma verstorben war, hatte sie sich mit diesem Thema beschäftigt. Sie wollte sich nicht vorstellen, dass die Seele genau wie der Körper verfiel. In einem dieser „nutzlosen" Bücher hatte Mia über Nahtoderfahrungen gelesen. Alle Befragten hatten zeitlich und räumlich unabhängig voneinander von fast identischen Erlebnissen berichtet. So war eine junge Frau für einige Minuten nach einem Unfall klinisch tot gewesen. Sie spürte, wie sich die Seele von ihrem Körper trennte. Konnte die Helfer und sich selbst am Unfallort sehen und schwebte über dem Geschehen. Sie war ruhig und fühlte sich wohl. Hatte keine Schmerzen oder Angst. Irgendwann ging sie durch ein helles Licht, hinein in einen Tunnel. Sie konnte Musik hören, die nicht mit irdischen Klängen vergleichbar war. Am Ende des Tunnels konnte sie die Seelen ihrer verstorbenen Verwandten sehen. Nachdem sie von den Ärzten wiederbelebt worden war, war sie frustriert und wollte genau dahin wieder zurück.

Mia hatte sich schon oft gewünscht, dass auch ihre Seele einfach entfliehen könnte – immer dann, wenn sie vor Schmerzen gekrümmt auf dem Boden gelegen hatte. Doch jetzt war es anders. Sie konnte ihm entkommen. Der erste Schritt war gemacht. Wenn sie nun das Spielfeld überblicken könnte und die Figuren im Auge behielt, seine Strategie durchschaute und drei Züge vorausdachte, könnte sie ihn schlagen. Schachmatt setzen. Hatte er vorhersehen können, dass sie nicht zur Polizei gehen würde? *Ja.* Wäre es ihm auch möglich gewesen, die Fäden so zu ziehen, dass er sie dazu brachte, genau jetzt ihr eigenes Grab zu besuchen? Auch diese Frage konnte Mia mit einem klaren Ja beantworten. *Du hättest auf deine Stimme hören und zurück ins Sanatorium fahren sollen. Du bist die Dame und du machst das Spiel!*

»Lass uns jetzt bitte gehen.« Kaum hatte Mia diesen Satz beendet, sah sie einen Schatten hinter der großen Engelsskulptur vorbeihuschen. Sie sprang mit einem Schritt zu Nancy und griff nach deren Arm.

»Angst? Buhuuu«, alberte Nancy.

Mia ging zielstrebig auf den breiten Weg zurück, vorbei an dem Engel, der in dem unwirklichen Licht aussah wie ein bedrohlicher Dämon. Die Schritte hinter ihnen knirschten auf dem Schotterbelag. *Einbildung.* Sie wollte sich nicht umdrehen, nur um die Bestätigung ihrer schlimmsten Befürchtungen zu erhalten, und ging schneller.

»Was rennste denn so? Dachte, dir tun deine Füße weh?«, sagte Nancy.

»Wir werden verfolgt, los, weg hier.«

»So ein Quatsch.« Nancy sah sich um.

»Renn«, schrie sie Mia zu und spurtete los.

22. Kapitel

Dezember 2014 – Ein Kind nach Maß?

»Diese Excel-Tabellen hier sind passwortgeschützt.« Linda tippte auf die Tastatur. »Kennst du dich damit aus?«

»Nein«, erwiderte Jens. »Ich lege meine Prioritäten auf andere Themengebiete. Tut mir leid.«

Auf der einen Seite war die Präimplantationsdiagnostik für Paare, in deren Familien Erbkrankheiten vorgekommen waren, ein Glück und in Deutschland auch für diesen Bereich straffrei. Auf der anderen Seite standen jedoch die ausselektierten Embryonen. Wurden sie vernichtet? Thomas hatte ihr berichtet, dass die PID heute weltweit noch auf ganz andere Weise eingesetzt wurde: zur Geschlechterwahl sowie für Blut- und Gewebespenden. In England war ein Kind geboren worden, das nur zum Zwecke einer Blutspende erzeugt worden war.

Linda bekam eine Gänsehaut. Sie war hin- und hergerissen. Die PID wurde bereits seit vielen Jahren in der Politik und Presse diskutiert. Im Bezug auf Ethik und Religion ein zweischneidiges Schwert. Wohin konnte diese Diagnostik noch führen? Thomas sagte, dass seine Forschungen noch nicht spruchreif wären. Musste sie sich Sorgen machen? Nein. Leonie war zwar durch eine künstliche Befruchtung entstanden, einen Grund für eine PID hatte es damals aber nicht gegeben. Die Erbkrankheit bei den Kindern seiner Schwester betraf nicht Thomas' Familie, sondern die seines Schwagers.

Thomas forschte weiter und wollte unbedingt in Erfahrung bringen, was mit der PID alles machbar war. Linda war mit Thomas in vielen Dingen einer Meinung gewesen, doch im Bezug auf seine Arbeit hatten sie immer lange Diskussionen geführt.

Linda hatte einen anderen Blickwinkel. Ein Kind um jeden Preis? Was, wenn irgendwann nur noch designte Kinder geboren wurden? Nicht nur nach möglichen Krankheiten selektiert, sondern nach Augenfarbe, Intelligenz und Begabung? Würden die inneren Werte, die jedes Lebewesen so einzigartig machten, auf der Strecke bleiben? Würde sich die Natur rächen? Was, wenn diese Kinder irgendwann erwachsen waren und die Welt regierten? Würden die „Alten“ dann ausselektiert?

Sie sei zu konservativ und würde sich dem Fortschritt verschließen: Damit hatte Thomas die Diskussionen oft beendet.

Das Klingeln des Telefons riss Linda aus ihren Gedanken.

»Feldmann-Klinik, Frau Dr. Linda Schwarz, guten Tag.«

»Guten Tag, Frau Dr. Schwarz. Wir hatten gestern Abend schon das Vergnügen. Können Sie sich an meinen späten Anruf erinnern?«

»Ich würde Sie ja gern mit Namen begrüßen, doch dies ist mir immer noch nicht möglich, Herr ...« Linda sah zu Jens, der das Büro schon verlassen wollte, und drückte auf den Lautsprecherknopf am Telefon. Jens verstand, kam zurück und setzte sich leise neben Linda.

»Ich hatte in unserem gestrigen Telefonat bereits erwähnt, dass ich dringend die Dokumente von Ihrem Mann benötige. Haben Sie diese gefunden?« Jens zog das Handy aus der Tasche und tippte darauf herum.

»Denken Sie, mein Mann hat nur einen USB-Stick? Sie müssen mir schon einen genaueren Anhaltspunkt geben«, sagte Linda. Jens steckte das Mobiltelefon wieder in die Tasche, nahm einen Block und einen Kugelschreiber.

»Sie haben eine hübsche Tochter, Frau Dr. Schwarz«, sagte der Unbekannte.

Bis zu diesem Zeitpunkt hatte Linda über den Dingen gestanden, hatte sich nicht so schnell verunsichern lassen – warum auch. Aber als der Anrufer ihre Tochter erwähnte, verkrampfte sich ihr Magen. Lindas Hände zitterten und sie rutschte unruhig auf ihren Stuhl hin und her. Der Unbekannte war intelligent und hatte bemerkt, dass er die Psychologin nicht aus der Reserve locken konnte. Doch wenn er ihren Mutterinstinkt wecken würde, hätte auch die promovierte Psychologin keine Chance mehr, sich gegen seine Wünsche zu stellen.

»Wenn ich nicht weiß, um welche Unterlagen es sich handelt, kann ich auch nicht suchen«, erwiderte Linda schnippischer als gewollt.

Jens legte seine Hand auf Lindas Arm und schüttelte den Kopf. Linda wusste genau, was er ihr damit sagen wollte: »Bleib professionell.«

»Sind Sie noch da, Frau Dr. Schwarz?«, fragte der Anrufer. Linda schluckte schwer. Sie hatte den Eindruck, als würde der Kloß in ihrer Kehle von Sekunde zu Sekunde größer. Er drohte ihr die Luft abzuschnüren. Schließlich sagte sie leise: »Was wollen Sie?«

»Wissen Sie, ich liebe Kinder. Gerade in dem Alter sind sie doch so wissbegierig und lebensbejahend.« In Linda kochten Wut und Angst gleichermaßen.

»Es war nett anzusehen, wie Ihre Nachbarin die Kleine heute Morgen in den Kindergarten gebracht hat.« *Nicht darauf eingehen. Taktik. Gesprächsführung. Denken, Linda.* Jens war wieder in seine Notizen vertieft und schien nicht zu bemerken, wie Lindas Tränen auf den Schreibtisch tropften. Sie suchte in ihrem Kittel nach einem Taschentuch.

»Helfen Sie mir, damit ich Ihnen helfen kann.« Jens nickte zustimmend. Linda spürte, dass sich Schweiß an ihren Händen sammelte. Alles Gelernte und tausendmal in der Praxis Bewährte würde nichts helfen, wenn sie sich von ihren Emotionen leiten ließ. *Leonie.*

»Wie bereits erwähnt, müssen sich die Dateien auf einem USB-Stick befinden.« Linda starrte auf den Bildschirm. Es handelte sich also um diesen Datenstick, aber was konnte daran so wichtig sein, dass er ihr Kind bedrohte? *Die passwortgeschützten Excel-Tabellen?*

»Und was befindet sich auf diesem Stick?«, fragte Linda. Der Unbekannte ließ sich diesmal Zeit mit seiner Antwort.

»Da Sie wissen, dass ich mit Ihrem Mann in geschäftlicher Beziehung stehe, geht es natürlich um die Präimplantationsdiagnostik. Sie werden mir nun versichern, dass sich dieses Thema überall in seiner Arbeit, also auch in allen Dateien findet. Daher verkürzen wir das. Auf diesem Stick ist ein kleiner, unscheinbarer Aufkleber mit dem Vermerk „F15G07". Ihre Gesprächsführung in allen Ehren, aber so kommen wir nicht zum Ziel. In genau drei Stunden melde ich mich wieder bei Ihnen und gebe Ihnen die Anweisung, wo Sie den Stick deponieren. Und im Übrigen machen Kinder in diesem Alter gerne mal einen Ausflug, nicht wahr?« Gleich darauf hörte sie das bekannte Knacken in der Leitung.

Linda fackelte nicht lange, drückte auf die Gabel und wählte die Nummer des Kindergartens. Nachdem die Erzieherin bestätigt hatte, dass es Leonie gut ging und sie darauf achten würde, dass ihr kein Fremder zu nahe kam, stand Linda auf, zog ihren Kittel aus und schnappte sich ihre Handtasche.

»Du musst die Polizei verständigen. Das war eine handfeste Erpressung. Ich wollte das Gespräch aufzeichnen, aber das hat irgendwie nicht funktioniert, also habe ich zumindest Notizen gemacht«, erläuterte Jens.

»Ich muss zu Leonie.« Linda eilte zur Tür.

»Warte mal … der Stick!« Jens zog den USB-Stick aus dem Fach am PC. »Da ist aber kein Aufkleber zu finden …«

»Der kann auch abgefallen sein«, sagte Linda ungeduldig.

»Gut, dann müssen wir die Excel-Dateien öffnen. Wie könnte dein Mann die geschützt haben?«, fragte Jens.

Linda trat von einem Fuß auf den anderen und öffnete die Tür.

»Der Unbekannte sagte doch, dass es sich um seine Unterlagen handelt, die darauf gespeichert sind, demnach muss auch er diese mit den Passwörtern versehen haben.«

»Stimmt auch wieder«, bestätigte Jens. »Ich hab's«, fuhr er nach kurzer Überlegung fort, »Irmgard!«

»Bitte, Jens beeil dich, ich muss los…was ist mit Schwester Irmgard?«

»Ich weiß, dass ihr Enkel so ein überragendes Computergenie ist, der kann uns bestimmt helfen.«

»Gut, kümmere du dich bitte darum. Ich muss jetzt zu Leonie.«

Linda wollte nur noch zu ihrer Tochter und hatte alles andere ausgeblendet. Warum ihr ausgerechnet auf der Fahrt in den Kindergarten dieses Spiel – Nummernschild-Orakel – eingefallen war, konnte sie nicht beantworten. Gut möglich, dass sie eine Ablenkung gebraucht hatte. Dass sich ihr Gehirn Fixpunkte suchen musste, um nicht vollkommen aus der Fassung zu geraten. Wenn sie als Kind mit ihren Eltern eine längere Autofahrt unternommen hatte, dann musste sie Fragen stellen, auf die man nur mit Ja oder Nein antworten konnte. War die letzte Zahl auf dem Nummernschild des Fahrzeuges, das vor ihnen fuhr, eine 1 bis 5, so war die Antwort Ja. Von 6 bis 9 bedeutete ein Nein. Die Null war neutral. Natürlich war die erste Frage, die Linda an das Nummernschild-Orakel stellte: »Geht es Leonie gut?« Auch wenn Linda wusste, dass es Blödsinn war, freute sie sich insgeheim über die 1, die als letzte Zahl auf dem Nummernschild vor ihr stand.

23. Kapitel

Februar 2014 – Grablichter

Mia hatte es nie geschafft, ihm unter ihrer Käseglocke zu entkommen – wie auch, die Räumlichkeiten waren begrenzt, und wenn sie sich hinter einer Tür verbarrikadiert hatte, wurde diese kurzerhand gewaltsam geöffnet. Hatte sie diese Chance, hier im Dunkeln auf dem menschenleeren Friedhof? Sie musste nur schnell genug sein – schneller als er. Arnold war sportlich. »Ein gesunder Geist kann nur in einem gesunden Körper wohnen« – diesen Spruch eines alten römischen Dichters hatte Arnold zu seinem Motto erklärt und am jährlichen Freiburger Marathon teilgenommen. Was hatte Mia ihm entgegenzusetzen? Den Weg zum Supermarkt oder zu der alten Frau Neumann?

Der Verfolger hinter ihr holte auf und Mia rannte schneller. Sie bekam keine Luft mehr und spürte den stechenden Schmerz hinter ihren Rippen. *Das ist nichts gegen das, was du gleich spüren wirst.*

Mia überholte Nancy. Sie drehte sich nicht mehr nach ihr um. Arnold würde Nancy bestimmt nichts antun, denn er wollte nur Mia. Sie spurtete panisch weiter über den

Schotterweg in Richtung Ausgang. Mia konnte seine sanften Berührungen spüren. Gleich war es so weit, gleich würde er sie zu fassen bekommen. Es konnte sich nur noch um Sekunden handeln. Der schwere Atem hinter ihr war mit Alkohol vermischt. Sie konnte es riechen.

»Warte doch mal«, rief Nancy von Weitem, doch Mia hörte nicht auf sie. Der Luftzug in ihrem Nacken, in den feinen Härchen, ließ Panik aufsteigen. Gleich würde er in ihre Haare greifen und ein großes Büschel herausreißen. Sie zu Boden schleudern und ihren Kopf an einen dieser Grabsteine schmettern. Es waren schwere Schritte, die tief in den Schotter einsanken.

»Jetzt bleib doch stehen«, rief Nancy lauter, sie musste aufgeholt haben. Der eisige Wind peitschte Mia ins Gesicht. Jeder Schritt konnte der letzte sein. Er war der Meister und würde nie verlieren. Mia war zu schwach, ein Loser. Ihre Füße schmerzten bei jedem Schritt. Sie rannte um ihr Leben. Doch machte es Sinn, davonzurennen? Was, wenn sie einfach stehen bliebe? Wenn sie aufgeben würde? *Renn schneller.* Sie ignorierte das Brennen in ihren Oberschenkeln und hastete durch den Ausgang, hinaus auf die Straße.
Wie aus dem Nichts wurde sie gestoppt und am Oberarm zurückgerissen.

»Nein«, schrie Mia, drehte sich blitzschnell um und schleuderte ihre Handtasche gegen den Angreifer. *Diesmal werde ich mich wehren. Diesmal wirst du kein leichtes Spiel haben.*

»Hast du 'nen Knall?«, fauchte Nancy, ließ Mias Arm los

und sprang einen Schritt zurück.

»Entschuldige«, keuchte Mia, »aber ich dachte …« Sie sah sich hektisch um und wollte weiter rennen.

»Jetzt bleib halt stehen«, sagte Nancy und zog sie wieder am Arm zurück. »Aua, das tut weh. Was, zum Kuckuck, hast du denn so Hartes in dieser blöden Handtasche?« Mia beantwortete diese Frage nicht und sah sich wieder panisch um. Nichts. Es war niemand zu erkennen. War alles Einbildung gewesen?

»Du hast ihn doch gesehen?«, fragte Mia sie.

»Wen?«

»Na den, der uns verfolgt hat.«

»Quatsch«, erwiderte Nancy lachend, «der Friedhofswärter war hinter uns, sonst nichts. Ich hab doch gerufen, aber du hast ja nichts gehört und bist wie eine Irre davongerannt.«

»Du hast doch gesagt, renn … warum hast du mich in dem Glauben gelassen …«, schimpfte Mia.

»Höhö, weil ich dachte, dass dir alten Schachtel ein bisschen Training nicht schaden kann. Von wegen rosa Puschel und Rollator, verstehste. Ich hab nicht damit gerechnet, dass du so reagierst. Ich hab dich doch gerufen, aber du wolltest ja nicht hören.«

»Mach das nie wieder, Nancy. Gerade du weißt doch ganz genau, in welcher Lage ich mich befinde!«

»Tschuldigung«, flüsterte Nancy vor sich hin und sah auf den Boden.

Mia hatte Nancy noch nicht nach den Gründen für ihren Aufenthalt im Sanatorium befragt. Sie hatten sich den ganzen Tag nur um Mias Probleme gekümmert. Nancy war immer an ihrer Seite und auf ihre Art eine Hilfe gewesen. Mia wusste, dass sie alleine in ihren Nachforschungen nie so weit gegangen wäre. Spätestens nach der Zeitungsredaktion hätte Mia den Weg zurück ins Sanatorium angetreten. Nancy hatte sich nicht einmal beklagt und war für sie da gewesen, obwohl sie doch auch für Mia heute Morgen noch eine Fremde gewesen war. Sie hatte sie ab und an sogar zum Lachen gebracht mit ihren verdrehten Weisheiten und ihrer spontanen Art.

»Ich möchte mich entschuldigen, Nancy. Ich weiß, du hast es nicht böse gemeint. Du bist eben so. Danke für deine Hilfe heute.«

»Schon gut. Jetzt hab ich aber auch keinen Bock mehr. Die Bushaltestelle zum Sanatorium ist da drüben, lass uns morgen weitermachen.«

Das Zittern in den Beinen wollte nicht nachlassen. Auch die Gedanken an die Verfolgungsjagd konnte sie nicht einfach ad acta legen. Sie hätte keine Chance gegen Arnold gehabt, wenn er wirklich der Jäger gewesen wäre. Selbst mit Nancys Hilfe hätte sie nichts gegen ihn ausrichten können. Bis die Polizei vor Ort gewesen wäre … Mia wollte nicht weiter darüber nachdenken.

»Da wohnt Frau Neumann, die ältere Dame, von der ich

dir erzählt habe.« Mia zeigte auf den Altbau, der direkt vor ihnen lag.

»Und?«, fragte Nancy wortkarg. Mia ging davon aus, dass Nancy immer noch beleidigt war, obwohl Mia sich entschuldigt hatte.

»Es ist sehr lange her, dass ich Frau Neumann besuchen konnte, und jetzt, wo wir schon mal da sind …«

»Keinen Bock.«

»Ach Nancylein, komm schon.« Mia nahm Nancy in den Arm. »Hör mal, mein Hase. Es tut mir leid, dass ich vorhin etwas lauter geworden bin, aber ich hatte Angst. Wir kennen uns zwar noch nicht so lange, aber ich bin echt froh, dass du mir heute geholfen hast. Danke, bist ein Schatz.«

»Ja?«, fragte Nancy und sah Mia wieder in die Augen.

»Ja«, bestätigte Mia.

»Na, dann ist ja alles paletti. Dann spitze ich jetzt wieder meine Gabeln.«

»Gabeln?«

»Du sagst doch, ich bin ein Hase.«

»Dann spitz die Löffel und komm.«

Mia klingelte bei Frau Inge Neumann.

24. Kapitel

Keine Reaktion. Frau Neumann war 86 Jahre alt und versorgte sich noch ohne Hilfe. Die alte Dame hatte Probleme mit ihren Gelenken, das wusste Mia. Daher ging sie davon aus, dass es etwas länger dauern könnte, bis sie die Tür öffnen würde.

»Keiner da.« Nancy drehte sich um und entfernte sich vom Hauseingang.

»Nicht so schnell, warte. Frau Neumann ist gehbehindert, es dauert einfach etwas länger, bis sie öffnet«, erklärte Mia und drückte abermals auf den Klingelknopf. Als gleich darauf das Summen des Türöffners zu hören war, kam Nancy zurück und ging mit Mia zusammen ins Treppenhaus.

»In welchem Stock wohnt sie denn?«, fragte Nancy.

»Ganz oben, im fünften.«

»Wie bescheuert, wenn man nicht laufen kann.« Nancy stieg hinter Mia die Stufen nach oben.

»Sie wohnt schon seit über vierzig Jahren hier. Es ist oft so, dass die älteren Leute ausgerechnet im obersten Stock wohnen.«

»Und das ohne Aufzug«, keuchte Nancy.

»Wer braucht jetzt die rosa Puschel?«, sagte Mia spitzfindig.

Die Tür in der obersten Etage war einen Spalt weit geöffnet. Durch diesen Spalt waren eine Sicherheitskette, ein Schuhschrank und ein brauner Läufer auf dem Boden zu sehen. Doch die alte Dame stand nicht an der Tür.

»Frau Neumann?«, rief Mia. Nichts. Sie ging einen Schritt näher an die Tür und versuchte, um die Ecke zu blicken, hinter die Tür.

»Frau Neumann, hallo?«, rief Mia nun lauter als zuvor.

»Lass uns gehen, die hat keinen Bock auf uns«, kommentierte Nancy die Situation.

»Sie hat uns doch geöffnet. Warte …« Ein Gesicht schob sich in den Türspalt. Mia schluckte trocken und trat zurück. Hatte sie sich bisher immer gewundert, dass die Seniorin für ihr Alter noch so gut aussah, erschrak Mia nun vor diesem, eingefallenen, greisenhaften Anblick. Sie hatte sich verändert. *In so kurzer Zeit?*

»Ja bitte, was wünschen Sie?«, fragte Frau Neumann. Auch ihre Stimme klang fremd. Selbst ihre Haare, die sie sich sonst von ihrer Hausfriseurin in Dauerwellen legen ließ, hingen nun wie dünne, weiße Bindfäden über ihre Stirn.

»Frau Neumann?«, fragte Mia ungläubig.

»Ja, und wer sind Sie?«

»Kennen Sie mich nicht mehr?«

»Nein. Ich habe meine Brille nicht auf. Moment.« Die Dame verschwand aus Mias Sichtfeld.

»Wie, die kennt dich nicht?«, fragte Nancy. Mia zuckte mit den Schultern. Sollte Frau Neumann in der Zwischenzeit auch geistig so weit abgebaut haben, dass sie Mia nicht mehr erkannte?

»So, jetzt«, sagte die Dame. »Nein, tut mir leid, aber auch mit Brille kenne ich Sie nicht, junge Frau. Was möchten Sie denn von mir?«

»Sie sind doch Frau Inge Neumann und wohnen schon seit über vierzig Jahren hier in dieser Wohnung, oder?«

»Ja.«

»Mein Name ist Mia Kronen. Ich habe vor einigen Monaten ab und zu Ihre Einkäufe für Sie erledigt.«

»Mia?« In Frau Neumanns Augen sammelten sich Tränen, »Mia ist tot, ich war auf ihrer Beerdigung. Das stand doch in der Zeitung.« Gleich darauf knallte die Dame die Tür zu.

»Hallo? Was läuft denn hier für ein Film ab?« Diese Frage von Nancy konnte Mia auch nicht beantworten. Sie stand bewegungslos vor der geschlossenen Tür.

Da war sie wieder, die virtuelle Faust, die ihr einen Hieb in die Magengegend versetzte. Mia war tot! Seifenblasen stiegen vor Mias geistigem Auge auf. Klein, kaum wahrnehmbar, doch dann wurden sie größer und größer. Sie schimmerten in allen Regenbogenfarben. In jeder dieser Blasen standen Worte:

Champion. Loser. Tod. Sanft. Käseglocke. Pünktchen. Ehering. James. Hirsch. Jasmintee. *Vergiss den Turm und den*

Springer nicht. Schach? Die Dame!

»Mia, hallo, hörst du?«, schrie Nancy und stieß Mia gegen die Brust.

»Ja, schon gut«, sagte Mia. »Das darf doch nicht wahr sein. Ich verstehe das nicht.« Sie drückte abermals auf den Klingelknopf. Sie musste der Sache auf den Grund gehen. Könnte Arnold … Nein, so weit würde er doch nicht … oder? Wusste Arnold überhaupt von ihrer Beziehung zu Frau Neumann? Wie hätte er …? Mia drehte sich der Kopf. Wie bei einem Bungee-Sprung hüpften ihre Gedanken nach unten, oben und wurden zur Seite geschleudert. Sie wollten entfliehen, doch das konnten sie nicht. Sie waren an dem Gummiseil festgebunden.

»Was wollen Sie denn noch?«, fragte Frau Neumann, die die Tür wieder geöffnet hatte.

»Entschuldigen Sie bitte. Aber das ist ein Irrtum. Ich lebe. Wir waren im Beerdigungsinstitut und …« Mia kramte die Ausweiskopie aus ihrer Handtasche. »Sehen Sie selbst. Ich bin Mia Kronen. Erkennen Sie mich denn wirklich nicht mehr?« Wie verrückt das alles klang, merkte Mia erst jetzt, nachdem sie es selbst ausgesprochen hatte. *Das ist ein Irrtum, ich lebe.* Oder war sie gar nicht mehr am Leben? Vielleicht war alles ganz anders und sie irrte nun als verlorene Seele umher? Eine Seele, die nicht in den Tunnel gegangen war, die weiterhin zwischen den Lebenden herumirrte, weil sie noch etwas zu erledigen hatte. Weil sie ihre Aufgabe noch nicht erfüllt hatte. Doch hätte sie dann jemand wahrnehmen können? Nancy? Waren alle tot und Nancy war so etwas wie der Engel Gabriel, der ihr bei ihrer Aufgabe zur Seite stand? Mia schüttelte den Kopf. Diese wirren Gedanken verunsicherten sie. *Schach, du bist die Dame,* ermahnte sie sich.

»Ja, das auf dem Foto ist Mia«, Frau Neumann stockte und rückte ihre Brille zurecht, »aber Sie sehen irgendwie anders aus.« Die Dame drückte die Tür wieder zu. *Sie auch.*

»Na klasse. Auf, zu, auf, zu. Sind wir denn bei der Muppetshow und die Alte ist eine von denen auf dem Balkon? Alte Leute, alte Ränke – alter Wolf, alte List.«

»Es war der Fuchs, nicht der Wolf«, verbesserte Frau Neumann, als sie die Tür ohne die Sicherheitskette wieder öffnete.

»Es war die Nachtigall und nicht die Amsel«, erwiderte Nancy.

»Die Lärche. Kommen Sie doch bitte herein.« Frau Neumann lehnte sich auf ihren Gehwagen und schlurfte ins Wohnzimmer voraus. Sie setzte sich schwerfällig in einen modernen Fernsehsessel und drückte auf eine Fernbedienung. Die Lehne neigte sich nach hinten und zeitgleich wurden ihre Füße angehoben.

»Schon toll, die moderne Technik, was?«, sagte Frau Neumann und zog eine karierte Wolldecke über ihre Beine.

»Nehmt doch bitte Platz.« Nancy ließ sich in die weichen Kissen fallen. »Also, auf dieser Ausweiskopie, das ist Mia, aber du … Sie sehen anders aus.«

»Frau Neumann, können Sie sich noch an den kleinen Spatz erinnern, der auf Ihrem Balkon gelandet war und sich einen Flügel gebrochen hatte? Und Sie haben mir auch viele andere Geschichten aus Ihrem Leben erzählt«, sagte Mia, in der Hoffnung, der alten Dame wieder auf die Sprünge zu helfen.

»Ja, stimmt. Dann sagen Sie mir mal, was ich am liebsten esse.«

»Das ist ganz einfach«, grinste Mia, »Schwarzwurst.«
Frau Neumann lachte »Richtig, und das kann nur Mia wissen. Also, Kind warum hast du dich denn so verändert, dass ich dich nicht wiedererkenne? Wie ist das denn alles möglich? Ich war doch auf der Beerdigung?« Frau Neumann schüttelte den Kopf und war trotz ihrer Freude sichtlich irritiert. »Was ist dir denn zugestoßen? Kann ich helfen? Du bist ja so ein gutes Kind. Möchtet ihr etwas trinken? Kann ich euch etwas anbieten?« Sie hielt in ihrem Redefluss erst inne, als Mia sich auf das Sofa neben den Fernsehsessel setzte und Frau Neumanns Hand streichelte. Die alte Dame hatte Mia immer an ihre eigene Oma erinnert.

»Nein, danke, Frau Neumann. Sie haben sich aber auch verändert.«

»Ja ja, das ist alles nicht so einfach, Kindchen. Seitdem du tot bist …«, Frau Neumann stockte, »ich meinte, seitdem du meine Einkäufe nicht mehr erledigst, bin ich auf andere Hilfe angewiesen und das klappt nicht so gut. Meine Friseuse ist in eine andere Stadt gezogen«, sie strich sich eine Haarsträhne aus der Stirn, »und seitdem sehe ich scheußlich aus. Ich möchte gar nicht mehr in den Spiegel schauen.« Auch wenn sich Frau Neumann ärgerte, wirkte ihre Aussage beruhigend auf Mia. Es gab für alles eine Erklärung. Die Seniorin war einfach in den letzten Monaten schneller gealtert, hatte ihre Gesichtspflege und ihre Friseurin nicht gehabt. Logisch.

25. Kapitel

Dezember 2014 – Das Herz

Immer, wenn sie im Krankenhaus angekommen war, hatte sie die Hoffnung, dass sich Thomas' Zustand verbessert hätte, doch dieser war wie jeden Tag – unverändert. Wenn er nur aufwachen würde. Einfach die Augen aufschlagen, als hätte er nur geschlafen. Ob er träumte? War er in einer Art Zwischenwelt gefangen und fand den Ausgang nicht? Linda rieb Thomas' Hände mit Klosterfrau Melissengeist ein. Schaden konnte es nicht. Dieses alte Hausmittel war durchblutungsfördernd, doch insgeheim wünschte sich Linda, dass Thomas allein schon durch den Geruch aufwachen würde. Es war nicht die kleinste Regung zu erkennen.

»Bitte wach auf«, flüsterte Linda. Thomas fehlte. Seine aufmunternde Art; die lieben Worte; das Gefühl der Geborgenheit und sein Humor. Seit dieser ominöse Geschäftspartner angerufen hatte, fehlten Linda auch Erklärungen. Sie wollte Thomas nicht verurteilen, nicht, solange er selbst dazu keine Antworten liefern konnte. Es war gut möglich, dass Linda und Jens die Exceltabellen falsch gedeutet hatten. Für den Enkel von Schwester Irmgard war es ein Leichtes gewesen, die Passwörter zu entschlüsseln. In der linken Spalte standen Vor- und Nachnamen. Auch wenn die Nachnamen nicht immer identisch waren, handelte es sich vermutlich um Ehepaare. Daneben waren horrende Summen aufgeführt und eine achtstellige Zahl, die als Embryo-Nummer deklariert war. Auf der dritten verknüpften Seite stand »Daten gelöscht«. Thomas hatte sich der Forschung gewidmet, um zu helfen, dessen war sich Linda sicher – oder? Konnte sie sich noch sicher sein? Nein. Trotz allem würde sie ihn nicht verurteilen, nicht, solange er sich nicht zur Wehr setzten konnte. Eventuell gab es eine ganz andere Erklärung und ihre Interpretationen waren völlig an den Haaren herbeigezogen. Linda hatte den Stick, wie von dem Anrufer verlangt, an der Pforte abgegeben und hoffte darauf, dass sie nichts mehr von dem Unbekannten hören würde.

»Nur mit einem glücklichen Gedanken kannst du fliegen.« *Leonie.* Heute war Freitag und sie würde Leonie gleich nach dem Besuch bei Thomas übers Wochenende abholen. Wie sehr sie die kleine Prinzessin vermisste.

»Wie lang schläft Papa noch? Wann wacht er endlich auf? Ich muss Papa was zeigen. Hab ich im Kindergarten gemacht – schau!« Leonie kam auf Linda zugerannt.

»Hallo, mein Schatz«, sagte Linda, ging in die Hocke und breitete ihre Arme aus.

»Hallo Mama – schau.« Leonie hielt Linda ein buntes Papierherz vor die Nase, umarmte sie dann und gab ihr einen Kuss. Wahrscheinlich hätte kein Mensch außer Linda und Thomas diese Form als Herz identifiziert, doch Linda kannte die künstlerische Begabung ihrer Tochter, die eher einen Hang zum Abstrakten hatte. So jedenfalls erklärte es Linda der Erzieherin im Kindergarten, wenn diese wieder einmal die Meinung vertrat, dass Leonie Probleme mit der Feinmotorik hätte. Für Linda war das alles Panikmache. Sicher gab es Kinder, die Defizite aufwiesen. Doch heute wurde jede Abweichung von der Norm auf die Goldwaage gelegt. Jedes Kind machte eine Entwicklung durch, und diese konnte man nicht in einer Tabelle ablesen. Hatte das eine Kind schon früh mit Sprechen begonnen, so konnte das andere eben schneller laufen. War das eine künstlerisch begabt, so konnte das andere schneller logische Schlussfolgerungen knüpfen. Jeder Mensch war ein Individuum und nicht in ein Schema zu pressen, davon war Linda überzeugt.

»Das ist aber ein tolles Herz. Hast du klasse gemacht, mein Schatz.«

Leonie lachte. »Aber Mama, das ist doch eine Blume.«

Linda verabschiedete sich von der Erzieherin, schulterte Leonies Tasche und ging mit ihr nach Hause.

»Mama?«

»Ja?«

»Schläft Papa noch?«

»Ja, mein Schatz.«

»Können wir ihn wach machen? Ich war auch ganz brav und Mööfie auch.«

Linda unterdrückte ihre Tränen. »Ich hatte dir schon erklärt, dass Papa sich den Kopf gestoßen hat, weißt du das noch?«

»Ja.« Leonie sah traurig auf den Boden.

»Und jetzt muss er schlafen, damit die Wunde heilen kann. Verstehst du das?« Leonie sah mit ihren großen blauen Augen zu Linda auf und machte ein nachdenkliches Gesicht.

»Ich schenke Papa ein Dino-Pflaster für sein Aua und puste ganz doll, dann wird alles wieder gut, ja?«

»Er braucht noch viel Ruhe. Aber ich verspreche dir, dass ich ihm eines deiner Pflaster und die Blume ins Krankenhaus bringe.« Linda streichelte Leonie über den Kopf. Was für ein zauberhaftes Kind sie doch hatte. Ein Kind, dessen Herz am rechten Fleck war – auch wenn es, rein feinmotorisch gesehen, als abstrakt zu klassifizieren war.

Während Leonie in ihrem Kinderzimmer spielte, machte sich Linda in Thomas' Arbeitszimmer auf die Suche nach weiteren Informationen. Eventuell hatte sie Glück und würde in seinen Unterlagen Fakten finden, die ihre Thesen widerlegten. *So ein Quatsch. Du hast gesehen, was du gesehen hast. Du bist ja nicht blöd.* Linda war nicht oft in diesem Raum, den Thomas selbst nur selten genutzt hatte. Die Glasplatte des modernen Schreibtisches spiegelte. In den offenen Fächern, die auf der Tischplatte standen, waren einige Briefe einsortiert. Die Schubladen und die hohen Schränke waren verschlossen. Außer ein paar Rechnungen mit dem Vermerk „Bezahlt“ konnte Linda nichts finden. Ein schlechtes Gewissen plagte sie. Wenn Thomas aufgewacht war und sich erholt hatte, würde sie mit ihm sprechen. Sie schloss die Tür hinter sich.

Sie war sich sicher, dass es kein Traum war. Die Geräusche mussten aus dem Erdgeschoss kommen. Linda knipste die Nachttischlampe an und sah auf die Uhr. Halb vier morgens. Leonie schlief neben ihr auf Thomas' Bettseite und hatte offensichtlich nichts von dem Rumpeln mitbekommen. Linda hätte schwören können, dass die Alarmanlage eingeschaltet war, doch diese blieb stumm. Einen Schlüssel hatten nur Thomas, ihre Haushälterin und die Nachbarin. Von diesen Personen hatte sich bestimmt keiner um diese Uhrzeit Zutritt zur Villa verschafft. Sie setzte sich auf und horchte einen Moment in die Stille. Nichts. Es war wieder ruhig geworden. Hatte sie sich getäuscht? War es doch ein Albtraum gewesen, der sie hatte aufschrecken lassen? Sollte sie aufstehen und nachschauen? Wie dumm wäre das. *Denk logisch!* Linda griff nach dem Mobilteil auf ihrem Nachttisch. Seit Thomas im Krankenhaus war, nahm sie das Telefon jede Nacht mit ins

Schlafzimmer. Sie stand auf und schlich sich an die Tür. Leise drehte sie den Schlüssel um und ging zurück zum Bett. 110.

»Ja, Einbrecher«, flüsterte Linda, gab ihre Daten durch und deckte Leonie, die sich bloßgestrampelt hatte, wieder behutsam zu.

»Wir sind sofort da. Bleiben Sie, wo sie sind, und schließen Sie sich am besten ein.« *Gute Idee.* Linda hörte ein Scheppern auf der Treppe und schreckte auf. *Du hast dich also nicht getäuscht.* Im Schlafzimmer gab es drei Türen. Eine, die auf den Korridor führte. Die zweite war der Zugang zum Ankleidezimmer und die dritte führte ins angrenzende Badezimmer.

Mist, die Verbindungstür zum Bad! Auch im Badezimmer gab es zwei Türen, und eine davon führte direkt ins Kinderzimmer. Linda stand auf und rannte ins Bad.

Mit zwei Schritten war sie an der Verbindungstür zum Kinderzimmer angekommen. *Kein Schlüssel!* Als sich Leonie einmal im Bad eingeschlossen hatte und sich nicht mehr alleine hatte befreien können, hatten Thomas und Linda die Schlüssel entfernt. Alle Möbel im Bad waren fest eingebaut, es gab nichts, was sie hätte vor die Tür schieben können. Schritte. Linda konnte sie jetzt ganz genau hören, sie kamen aus dem Kinderzimmer. Hinter der Tür, an die sie sich gerade lehnte. Sie überlegte fieberhaft. Es musste schnell gehen. Eine Lösung. In wenigen Sekunden würde ein

Einbrecher die Tür aufstoßen. Sie als Fliegengewicht hätte einem Angreifer nicht viel entgegenzusetzen. *Denken, Linda. Der Medikamentenschrank!* Sie sprang auf, öffnete den Spiegelschrank und griff nach dem ersten Spray, das ihr in die Finger kam. Mit nur einem Schritt war sie wieder an der Badezimmertür angelangt und stemmte sich dagegen. Im gleichen Moment wurde diese aufgestoßen und knallte gegen ihre Brust. Linda drehte sich um und rutschte, mit ihrem Rücken an die Tür gelehnt, nach unten. Sie setzte sich auf den Boden und stemmte ihre Füße gegen die gegenüberliegende Badewanne.

»Mama?« *Leonie!*

»Versteck dich, Leonie, und sei ganz leise.« Wieder knallte die Tür ein Stück weit auf und gegen Lindas Kopf und Rücken. Diesmal mit noch größerer Wucht. Sie drückte ihre Beine fester durch. Linda würde alles geben, um Leonie zu beschützen. Wenn es sein musste, auch ihr Leben.

Nach einer Weile sah es so aus, als hätte der Angreifer aufgegeben. Es war wieder still auf der anderen Seite der Tür. War es nur die Ruhe vor dem Sturm? Sollte sie sitzen bleiben oder nach Leonie schauen? Wann würde die Polizei eintreffen?

»Mama?« Leonie kam ins Bad und machte ein weinerliches Gesicht. Kein Wunder. Der Lärm musste sie aus ihrem tiefen Schlaf gerissen haben. Nun sah sie, wie ihre Mutter mitten in der Nacht panisch am Boden saß und sich gegen die Tür stemmte. Was sollte ein vierjähriges Kind denken?

»Schatz. Wir machen ein Spiel, ja?«, flüsterte Linda.

»Mama, was machst du da?«, fragte Leonie und rannte zu Linda.

»Geh schnell zurück, versteck dich im Ankleidezimmer, so, wie du es immer machst, wenn wir Verstecken spielen, bitte.« Leonie sah sie ungläubig an, doch als die Tür gegen Lindas Rücken knallte, rannte sie los.

26. Kapitel

Februar 2015 – Bis dass der Tod uns scheidet

»Das ist ja schrecklich, was dir widerfahren ist, Kindchen. Aber wo du gerade den Namen Arnold erwähnst: Ich kenne da einen sehr netten jungen Mann mit diesem Namen. Er kommt mich ab und zu besuchen.« Mia stutzte.

»Wo haben Sie Ihren Arnold denn kennengelernt?«

»Lass mich mal überlegen … das war … genau, das war nach der Beerdigung, die ich für deine gehalten hatte. Weißt du, Kind, ich war so traurig, dass nur der Bestatter und eine ältere Frau an deinem … ich meine, an dem Grab standen. Danach war ich noch in dem kleinen Café beim Friedhof und hab eine Tasse Tee getrunken«, Frau Neumann zwinkerte Mia zu, »mit Schuss natürlich.«

»Und wo war dieser Arnold?«, kam Nancy Mia zuvor.

»Der hat mich im Café angesprochen und fragte, ob er mir mit dem Rollator und den Treppen helfen könne. Ein sehr netter, höflicher junger Mann.«

»Wie sieht denn Ihr Arnold aus?«, fragte Mia.

»Groß, stattlich, gut gebaut und breite Schultern. Also, wenn ich fünfzig Jahre jünger wäre …«, sagte Frau Neumann und lachte.

»Kennen Sie seinen Nachnamen oder was er beruflich macht?«, wollte Nancy wissen.

»Nein. Komisch, ich habe gar nicht danach gefragt, tut mir leid.«

Arnold wusste also seit der Beerdigung von Mias Beziehung zu Frau Neumann. Er hatte ein zusätzliches Ziel ausfindig gemacht, das er nur lange genug beobachten musste. Die Fäden ziehen, bis die Puppe wieder in seinem Spielzimmer war. Genau so, wie es ihm auch schon Anfang Dezember gelungen war. Die Sozialarbeiterin hatte Mia damals versprochen, dass sie in Berlin sicher vor ihm sei. Hier könne ihr nichts mehr passieren. Nur Eingeweihte wussten, wo sich die Frauenhäuser befanden, es gab keine offizielle Adresse. Doch Arnold brauchte keine offizielle Adresse. Er hatte Kontakte. Würde nur *ein* menschliches Wesen Informationen besitzen, die für ihn wichtig waren, so würde er diese in Erfahrung bringen.

Mia wurde in ihren Gedanken wieder zurück katapultiert. Zurück in den Dezember. Nach Berlin. Dahin, wo sie angeblich vor ihm sicher war.

Mit einer kleinen Gruppe von Frauen schlenderte Mia über den Weihnachtsmarkt an der Gedächtniskirche in Charlottenburg-Wilmersdorf. Sie kamen an einem Zelt vorbei. Weihnachtsmänner baten die Besucher einzutreten.

Mia wollte zuerst nicht, doch als alle Frauen hineingegangen waren, gab sie sich einen Ruck und folgte ihnen. Im Zelt war es eng, stickig und dunkel. Sie wurde durch das Gedränge von ihrer Gruppe getrennt. Plötzlich packte jemand sie am Arm. Eine grobe Hand erstickte ihren Schrei. Mia wehrte sich verzweifelt, doch niemand der Umstehenden nahm Notiz von ihrer Not. Ehe sie sich versah, wurde sie durch einen anderen Ausgang aus dem Zelt gezerrt. Woher Arnold gewusst hatte, dass sich Mia zu dieser Zeit auf dem Weihnachtsmarkt aufhalten würde, konnte sie nicht beantworten. Er musste zu einer der Frauen Kontakt aufgenommen haben.
Arnold zerrte sie über die Straße und hielt ihr ein stinkendes Tuch vor den Mund. Mia hatte heute noch den unangenehmen Gestank des Chloroforms in der Nase. Als sie wieder wach wurde, lag sie gefesselt und geknebelt in seinem Kofferraum. Weit weg von Berlin. Geradewegs zurück nach Freiburg in ihre Wohnung – zurück in die Hölle.

»I am the champion«, sang Arnold aus voller Kehle und zog den Kabelbinder an Mias Handgelenken fester. Er hatte den CD-Player auf volle Lautstärke gestellt. Mia konnte den tiefen Bass in der Magengegend spüren. Er hatte die Repeat-Taste gedrückt. Die Endlosschleife spielte immer das gleiche Lied – sein Lieblingslied.

»Ist das nicht schön, dass wir dieses Eisenbett haben?

Das war doch eine gute Idee von mir, nicht wahr, mein Schatz?« Das Grün in seinen Augen funkelte wie ein Aventurin. Mia hatte in einem dieser „dummen Bücher“ über Edelsteine und deren Wirkung gelesen. »Der Aventurin stärkt das Vertrauen in die Weisheit des Herzens.« *Du bist nicht mehr so dumm. Lass dir nichts gefallen.* »Er lehrt uns Geduld und Selbstvertrauen.« *Du bist eine starke Frau und kannst dich wehren.* »Neue Hoffnung und neues Leben.« *Du kannst ihm entkommen, schau dich um.* »Er gibt Stärke und innere Ruhe.«

»Du warst so brav auf der Fahrt nach Freiburg, mein Schatz.« *Kein Wunder, 800 Kilometer gefesselt im Kofferraum.* »So brav, dass ich dich jetzt ganz sanft berühren werde.« Nachdem Arnold auch Mias Füße an das Eisengestell gefesselt hatte, schob er einen Servierwagen neben das Bett.

»Du hast mir gefehlt. Wie konntest du nur denken, dass du mich verlassen kannst? Bis dass der Tod uns scheidet, hast du das vergessen?« Er öffnete seinen Arztkoffer und legte einige medizinische Instrumente auf den Servierwagen.

»No time for losers …« Er bewegte sich zum Rhythmus und schloss die Augen. Er wirkte, als würde er sich in Trance singen, als wäre er nicht mehr Herr seiner Sinne. Die Schreie von Mia hinter ihm hörte er nicht oder ignorierte sie bewusst. Die Gardinen waren verschlossen. Das Licht der Deckenlampe spiegelte sich in dem kalten Stahl. *Bis dass der Tod uns scheidet.* Seine Hände glitten über die medizinischen Instrumente. Er formte einen Frauenkörper in der Luft und ließ seine Fingerspitzen ganz sanft darüber gleiten.

»I am the champion. Wir haben jetzt alle Zeit der Welt, meine Süße.« Er setzte sich zu Mia aufs Bett, legte sich zu ihr und küsste ihren Hals. Ekel stieg in ihr auf. Sie konnte nicht mehr ertragen, dass er so nah bei ihr war, dass er sie berührte. Sie hatte verloren. Das bisschen Sicherheit, das sie zurückerlangt hatte – der kleine Funke Selbstvertrauen war auf einen Schlag wie ausgelöscht. Sie zitterte. Was genau er mit ihr vorhatte, wusste sie nicht, aber dass es grausamer werden würde als alle Qualen, die sie bisher von ihm hatte ertragen müssen, war klar.

»Du hast es verdient.« *Nein, das habe ich nicht.* Der kalte, nach Nikotin stinkende Atem kroch in Mias Nase. Sie drehte ihren Kopf zur Seite. Der Bass ließ Mias Körper beben.

»Du kannst es kaum erwarten, nicht wahr?« Arnold griff an Mias Kinn und drehte ihr Gesicht wieder in seine Richtung.

»Schau mich an!«

Mia spuckte ihm mitten ins Gesicht. »Lass mich in Ruhe, du Arschloch!«

Für einen Moment erschrak Mia selbst, dass sie diesmal ihre Gedanken laut ausgesprochen hatte. Der kleine Funke Selbstvertrauen glühte noch.

Er sah sie verdutzt an, doch nur für einen Moment. Seine

Faust explodierte in ihrem Gesicht. Ihr Kopf wurde nach hinten geschleudert.

»Ich habe mich vor dir verneigt, doch mein Vorhang ist gefallen«, übersetzte Arnold die nächste Textzeile und wischte sich die Spucke aus dem Gesicht. Er öffnete den Reißverschluss ihrer Jeanshose und zog sie zusammen mit ihrem Slip nach unten.

»Hör auf und fass mich nicht mehr an«, schrie Mia.

»Es ist weder ein Rosenbett noch eine Vergnügungs-Kreuzfahrt«, sang er weiter. »Ich verstehe. Du willst es hart. Sag es mir. Sag mir, dass ich dich ganz hart anpacken soll.« Arnold stand auf und zog sich aus. Mia riss an ihren Fesseln, doch je mehr sie sich bewegte, desto tiefer schnitten die scharfen Kanten der Kabelbinder in ihre Haut. Mit einem gezielten Ruck zog Arnold seinen Gürtel aus der Hose und beugte sich über Mia.

»Ich bin der Sieger und ich werde bis zum Ende kämpfen. Hart. Du willst es hart, nicht wahr?«

»Nein. Hilfe«, schrie Mia, so laut sie konnte. Der Gürtel zischte über ihre nackten Oberschenkel. Er drehte sich um und ging in den Flur. Was konnte sie gegen ihn ausrichten?

»Ich bin der Meister, mein Schatz. Das darfst du nie vergessen.« Als er zurückkam, hatte er in der einen Hand eine Rolle graues Klebeband und in der anderen eine grüne Flasche. Er öffnete den Wein und nahm einen großen Schluck.

»Ein exklusiver Weißwein, hier, mein Schatz, probier

mal.« Er drückte Mias Kinn nach unten und presste gleichzeitig zwei Finger so fest in ihre Wangen, dass ihr nichts anderes übrig blieb, als den Mund zu öffnen.

»Trink!« Mia hustete, bekam keine Luft mehr, doch er hielt ihren Kopf in Position und schüttete beharrlich weiter. Sie schluckte. Der Wein füllte ihren Mund, lief über und floss ihr in die Nase. Arnold ließ von ihr ab und drehte Mias Kopf zur Seite. Sie hustete und spuckte das meiste der Flüssigkeit wieder aus.

»Ein Genuss für Weinkenner.« Dann riss er ein Stück von dem Klebeband ab und drückte es auf ihren Mund.

»Schrei, nein, sing deine Begierde aus dir heraus. Folge dem Rhythmus deines Herzens, er ist der Rhythmus deines Lebens. Sing die zweite Stimme und bring dein Glück durch Stöhnen zum Ausdruck.« Er stellte die Flasche auf den Nachttisch.

»Knopf für Knopf, ganz sanft, ist es gut so?« Arnold öffnete Mias Bluse. Als er seinen Körper eng an sie presste, konnte sie seine Erregung spüren.

»Die Musik kann deine Seele berühren. Gib dich jedem einzelnen Ton hin und spüre, wie er tief in dich eindringt. Fühle deine unbändige Lust. Denn ich bin der Song, ich bin deine Leidenschaft.« Mia zog an ihren Fesseln und wand sich auf dem Bett. Arnold stand auf und ging zu dem Servierwagen. Er nahm eines der medizinischen Instrumente – eine Knochenzange – und legte sich wieder neben Mia.

»Jedes gute Orchester benötigt einen Dirigenten. Er muss genau wissen, wie er mit dem Stab umzugehen hat. Dieser kalte Stahl spürt nun deinen Rhythmus und wird sich mit dir verbinden – sich mit dir in Einklang bringen.« Er streifte mit dem medizinischen Instrument Mias Brustwarzen. Sie wollte schreien, doch es waren nur unverständliche Laute, die sie von sich geben konnte. Sie überlegte fieberhaft, wie sie aus dieser Situation entkommen konnte. Es musste einen Ausweg geben. Es gab immer eine Lösung. Doch wie sollte diese aussehen? Der kalte Stahl glitt über ihren Bauch. Arnold drückte sich fester an sie und bewegte sich langsam, aber rhythmisch.

»Der Stab deiner Erfüllung. Wenn du dich mit ihm verbunden hast, wird deine Hitze an ihn übergehen. Winde dich zu den Klängen. Oh, wie sehr du mich doch liebst«, flüsterte Arnold und bewegte sich schneller. Eine Lösung! Wenn sie sich weiter dagegen sträuben würde, erzeugte sie nur Gegenwehr. Sie musste klüger sein als er. So, wie sie seinen momentanen Geisteszustand einschätzte, konnte sie ihn überlisten.

Mia stöhnte und schloss die Augen, so als würde sie seine Berührungen genießen. Auch wenn sich ihr Innerstes dagegen sträubte, sie hatte nur diese eine Chance.
Arnold hielt inne.

»Die Musik hat deine Seele berührt und tanzt durch deine Adern. Sag, wie sehr du mich liebst.« Er zog das

Klebeband von Mias Mund.

»Ich liebe dich«, flüsterte Mia und hätte ihn gleichzeitig töten können. Er öffnete mit seiner Zunge ihren Mund und küsste sie. Mia musste ihren Brechreiz unterdrücken und erwiderte seine Zärtlichkeiten. *Denk an etwas Schönes und halte durch.*

»Ich möchte dich berühren, mein Schatz«, sagte Mia leise. *Ich möchte dich so lange berühren, bis du stirbst.* Er legte die Knochenzange zur Seite, ging auf die Knie, spreizte seine Beine und setzte sich nackt auf Mias Oberkörper. *Scheiße.*

»Selbst im Stab des Dirigenten sind die Vibrationen der Melodie gefangen. Begrüße ihn gebührend. Berühre ihn und spiel dein Instrument. Schlage sanft die Tasten, bis das Zusammenspiel des Orchesters eine Harmonie ergibt.«

»Ich brauche meine Hände. Nur so kann ich meine Tasten schlagen.« *Und du glaubst ja gar nicht, wie sanft, du Drecksack!* Er rutschte näher an Mias Mund.

»Dein erster Einsatz, bevor das Orchester spielt, wird a cappella sein. So nimm den Stab und bring ihn zum Explodieren«, befahl Arnold.

Auch wenn Mia nur eine sehr geringe Chance hatte, Arnold zu überlisten, so musste sie über ihren Schatten springen. Dinge tun, die sie anekelten.

Er stöhnte und Mia ließ von ihm ab. Die Übelkeit war kaum noch zu unterdrücken. Sie merkte, wie ihr Magen abgeschnürt wurde, und schluckte schwer.

»Der Song ist lange noch nicht komplett, aber die hohen Töne waren wundervoll«, flüsterte Arnold, stand auf und nahm die Schere vom Servierwagen. Er schnitt die Kabelbinder an Mias Handgelenken durch.

»Damit wir die Akkorde unserer beiden Körper danach bis zum großen al fine führen und die Becken miteinander und punktgenau geschlagen werden können, binde ich deine Füße auch los.« Arnold war vollkommen irrsinnig. Wenn andere Körperteile augenscheinlich weitaus besser durchblutet waren als sein Gehirn, so würde er Fehler machen. Er legte die Schere aufs Bett, spreizte Mias Beine und warf sich auf sie.

»I am the champion. Der Dirigent führt dich ins große Finale. Spüre den Gleichklang der Becken und den Stab, der sich mit dir vereint.«

Fehler, großer Fehler, du Mistkerl! Mia stöhnte und suchte verzweifelt mit ihrer rechten Hand nach der Schere. Mit der Linken streichelte sie über Arnolds Kopf und hielt ihn fest an ihre Brust gedrückt.

»Sag, dass du mich liebst«, röchelte Arnold.

»Ich liebe dich«, sagte Mia und stieß die Schere in seinen Rücken. *Bis dass der Tod uns scheidet. Al fine!*

Er hob den Kopf, riss die Augen auf und brach dann röchelnd auf Mia zusammen. Sie ging davon aus, dass sie seine Lungen getroffen hatte. Nur mit großer Mühe gelang es ihr, unter dem schweren Körper hervorzukriechen und aufzustehen. *Du musst die Polizei verständigen. Du hast ihn umgebracht.* Die Bauchstimme meldete sich: *Du kannst mich mal, Miss Logik. Ich muss nur noch eins, raus hier.* Sie spürte den Puls, der in ihren Schläfen hämmerte, und kramte mit zitternden Händen die Hose und ihren Slip vom Boden zusammen.

Ist er tot? Mia drehte sich um und sah Arnold, der seine Position nicht verändert hatte. Er lag bäuchlings auf dem Bett, und die Schere steckte in seinem Rücken. Arnold atmete – flach. *Er wird sterben ... Er hat es verdient.* Verzweifelt suchte Mia nach ihren Schuhen, die unter das Bett gerutscht sein mussten. Sie ging auf die Knie und beugte sich unter das Bett. Dort lag auch Arnolds Smartphone. Sie duckte sich und streckte ihre Hände danach aus.

Der Schlag presste Mias Lungen zusammen. Er schlug wie ein irrsinniger Boxer auf Mias Rücken ein. Sie sackte in sich zusammen und suchte unter dem Bett Schutz. Arnold röchelte. Endlich hatte sie allen Mut zusammengenommen und sich gewehrt, doch nun lag Mia zitternd unter dem Bett und wusste, dass ein verletztes, wildes Tier noch weitaus gefährlicher war als ein gesundes. Sie durfte nicht aufgeben, so kurz vor dem Ziel. *Du bist kein Loser, diesmal nicht!* Mia atmete tief durch.

Die Matratze über ihr bewegte sich. Bestimmt wollte er sich aus dem Bett hangeln. Mia musste schneller sein als er, schneller reagieren. Sie kroch unter dem Bett hindurch auf die andere Seite und stand auf. Arnold hatte es geahnt.

Auch wenn seine Reflexe bereits nachgelassen hatten, war er immer noch eine Bedrohung. Er streckte seinen Arm aus und wollte Mia zu fassen bekommen, doch diesmal war sie schneller und knallte ihm sein Smartphone an den Kopf.
Raus hier. Sie rannte auf die andere Seite des Bettes und griff nach ihrer Bluse. Arnold bekam einen Zipfel der Bluse zu fassen und schleuderte sie nach hinten. *Pfeif auf die Bluse.* Blitzschnell drehte sich Mia um und wollte zur Schlafzimmertür rennen. Doch sie hatte nicht damit gerechnet, dass Arnold, vom Adrenalin getrieben, plötzlich wie ein aggressiver Bär aufstand und sie an der Schulter packte. Abrupt drehte sich Mia um und trat ihm mit aller Wucht in den Schritt. Er krümmte sich, ging in die Hocke und stützte sich mit den Armen am Boden ab. Schreien konnte er nicht mehr, dennoch übertönten die Schmerzenslaute die Musik.
Die Schere steckte immer noch in seinem Rücken. Wenn er sich wieder aufrichtete, hatte sie verloren. *Ein exklusiver Weißwein.* Mia drehte sich zur Seite, griff nach der Weinflasche, holte aus und schlug sie mit aller Kraft auf Arnolds Schädel. Die Flasche rutschte ihr aus der Hand, knallte gegen den Nachtschrank und zerbrach. Arnold ging zu Boden.

Rennen – wohin auch immer. Sprinten – bis zum völligen Zusammenbruch. Auch wenn du nicht mehr atmen kannst. Selbst das Ungewisse wäre Glück.

27. Kapitel

Dezember 2014 – Der Dampfkessel

Was nutzte ihr ein Psychologiestudium in dieser prekären Lage? Hätte sie mit dem Angreifer hinter der Tür ein Gespräch führen sollen?
»*Ja, Sie haben vollkommen recht, ich muss mein Verhalten ändern*«, *und dann würde er aus der Villa verschwinden? Na klar!* Linda lachte humorlos. War ihr Leben vor einigen Tagen zwar mit Stress verbunden gewesen, so lief es dennoch in geordneten Bahnen.
»Wie viel Leid kann ein Mensch ertragen, bis sich die Seele dagegen sträubt?«, hatte Linda ihren Dozenten gefragt.
»Das kommt auf den Menschen an. Darauf, wie gefestigt er ist, und auf das Leid, das er ertragen muss«, war seine Antwort gewesen. *Wie lange kannst du diese Schmerzen noch ertragen? Na ja, kommt darauf an, wie fest mir der Mistkerl das nächste Mal die Tür in den Rücken rammt.* Konnte Linda ihn solange hinhalten, bis die Polizei eintraf? Konnte sie Leonie beschützen? Wenn der Angreifer sich weiterhin so beharrlich gegen die Badezimmertür warf, wären Prellungen noch das kleinste Übel. Ihr Rücken und die Beine, die sie fest gegen die Badewanne stemmte, schmerzten. Beim nächsten Schlag spürte sie einen stechenden Schmerz, der

tief in ihren Fußknöchel drang – als wäre eine Sehne gerissen. Dem nächsten Hieb hatte sie nichts mehr entgegenzusetzen. Die Tür öffnete sich einen Spalt. Gerade weit genug, damit jemand sich von außen Lindas Kopf greifen konnte. Sie suchte verzweifelt nach dem Spray, das ihr aus der Hand gefallen war, und rutschte dabei ein Stück zur Seite. Das war ein Fehler. So hatte der Angreifer genügend Raum, um die Tür so weit zu öffnen, dass er sich hindurchquetschen konnte.

Er packte Linda am Nachthemd und zog sie über den Boden zur Seite. Linda griff seine Hand und kratzte tief in das Fleisch.

»Dreckstück«, zischte der Angreifer. Wenn der Einbrecher sie erledigt hatte, konnte er ungehindert zu Leonie ins Ankleidezimmer gelangen. Sie rollte sich zur Seite und versuchte seine Beine zu ertasten. Wie aus dem Nichts explodierte ihr Magen. Er hatte zugetreten. So fest, dass Linda im ersten Moment keine Luft mehr bekam. Als hätte ein Geschoss ihren Bauch durchbohrt. Sie drückte die Hand gegen ihre Bauchdecke und versuchte zu atmen. Linda musste auf die Füße kommen, aufstehen. Er stieg über sie und wollte zur anderen Tür in Richtung Schlafzimmer. *In Richtung Ankleidezimmer – Leonie.*

Linda stützte sich am Badewannenrand ab und kam schwerfällig auf die Füße. Nur ein Schritt, er war schon an der Schlafzimmertür angelangt. Verzweifelt stemmte sich Linda gegen die Tür, die daraufhin gegen seinen Rücken knallte. Es reichte nicht. Er kam nicht mal ins Wanken. Wutentbrannt drehte er sich zu ihr und packte ihren Oberarm …

»Ja, ausgerutscht.« Eine Dampflok bahnte sich den Weg tosend durch Lindas Kopf. Der Qualm vernebelte ihre Gedanken.

»Leichte Gehirnerschütterung, Platzwunde und Prellungen.« Wenn sie jetzt die Augen öffnen würde, könnte ihr das gleißende Sonnenlicht wie spitze Nadeln in die Pupille stechen.

»Können Sie mich hören?« Das laute Zischen des Dampfkessels ließ kaum ein anderes Geräusch an ihr Ohr dringen.

»Linda?«

»Können Sie die Augen öffnen?«

»Mama.« *Leonie!* Zögerlich öffnete Linda ihre Augen. Leonie hüpfte aufs Bett und kuschelte sich an sie. Linda musste ihre Gedanken ordnen. Der Dampf war noch nicht vollends verschwunden.

»Linda, kannst du mich hören?« Jens. Sie erkannte ihn, als er seinen Kopf vor das grelle Deckenlicht schob. Neben Jens stand ein unbekannter Mann, und von Weitem konnte sie andere Personen hören, die sich unterhielten. Sie lag zumindest in ihrem Bett, in ihrem Schlafzimmer und in ihrer Villa, soviel erkannte Linda. *Was war? Was ist? Der Einbrecher!*

»Ja, was ist denn … Wie geht es dir, Leonie?«, flüsterte Linda.

»Ihr geht es gut, keine Angst. Du hast die Polizei angerufen und einen Einbruch gemeldet. Als die Beamten hier eingetroffen sind, lagst du bewusstlos im Badezimmer und Leonie hatte sich im Ankleidezimmer versteckt«, erklärte Jens.

»Guten Morgen, Frau Schwarz, mein Name ist Dr. West, ich bin Notarzt. Die Polizei hat mich verständigt. Sie haben eine leichte Gehirnerschütterung, eine Platzwunde, die ich bereits versorgt habe, und einige schwere Prellungen. Sie sollten aber zur Sicherheit und für weitere Untersuchungen mit ins Krankenhaus kommen.« Der Notarzt überragte Jens um mindestens einen Kopf.

»Mama«, sagte Leonie weinerlich. Linda legte den Arm um ihre Tochter, drückte sie an sich und streichelte ihren Kopf.

»Nein, das ist nicht nötig. Ich habe genügend Kopfschmerztabletten da. Was ist mit dem Einbrecher? Haben Sie ihn erwischt?«

»Moment«, sagte Jens und entfernte sich vom Bett.

»Ich kann Ihnen nur raten, mit ins Krankenhaus zu fahren. Wir sollten zur Sicherheit ein CT durchführen. Es kann sich auch nachträglich noch eine Blutung bilden«, sagte Dr. West.

»Moin, Frau Schwarz«, mischte sich eine weitere fremde, männliche Stimme mit hanseatischem Dialekt ein,

»Kriminalhauptkommissar Beck vom Einbruchsdezernat. Die Spusi ist noch dran, konnte aber bis jetzt keine Einbruchspuren feststellen.« Der kugelrunde, glatzköpfige Beamte schob sich zwischen Jens und den Notarzt. Er hatte ein breites Grinsen auf dem Gesicht.

»Die Spusi?«, fragte Linda.

»Entschuldigung, ich meinte die Spurensicherung. Ist noch früh am Morgen und ich hatte noch keinen Kaffee«, erwiderte Herr Beck. »Da es sich um einen Notfall handelte und Gefahr im Verzug war, mussten die Kollegen die Rollläden gewaltsam öffnen und die Terrassentür aufbrechen. Die Alarmanlage war nicht aktiviert. Ich hoffe, Sie sind gut versichert. Können Sie mir bitte alle Namen der Personen nennen, die einen Haustürschlüssel von Ihrer Villa besitzen?«

Linda drehte sich der Kopf. Die Dampflok war zwar weit entfernt, aber sie keuchte noch am Horizont einen Berg hinauf. Sie hatte das Gefühl, dass bei jedem gesprochenen Wort wieder eine Schippe Kohlen nachgefüllt wurde, um den Kesseldruck zu erhöhen.

»Sie braucht nun erst mal Ruhe«, sagte Dr. West.

»Und wer sind Sie?«, fragte der Beamte zu Jens gewandt.

»Ich bin Dr. Jens Hartmann, ein Kollege von Frau Dr. Schwarz und ein Freund der Familie«, antwortete dieser.

»Haben Sie einen Schlüssel? Wie und warum sind Sie denn hier hergekommen?«, wollte Herr Beck weiter wissen.

»Die Nachbarin hat mich verständigt, nachdem Ihre

Kollegen von der Streife so viel Krawall veranstaltet haben. Sie weiß über die momentane Situation der Familie Bescheid … also, Herr Dr. Thomas Schwarz, der Ehemann, hatte einen Unfall und liegt in der Uniklinik.«

»Aha«, sagte Herr Beck knapp und notierte die Aussage auf einem Notizblock.

»Mama?«

»Ja, mein Schatz?«

»Gehst du jetzt auch zu Papa ins Krankenhaus?«

»Nein, ich bleibe hier bei dir.« Leonie kroch unter Lindas Decke.

»Mama, warum sind denn diese vielen fremden Männer da?«

»Die gehen bestimmt bald wieder«, erklärte Linda.

»Sie haben aber eine sehr nette Tochter«, sagte Dr. West und streifte sich einen der Einweghandschuhe ab.

»Hör mal, Linda, willst du nicht doch mit ins Krankenhaus fahren und dich gründlich untersuchen lassen? Meine Frau und ich würden uns auch um die Kleine kümmern«, fragte Jens.

»Nein.«

»Aber ihr könnt jetzt unmöglich hier alleine bleiben, nicht nach dem, was passiert ist. Die Terrassentür muss doch erst repariert werden.« Jens klang aufgeregt.

»Wenn ich mich da einmischen darf«, sagte Herr Beck, »da muss ich Herrn Dr. Hartmann recht geben. Solange der

Rollladen und die Tür nicht repariert wurden und die Alarmanlage gecheckt ist, sollten Sie das Haus verlassen.«

»Ich nehme euch einfach mit zu uns nach Hause, meine Frau wird sich freuen und Svenja bestimmt auch«, sagte Jens.

»So sind Sie dann auch unter Beobachtung«, fügte Dr. West hinzu.

Unter Beobachtung.

28. Kapitel

Februar 2015 – Der Zettel

»Das passiert öfter, Frau Neumann, glauben Sie mir. Da hört Mia irgendein Wort und dann ist sie plötzlich wie in Trance«, sagte Nancy.

»Na so was, Kindchen, ist alles in Ordnung?«, fragte die alte Dame.

»Ja«, antwortete Mia knapp.

»Kann ich euch nicht doch etwas zu trinken anbieten?«

»Das ist nett, aber nein danke. Wir müssen jetzt auch wieder zurück ins Sanatorium. Die vermissen uns bestimmt schon«, erklärte Mia. »Aber versprechen Sie mir bitte eins. Lassen Sie diesen Arnold nie mehr in Ihre Wohnung. Das ist mein brutaler Noch-Ehemann.«

»Bist du dir da ganz sicher, Mia? Mein Arnold ist doch so nett.«

»Nee, Frau Neumann, da ist was faul im Staate Norwegen«, sagte Nancy.

»Dänemark«, korrigierte Frau Neumann.

»Wie jetzt … dort auch?«

Auf dem Weg zurück ins Sanatorium sprachen Mia und Nancy kaum ein Wort. Es war ein langer, aufregender Tag gewesen. Mias Füße brannten. Tausend Gedanken wurden in ihrem Kopf herumgewirbelt, und sie hatte Hunger.

»Wir haben Sie gesucht. Also, so geht das nicht. Immerhin bezahlt die Krankenkasse Ihren Aufenthalt hier«, schimpfte eine Mitarbeiterin, als Mia und Nancy ins Sanatorium kamen.

»Dann können Sie den heutigen Tag ja von der Rechnung abziehen«, war Nancys Antwort.

»Sie hätten sich zumindest nochmals telefonisch melden müssen und nicht den ganzen Tag …«

»Bla bla, Reden ist Silber, Schweigen ist Gold«, unterbrach Nancy. Mia sah sie verdutzt an.

»Wow – richtig.«

»Sag ich doch«, lachte Nancy, hakte sich bei Mia unter und zog sie in Richtung Treppe.

»Jetzt ist die Küche schon geschlossen. Mist, mir knurrt der Magen.« Mia legte die Hand auf ihren Bauch. Wie zur Bestätigung hörten sie ein tiefes Rumoren.

»Hier, ich hab die Tasche noch voll mit Keksen.« Nancy öffnete ihre Handtasche und hielt sie Mia vor die Nase.

»Diesmal sage ich nicht Nein.« Mia nahm sich eine Handvoll von dem Gebäck.

»Wir sehen uns morgen, Nancy. Vielen Dank für deine Hilfe.«

»Gern, und denk immer daran, nichts wird so heiß

gegessen, wie es gegart wird, also Kopf hoch und schlaf schön.« Nancy gab Mia einen Kuss auf die Wange und verschwand in ihrem Zimmer. Mia war viel zu müde, um Nancys Aussage zu korrigieren. Sie steckte einen Keks in den Mund, öffnete ihre Zimmertür und betätigte den Lichtschalter. Drinnen pfefferte sie ihre Schuhe in die Ecke, stellte ihre Handtasche ab und hängte ihre Jacke über den Kleiderbügel an die Garderobe.

Der Achtender starrte sie aus seinem barocken Rahmen an. Genau wie heute Morgen, genau wie immer, wenn Mia das Zimmer betrat. Sie ging näher an das Bild und betrachtete die Augen. Der Lichtstrahl der Deckenlampe spiegelte sich in einer seiner Pupillen. Wie war das möglich? Es handelte sich doch um ein Ölgemälde. Die Oberfläche war matt. Mit ihren Fingerspitzen spürte sie die Unebenheiten, die Erhebungen, an denen der Maler die Farbe dicker aufgetragen hatte und die dem Bild eine gewisse Tiefe verliehen. Es gehörte nicht zu den Kunstwerken, die sich Mia kaufen würde. Das wäre eher der Geschmack ihrer Großmutter gewesen. Doch je länger sie vor dem Gemälde stand, desto faszinierter war sie. Man konnte den Eindruck gewinnen, als würde an dem düsteren Himmel jeden Moment ein Gewitter aufziehen. Die Berge im Hintergrund waren schneebedeckt. Mia konnte förmlich den tosenden Gebirgsbach rauschen hören. Der Maler hatte hellgraue und weiße Akzente auf die sprudelnden Wellen gesetzt. Bisher war ihr auch das Haus an der rechten oberen Ecke nicht aufgefallen, das zur Hälfte von hohen Grashalmen verdeckt wurde. Der Hirsch war der Mittelpunkt. Er stand stolz auf der saftigen Wiese und starrte sie an.

Er treibt dich in den Wahnsinn, lass es nicht zu! Mia gab Miss Logik recht, steckte sich einen weiteren Keks in den Mund und wandte sich von dem Gemälde ab. Nachdem sie sich im Badezimmer frischgemacht und ihr Schlafshirt übergezogen hatte, setzte sie sich auf das ausladende Bett. Sie löschte das Deckenlicht und knipste gleichzeitig die Nachttischlampe an. Erst jetzt sah sie den zusammengefalteten Zettel, der ein Stück weit aus der Schublade herausragte. Ihre Todesanzeige. Nicht die zusammengeknüllte, mit Kaffeeflecken überzogene Seite aus der Tageszeitung, sondern eine Kopie. Nur die Anzeige in einem vergrößerten Format. Unter dieser stand handschriftlich »Mia Kronen??«
Pünktchen meldete sich und trieb wellenartige Krämpfe durch ihren Unterleib. Sie krümmte sich und hielt die Luft an, hatte das Gefühl, als würde Arnold zupacken und mit der geballten Faust ihre Eingeweide herausreißen. Sie atmete tief aus und wieder ein. Wer hatte diese Kopie angefertigt? Warum war ihr Name daruntergekritzelt worden? Doch was ihr noch größeres Kopfzerbrechen bereitete, waren die Fragezeichen neben ihrem Namen. Sie würde heute Abend keine Antworten mehr finden, nein, sie wollte keine Antworten finden. Nachdem die Schmerzen

nachgelassen hatten, legte sie den Zettel zurück auf den Nachtschrank, kroch unter die Bettdecke und löschte das Licht.

29. Kapitel

Mia konnte sich nicht auf ihren Gesprächspartner konzentrieren, zu viel war gestern passiert. Die unruhige Nacht, die hinter ihr lag, hatte ihren Gemütszustand eher noch verschlechtert. Sie starrte versonnen aus dem großen Fenster, das zum Innenhof des Sanatoriums führte. Die Natur konnte beruhigend wirken. Wie klein die Probleme doch waren, wenn man das Wunder der Natur betrachtete.

»Gnä' Frau?«

»Wie? Entschuldigung. Können Sie Ihre Frage bitte noch mal wiederholen?«

James lächelte verständnisvoll.

»Wessen Asche Ihrer Meinung nach in der Urne begraben wurde, hatte ich gefragt.«

»Keine Ahnung«, antwortete Mia und sah wieder aus dem Fenster.

»Ich kann verstehen, dass die Erlebnisse Sie sehr aufgewühlt haben, daher wäre es bestimmt sinnvoller, wenn Sie zumindest in den nächsten Tagen keine Ausflüge mehr machen würden, damit Sie sich erholen können.«

»Wenn Sie meinen …« Mia holte kurz Luft. »Kann mich Arnold hier finden?«

»Sind Sie sich denn sicher, dass er Sie immer noch verfolgt?«, fragte James.

»Ja, haben Sie mir denn nicht zugehört?«

»Wir erteilen keinem Besucher Auskünfte über unsere Patienten, ohne deren Erlaubnis einzuholen. Halten Sie sich hier im Haus auf, dann kann Ihnen auch nichts zustoßen.«

Mia hatte den Eindruck, als würde James ihr nur die Hälfte von dem glauben, was sie über ihre gestrigen Erlebnisse berichtet hatte. Er war der Meinung, dass sich alles aufklären würde. Diesen Menschen konnte augenscheinlich nichts aus der Ruhe bringen. Nicht einmal, dass sie als Totgesagte lebend vor ihm saß.

»Wir sehen uns später wieder, gnä' Frau, ich habe noch einen Termin«, verabschiedete sich James.

»Ja, bis später.«

Mia musste an den Zettel in ihrer Nachttischschublade denken und an die Fragezeichen, die hinter ihrem Namen standen. Bestimmt hatte sich jemand einen Scherz mit ihr erlaubt. Aber wer? Alle Patienten kamen infrage, die das Szenario gestern Morgen im Speisesaal mitbekommen hatten. Die Zimmertüren waren nicht verschlossen. Mia konnte auch keinen Schlüssel ausfindig machen. Bei ihrer Ankunft im Sanatorium hatte man sie darauf hingewiesen, dass für Wertsachen keine Haftung übernommen wurde. Persönliche Dinge konnte man in einem Safe bei der Rezeption deponieren. *Wertsachen.* Das einzige, was Mia als wertvoll betrachtet hatte, war ihre EC-Karte, und die war ihr nun auch abgenommen worden. Wie sollte sie weiter vorgehen? Sie konnte sich zwar hier einige Zeit verstecken

und nach der Kur zurück in ein Frauenhaus, doch ihre Probleme würde dies nicht lösen.
Sie dachte an ihre Zukunft. Eine Zukunft, die sie ganz allein bestreiten musste. Bis Mia in ihrem Beruf als Physiotherapeutin unterkommen oder einen Übergangsjob finden würde und sich eine kleine Wohnung leisten konnte, musste sie ihr finanzielles Überleben sichern. Solange sie für tot gehalten wurde, konnte sich Arnold aus der Affäre ziehen und müsste keinen Unterhalt bezahlen.
Das Büro im Sanatorium war über das Wochenende nicht besetzt. Dort würde sie bestimmt ihre Krankenakte und die Abrechnungen über den Rententräger als Beweis für ihre Identität finden. Ob diese Unterlagen allerdings ausreichen würden, wusste Mia nicht. Einen Führerschein hatte sie nicht. Was hatte der Bestatter gesagt? »Ihre Identität kann zum Beispiel auch von Ihren Ärzten belegt werden. Ihrem Hausarzt oder Zahnarzt.« Mias Hausarzt hieß Arnold, und wann sie das letzte Mal bei einem Zahnarzt gewesen war, wusste sie nicht mehr. Sollte sie doch den Schritt wagen und zur Polizei gehen? Arnold konnte doch niemals alle Beamten kennen. *Du warst im Krankenhaus, als du Pünktchen … die haben eine Krankenakte von dir.*

Mia war hin- und hergerissen. *Das Frauenhaus!* Bevor Mia nach Berlin gebracht worden war, hatte sie einige Wochen in einem Frauenhaus in Freiburg gewohnt. Ihr wollte der Name der Sozialarbeiterin nicht einfallen. Mia wusste nur, dass sie sehr nett gewesen war.

»Morgenstund hat Kaffee im Mund«, rief Nancy fröhlich und kam mit zwei großen Tassen in den Aufenthaltsraum. »Na, gut geschlafen?« Nancy stellte die Tassen ab und setzte sich neben Mia auf einen der Korbstühle.

»Guten Morgen, nein, eher sehr unruhig, und du?«

»Ich hab geschlafen wie eine Tote … ups, Tschuldigung.« Nancy lehnte sich zurück und schlug ein Bein über das andere.

»Schon gut. Sag mal, Nancy, was ich schon die ganze Zeit fragen wollte: Warum bist du denn hier im Sanatorium?«

»Ui«, stöhnte Nancy, »blöde Geschichte.«

»Heute habe ich Zeit für dich, also leg los«, sagte Mia und lächelte Nancy zu.

»Ich studiere noch und schreibe nebenbei für einen kleinen Verlag die Kalendersprüche. Ja, kannst du dir nicht vorstellen, was?«, fügte sie hinzu, als sie Mias verdutzten Blick auffing. »Ist aber so. Eines Abends, als ich nach Hause fahren wollte, kam ich zufällig zu einer Schlägerei. Da waren so ein paar besoffene Jugendliche, die einem Mädel ans Leder wollten. Da hab ich mich eingemischt. Du weißt, ich kann perfekt Mikado.« Nancy zwinkerte Mia zu. »Na ja, auf jeden Fall hab ich dann selbst eins auf die Mütze bekommen. Schwere Gehirnerschütterung, Platzwunden und Prellungen. Nach dem Krankenhaus haben sie mich eben hier hergeschickt, zur Erholung. Die denken bestimmt, da oben hat sich ’ne Schraube gelockert.« Nancy zeigte auf ihre Schläfen. »Aber ich mach mir da keinen Kopf. Kommt Zeit, kommt Mofa.«

»Was studierst du denn?«, wollte Mia wissen.

»Germanistik und so ein Gedöns«, antwortete Nancy. Mia schien es so, als sei Nancy die Frage peinlich, warum auch immer.

»Und warum sollten die denken, dass bei dir eine Schraube locker ist?«, fragte Mia.

»Warum sollten sie mich denn sonst in ein Sanatorium für psychosomatische Erkrankungen schicken? Ach, ist ja auch egal. Mein Gehirnwasser ist so klar wie Kartoffelsuppe.«

»Kloßbrühe«, berichtigte Mia lachend.

»Aber genug von mir. Gibt es Neuigkeiten?«

»Mir ist etwas eingefallen. Hast du zufällig dein Smartphone dabei?«, fragte Mia.

»Hast du mich schon mal ohne gesehen?« Nancy griff in die Tasche ihrer Joggingjacke und streckte Mia das Mobiltelefon entgegen. »Hier, wen willste denn anrufen?«

»Das Frauenhaus, in dem ich übergangsweise untergebracht war. Die Sozialarbeiterin dort war sehr nett und hat sich lange und sehr intensiv mit mir beschäftigt. Mir will nur der Name von ihr nicht einfallen.«

»Aber die Telefonnummer weißt du?«

»Ähm … nein.«

Nancy sah Mia fragend an, »Aha. Du hast aber doch gesagt,

dass diese Frauenhäuser nicht offiziell gelistet sind, also wirst du auch über die Auskunft keine Telefonnummer bekommen, oder?«

»Stimmt. Aber ich könnte bei der Hotline für Frauen in Not anrufen.«

»Also, wenn du keinen Namen von der Sozialtussi hast, kann dir telefonisch doch auch keiner richtig weiterhelfen. Daher würde ich sagen, wir machen uns lieber wieder auf die Socken. Heute ist Samstag, das heißt, wir haben sowieso keine Therapie-Termine. Oder willste abwarten und Kaffee trinken?«

»Tee trinken.«

»Du trinkst lieber Tee? Dann sag das doch.«

30. Kapitel

Dezember 2014 – Der Notizzettel

Linda öffnete die Augen. Die alte Lokomotive hatte zwar mittlerweile eine lange Wegstrecke zurückgelegt, doch der Dampf war immer noch nicht vollends verschwunden. Jens stand im Zimmer und Linda erschrak. Auch wenn es sein Haus war, in dem sie und ihre Tochter sich gerade als Gäste aufhielten, hätte er doch zumindest anklopfen können. Er bewegte seine Lippen, doch hören konnte Linda nichts. Erst als er auf seine Ohren deutete, wurde Linda bewusst, dass sie mit den Kopfhörern eingeschlafen sein musste. Sie zog die Stöpsel aus den Ohren.

»Entschuldige, aber du hast auf mein Klopfen nicht reagiert. Du sollst dich erholen und nicht arbeiten. Du hast eine Gehirnerschütterung, Linda, schon vergessen?«

»Ja, aber der Fall ist so interessant. Wir sollten die Papageien auch bei anderen Patienten in die Therapie mit einbeziehen«, erklärte Linda.

»Das war so interessant, dass du dabei eingeschlafen bist«, lächelte Jens.

»Mama, Mama!« Leonie stürmte ins Zimmer.

»Hallo, mein Schatz.«

Leonie krabbelte mit Murphy im Arm zu Linda auf das Gästebett und gab ihr einen Kuss.

»Svenja hat endgeile Mucke, weißt du?«

»Was?«, fragte Linda erstaunt.

»Entschuldige, Linda, aber das war wohl unvermeidbar, dass die Kleine alles nachplappert, was meine ach so hippe Tochter von sich gibt. Die zwei sind gerade unzertrennlich.«

Linda lachte. »Es gibt Schlimmeres.«

»Welche Musik hört ihr denn?«, fragte Jens.

»Bum bum bäng ga ga«, sang Leonie und ließ Murphy auf Lindas Bauch dazu tanzen. Auch wenn Lindas Kopf vom lauten fröhlichen Gesang ihrer Tochter dröhnte, so beruhigte Leonies Verhalten sie auch gleichzeitig. Die Kleine musste demnach nicht viel von dem Einbruch mitbekommen haben.

»So, meine kleine Prinzessin. Deine Mama braucht noch etwas Ruhe und Svenja wartet bestimmt schon auf dich«, sagte Jens.

»Mama, soll ich dir Mööfie dalassen? Der kann dein Aua schnell wegmachen.«

»Das ist lieb von dir, aber er möchte doch bestimmt wieder mit dir tanzen.«

»Ja. Tsüsss, Mama. Komm, Mööfie, Mucke hören.« Leonie hielt ihr Kuscheltier nach oben und rannte aus dem Zimmer.

»Leonie muntert auch Svenja wieder auf, ihr geht es in letzter Zeit nicht so gut«, sagte Jens.

»Das tut mir leid, was hat sie denn?«

»Wahrscheinlich Pubertätsbeschwerden.« Jens zwinkerte ihr zu. »Das wird bestimmt bald wieder. Aber nun zu dem Grund, warum ich dich eigentlich gestört habe. Die Polizei hat noch nichts Neues, aber das kann auch noch einige Zeit in Anspruch nehmen. Ich habe mit dem Wochenenddienst der Glaserei und der Firma Jalousien Heinrich telefoniert. Sie werden die Terrassentür und den Rollladen heute noch austauschen.«

»Danke, Jens. Wenn ich dich nicht hätte …«

»Dann hättest du jemand anderen.« Jens kam näher an Lindas Bett und setzte sich auf die Kante. »Die Sicherheitsfirma war auch schon in der Villa, aber die Alarmanlage hat keinen Defekt. Du musst vergessen haben, sie zu aktivieren.«

»Das kann nicht sein.« *Oder doch?*

»Mach dir keine Gedanken. Du bist momentan einer sehr großen Belastung ausgesetzt. Dein Mann, dieser ominöse Anrufer und jetzt der Einbruch. Aber etwas anderes. Meine Frau und ich würden euch gern einladen, Weihnachten mit uns zu verbringen. Leonie würde sich bestimmt auch darüber freuen. Und davon mal abgesehen, kann ich mir nicht vorstellen, dass du dich bei dir zu Hause wohlfühlst, nach allem, was war. Was meinst du?«

Weihnachten? Linda hatte die Feiertage vollkommen

ausgeblendet. Das Fest der Liebe, das Fest der Familie. *Thomas.*

»Ja, ich kann mir gerade wirklich nicht vorstellen, in dem großen Haus und ohne Thomas …« Linda spürte die Tränen, die sich in ihren Augen sammelten.

»Ich gehe heute ins Krankenhaus und besuche Thomas. Mach dir keine Sorgen.« Jens streichelte über Lindas Hand.

»Danke, Jens.«

Er hatte bestimmt recht. Es wäre auch für Leonie kein schönes Fest gewesen. In ihrem Zuhause vermisste sie ihren Vater noch mehr. Dort, wo sie alles an ihn erinnerte. Am Dienstag war Heiligabend. Linda musste spätestens am Montag wieder auf den Beinen sein, damit sie noch genug Zeit hatte, für Leonie ein Geschenk auszusuchen. Sie wollte es sich keinesfalls nehmen lassen, selbst das Passende für ihre Tochter zu finden. Linda schloss die Augen und schlief über diese Gedanken ein.

Sie erwachte aus einem traumlosen Schlaf, als es an der Tür klopfte.

»Ja, bitte?«

»Wie geht es dir?«, fragte Jens, während er das Zimmer betrat.

»Besser, danke.«

»Ich war im Krankenhaus bei Thomas. Sein Zustand ist unverändert. Aber unverändert heißt ja auch, dass er sich nicht verschlechtert hat. Ich habe der Krankenschwester erklärt, warum du ihn nicht besuchen kannst, und sie hat mir das hier für dich mitgegeben.« Jens legte Linda einen verschlossenen DINA 4-Umschlag auf das Bett.

»Danke. Was sagen die Ärzte?«

»Die dürfen mir keine Auskunft geben. Ich habe mich an die nette Krankenschwester gehalten.« Jens lächelte verschmitzt. »Die sind da meist etwas redseliger, wenn ich meinen Charme spielen lasse.«

»Und was hat die nette Schwester gesagt?«

»Es braucht Zeit.«

»Aha.« Linda nahm den Umschlag und öffnete ihn. Sie drehte sich auf die Seite und leerte den Inhalt aufs Bett.

»Sein Schlüsselbund, die Brieftasche und sein Handy.«

»Die Krankenschwester meinte, dass die Zimmer nicht abgeschlossen sind und seine Sachen bei dir besser aufgehoben wären.«

Linda öffnete die Brieftasche. Im linken Sichtfach war ein Foto von Leonie und ihr. Außerdem fand sie etwas Kleingeld, seine Kreditkarten, den Führerschein und einen Zettel. Auf dem Notizzettel stand eine Nummer. *Eine Telefonnummer?* Sein Smartphone war ausgeschaltet.

»Meine Frau sagt, dass ich dich zum Essen holen soll. Kannst du aufstehen oder soll ich dir lieber etwas nach oben bringen?«

»Was könnte das für eine Nummer sein?«, fragte Linda, gab Jens den Zettel und schlug die Bettdecke auf. Sie setzte sich an den Rand und griff nach ihrem Bademantel, den sie ans Bettende gelegt hatte.

»Keine Ahnung.«

Linda zog den Bademantel über und stellte sich auf ihre noch wackligen Beine.

31. Kapitel

Tatsache. Was konnte so wichtig sein, dass Thomas ein Bankschließfach angemietet hatte? Nachdem Linda den Schlüsselbund von Thomas genauer inspiziert hatte, war es klar gewesen.

Jens und Linda hatten schon frühmorgens das Haus verlassen. Nachdem der Bankmitarbeiter einige bürokratische Dinge abklären musste, konnten Jens und Linda in der Zwischenzeit die fehlenden Geschenke besorgen.

Die Wirkung der Kopfschmerztablette, die sie heute Morgen genommen hatte, ließ langsam nach. Linda spürte den klopfenden Schmerz, so rhythmisch, dass sie an einen Specht denken musste, der mit seinem spitzen Schnabel gegen einen Baumstamm – ihre Schädeldecke – hämmerte.

Wie Jens sie bereits vorgewarnt hatte, war der Besuch beim Friseur heute bestimmt keine gute Idee gewesen. Doch Linda hatte ihren eigenen Kopf. Einen Kopf, in dem nun ein klopfender Specht saß und der seine lange, blonde Haarpracht gegen eine kürzere, brünette eingetauscht hatte. Linda brauchte eine Veränderung. Sie wusste, dass dieses Verhalten ein Phänomen war, das viele Frauen betraf. Bei einschneidenden Erlebnissen oder drastischen Veränderungen der Lebenssituation konnte auch eine äußerliche Wandlung das eigene emotionale Empfinden verbessern. Genauso gut hätte es auch neue Kleidung oder ein Kosmetikstudiobesuch sein können, doch Linda entschied sich für eine drastische Veränderung ihrer Frisur. Sie war davon überzeugt, dass dies ein ganz normales Verhalten war und viele sie verstehen könnten, doch Jens, der gerade mit offenem Mund vor ihr stand, konnte dies augenscheinlich nicht.

»Das ist nicht dein Ernst«, sagte Jens nach der ersten Schrecksekunde. Sie standen mitten in der Fußgängerzone, doch Jens war von Lindas Anblick so schockiert, dass er für die vorbeidrängenden Passanten keinen Schritt zur Seite ging.

»Sieht es denn so schlimm aus?«, fragte Linda.

»Schlimm? Ähm, nein, nur so … anders.« Jens schluckte schwer.

Linda lachte. »Anders ist gut und war beabsichtigt.«

»Wir haben die Weihnachtsgeschenke und du deine neue Frisur. Ich denke, wir verschieben den Besuch bei der Bank bis nach den Feiertagen und fahren wieder nach Hause, was meinst du?«

»Dann mache ich mir über die Feiertage nur Gedanken darüber, was sich in diesem Schließfach befindet. Nein, lass uns zur Bank gehen.«

»Ich muss noch mal betonen, dass wir hier wirklich nur eine Ausnahme machen, in Anbetracht Ihrer Situation, Frau Dr. Schwarz«, sagte der Bankangestellte. »Normalerweise dürfen Sie ohne Vollmacht nicht an dieses Schließfach. Der

Arzt in der Uniklinik hat schnell reagiert und mir gleich dieses Fax als Bestätigung zukommen lassen. Ich habe auch mit der Direktion telefoniert. Wir erteilen Ihnen hiermit eine Ausnahmegenehmigung. Kommen Sie bitte mit.«

»Danke«, sagte Linda und folgte dem Angestellten in einen Nebenraum. Der Banker zeigte ihr das passende Fach und verabschiedete sich. Sie zog eine lange geschlossene Lade aus dem hohen Schubfachregal und legte diese auf den Tisch, der in der Mitte stand. Der Inhalt war überschaubar. Es handelte sich lediglich um einen USB-Stick.

Sie hatte sich bisher nicht vorstellen können, warum der Unbekannte am Telefon sie so unter Druck gesetzt hatte. Die Daten auf dem Stick, den sie ihm ausgehändigt hatte, waren nicht so spektakulär gewesen, dass er sie dafür hätte bedrohen müssen. Bei dem Einbruch in ihrer Villa war nichts gestohlen worden. Keines der wertvollen Bilder, auch keine der Ming-Vasen. Selbst der Tresor, in dem Linda Bargeld und ihren wertvollen Schmuck aufbewahrte, war unversehrt geblieben.

Die Beamten gingen davon aus, dass der Einbrecher durch ihr Eintreffen gestört worden war und nicht genügend Zeit gehabt hatte. Doch jetzt, wo sie diesen Stick vor sich sah, verknüpfte Linda die Ereignisse. Der Anrufer. Der nächtliche Verfolger und der Einbrecher. Es war ein- und dieselbe Person gewesen – oder? Und wie zu ihrer

Bestätigung sah sie den kleinen, unscheinbaren Aufkleber „F15G07“. Der ominöse Anrufer hatte demnach den falschen Datenträger von ihr erhalten. Um welche Informationen es auch immer ging, sie mussten so wertvoll sein, dass der Unbekannte keine Hemmungen hatte, Leonie zu bedrohen.

Ob er sie beobachtete? Ob er in diesem Augenblick wusste, wo sie sich befand? Wenn der ominöse Fremde dies wusste, dann war ihm auch ganz klar, wo sich Leonie aufhielt. Als ihr dieser Gedanke kam, wurde ihr heiß und kalt. Der Specht beschleunigte das Hämmern. Es fühlte sich an, als wäre er schon durch die Rinde gestoßen und würde sich auf die Jagd nach Insekten begeben. Linda steckte den Stick ein, schob die Lade wieder ins Fach zurück und eilte aus der Bank.

»Ist dir ein Gespenst begegnet?«, fragte Jens, der vor der Tür gewartet hatte.

»So etwas Ähnliches. Ruf bitte deine Frau an und frag, ob es Leonie gut geht. Ich erkläre dir alles später.«

32. Kapitel

Februar 2015 – Wodka

»Ich sagte Ihnen doch, gnä' Frau, dass Sie heute besser hier im Haus bleiben sollen.« James stellte sich vor den Haupteingang und versperrte Mia und Nancy den Weg.

»Können wir das nicht selbst entscheiden oder werden wir jetzt wie Gefangene behandelt?«, fragte Nancy.

»Nein, natürlich nicht. Dennoch muss ich zumindest bei Ihnen«, er zeigte auf Mia, »darauf bestehen, dass Sie über das Wochenende das Haus nicht verlassen. Sie gefährden damit Ihre Therapieerfolge. Nach dem, was Sie mir heute Morgen geschildert haben, wurden Sie gestern verfolgt. Möchten Sie wirklich ein Risiko eingehen?« James stemmte die Hände in die Hüften.

»Nein«, sagte Mia kleinlaut und sah auf den Boden.

»So ein Kartoffelbrei mit Soße. Ich bin doch dabei. Da kann nichts, aber auch gar nichts schief gehen«, empörte sich Nancy.

»Lass gut sein«, sagte Mia, drehte auf dem Absatz um und ging zurück in Richtung Treppe.

»Hey, wir sehen uns aber später noch im Aufenthaltsraum, ja?«, rief Nancy ihr hinterher.

»Ja«, bestätigte Mia und eilte die Treppe nach oben in ihr

Zimmer.

Mia schreckte immer noch zusammen, wenn sich eine männliche Person ihr gegenüber dominant verhielt. Manchmal war es nur ein Wort oder eine strenge Betonung. Ein anderes Mal hatte ein ernster Blick oder eine bestimmte Geste schon dazu geführt, dass Mia sich am liebsten in einem Loch verkrochen hätte wie ein kleines verschüchtertes Mäuschen. Ob sie die Angst vor Männern irgendwann würde ablegen können, wusste sie nicht, ebenso wenig, ob sie ihr Selbstvertrauen jemals wiedererlangen würde. Doch sie würde daran arbeiten. Kein Mann durfte sie je wieder so sanft berühren. So sanft wie damals …

»Du bist eine faule Schlampe«, sagte Arnold mitten aus dem Nichts. Es war Samstag gewesen und Mia war gerade dabei, die Böden zu saugen.

»Nicht mal das kannst du. Faul und gefräßig. Hier liegen überall noch Krümel auf dem Boden.« Wortlos führte Mia den Staubsauger über die Stelle, auf die Arnold mit seinem Finger wies.

»Dumm wie Brot und dort liegen immer noch DEINE Krümel.« Mia kniete sich auf den Boden.

»Das sind keine Krümel. An dieser Stelle ist das Parkett beschädigt«, sagte sie leise mit gesenktem Blick. Arnold löste das Staubsaugerrohr.

»Ich schieb dir das Ding gleich dahin, wo der letzte Rest deines Gehirns sitzt.« Mia kauerte sich auf dem Boden zusammen. Es war keine leere Drohung. Arnold stand zu seinem Wort, das wusste Mia.

»Bitte, Arnold. Ich werde es reparieren«, schluchzte Mia. Er packte ihre Haare und riss ihren Kopf nach oben, sodass sie ihm direkt ins Gesicht sehen musste.

»Wie willst du denn Parkett reparieren, kannst du mir das erklären?« Er packte so fest zu, dass Mias Kopfhaut brannte, als hätte sich eine Horde Feuerameisen darauf niedergelassen.

»Bitte nicht«, flüsterte Mia.

»Ach nee, heulen auch noch. Mach den Mund auf, los!« Mia schüttelte den Kopf und presste ihre Lippen zusammen. Arnold ließ das Staubsaugerrohr fallen und schlug Mia rechts und links auf die Wangen. Es waren nicht die Schläge, die Mia zu schaffen machten, sondern eher das darauffolgende Brennen.

»Maul auf!«, befahl Arnold. Mia gehorchte. Er nahm das Staubsaugerrohr in die Hand und steckte es bei laufendem Motor in Mias Mund. Solange die Saugkraft nur auf minimal stand und das Rohr den äußeren Rand ihres Mundes berührte, war es zwar unangenehm, doch lange nichts im Vergleich zu der Steigerung, die daraufhin folgte. Arnold stellte den Schalter am Gerät auf maximal und schob den Schlauch tief in Mias Mund. Der Sog drohte ihre Zunge herauszureißen, sie hatte keine Kontrolle mehr. Ihr

Magen sträubte sich, doch dann gab er nach, wurde umgestülpt und zerfetzt – so fühlte es sich für Mia an. Als Arnold bemerkte, dass er ihren Mageninhalt entleerte, betätigte er den Schalter. Er ließ von Mia ab, das Rohr fallen und ging wortlos in die Küche. Mia kauerte auf dem Boden. Sie hustete und versuchte, den Staub auszuspucken. Als Arnold wieder zurück ins Wohnzimmer kam, hatte er eine Flasche Wodka in der Hand.

»Hier, das desinfiziert«, lachte er und hielt Mia die Flasche hin.

Die Erinnerungen an diese Zeit würde sie vermutlich niemals abschütteln können. Doch mit etwas Glück würden sie irgendwann verblassen. Auch wenn Mia momentan noch nicht so recht daran glauben konnte, so wusste sie doch, dass es auch liebenswerte Männer gab. Nur ein kleiner Bruchteil war so brutal wie Arnold. Und vielleicht würde auch sie sich in so einen liebenswerten, zärtlichen Mann verlieben können – irgendwann.

33. Kapitel

Dezember 2014 - Alfons

»Mach dir nicht so viele Sorgen. Die haben Spaß auf dem Weihnachtsmarkt und einfach die Zeit vergessen. Und bei dem Rummel haben sie das Smartphone nicht gehört«, sagte Jens mit gleichbleibend ruhiger Stimme. Susanne, Jens' Frau, hatte schon seit einer Stunde mit den Kindern zurück sein wollen. Linda achtete nicht auf die Beruhigungsversuche von Jens. Je länger sie zu der Uhr an der Wohnzimmerwand starrte, desto größer wurde ihre Angst, dass Leonie etwas zugestoßen sein könnte. Der Zeiger schritt voran. Mit jeder Bewegung malte sich Linda die schlimmsten Szenen aus. Warum konnte man in diesen Situationen nicht positiv denken? *Sie haben einfach nur Spaß und kommen eben etwas später unversehrt nach Hause.* Sie als Psychiaterin müsste doch wissen, dass man sich mit diesem Kopfkino nur selbst quälte. *Pfeif auf die Psychiaterin, ich bin Mutter!*

»Dich kann aber auch nichts aus der Ruhe bringen, was? Im Normalfall würde ich mir auch keine Gedanken machen. Aber so …« Linda hielt den USB-Stick hoch.

»Ich hole meinen Laptop. Lass uns nachsehen, was denn da so Wichtiges drauf ist.«

»Dafür hab ich jetzt keinen Kopf.«

»Ablenkung ist gut, glaub mir.«

»Ja, Herr Doktor«, sagte Linda.

»Das ist also der richtige Stick „F15G07“«, kommentierte Linda.

»Ja, aber die Daten sind diesmal nicht mit einem Passwort geschützt.«

»Die hatten den Schutz eines Bankschließfaches.« Linda öffnete eine der Tabellen.

»Wieder Namen. Sind wahrscheinlich auch Ehepaare, die meisten haben den gleichen Nachnamen.«

»Klick mal auf den Verweis hier.« Jens zeigte auf den Bildschirm.

»Auch Namen, aber nur Frauen und daneben Vornamen und Geburtsdaten von Kindern. Mmmhhh.«

»Und horrende Zahlungen, hier … ziemlich viel Geld. Da sind auch die Konten und Überweisungen hinterlegt.« Linda stand auf und ging ein paar Schritte im Wohnzimmer umher.

»Also: Wir haben Ehepaare, die vermutlich mittels künstlicher Befruchtung und Präimplantationsdiagnostik ein Kind bekommen haben. Die Summen, die hinter den Ehepaaren stehen, sind dann wohl die Bezahlung für diesen Dienst oder für das Wunschkind?«

»Du hattest doch die Daten von dem anderen Stick kopiert, wo sind die denn?«, fragte Jens.

»Auf einem Datenträger in meiner Handtasche, warte.«

Linda ging in den Flur, nahm ihre Tasche mit ins Wohnzimmer und setzte sich wieder neben Jens. Sie öffnete die Listen von ihrem Datenstick zum Vergleich.

»Konrad und Erika Stätter? Etwa *der* Stätter?«, sagte Linda erstaunt.

»Ein hochrangiger Politiker nebst Gattin, sieh einer an«, sagte Jens überrascht.

»Richtig, und da sind weitere Verknüpfungen, hinter den Namen der Kinder.« Linda öffnete eine neue Liste. »Das Kind der Familie Stätter heißt Alfons und wurde vor zwei Jahren geboren.«

»Alfons?«, wiederholte Jens grinsend. »Armer Kerl.«

»Neben dem Namen und dem Geburtsdatum steht: männlich, Augenfarbe: braun, überdurchschnittliche Intelligenz mit einem IQ von mindestens 140. Also doch Kinder nach Maß.«

»Dann ist der Sohn schlauer als der Stätter selbst«, unterbrach Jens.

»Hier werden Begabungen aufgeführt. Musisch und mathematisch«, erklärte Linda weiter.

»Das ist zwar in Deutschland verboten. Meine Meinung zu diesem Thema einmal außen vor gelassen, gibt das wahrscheinlich für die Betroffenen eine Geldstrafe, aber so, wie es aussieht, ist Geld ja kein Problem. Wenn sie überhaupt bestraft werden. Denn wenn die Drahtzieher behaupten, dass die PID im Ausland durchgeführt wurde, ist das wahrscheinlich sogar legal. Das kann also nicht der

Grund gewesen sein, warum der Unbekannte so weit gehen würde, dich zu verfolgen, bei dir einzubrechen und dich und Leonie zu bedrohen, oder?«

Jens hatte recht. Dies bedeutete aber, dass Thomas diese Machenschaften nicht nur unterstützte, sondern dass er einer der Drahtzieher gewesen war. Daran gab es für Linda jetzt keinen Zweifel mehr. Wie hatte sie sich so in ihm täuschen können? Hatte er ihr jahrelang etwas vorgemacht? War er ein so guter Schauspieler gewesen und nun stellte sich heraus, dass er in Wahrheit ein skrupelloser Designerkinderhändler war?

»Hier«, Jens zeigte auf eine neue Seite, die er geöffnet hatte, »schau dir das mal an.«

Hinter dem Namen Alfons stand Max. Beide Kinder waren nur mit zwei Tagen Abstand geboren worden. »Wenn wir davon ausgehen, dass zum Beispiel ein übrig gebliebener Embryo eingefroren und erst zu einem späteren Zeitpunkt transferiert wurde, spielt das Geburtsdatum auch keine Rolle. Ich habe gerade einen Verdacht«, sagte Jens. »Klick mal auf eines der älteren Kinder.«

»Da steht aber auch nichts anderes. Du meinst, es handelt sich zum Beispiel bei Max um einen der übrig gebliebenen Embryonen?«

»Genau. Und nun stell dir vor, dass dieses Kind als Ersatzteillager für Embryo Nr. 1 herhalten muss. Wenn in England schon ein Kind geboren wurde, nur um als

Blutspender herzuhalten, ist alles möglich.«
Linda schüttelte den Kopf. Ihr lief ein eiskalter Schauer über den Rücken. »Ich kann es einfach nicht fassen … Aber wer bringt diese Kinder, also quasi die genetisch kompatiblen Geschwister, auf die Welt und zieht sie groß?«
Linda und Jens sahen sich an. Sie kannten beide die Antwort und dennoch wollten sie diese nicht aussprechen.

»Diese Frauen hier. Der Name der Kinder ist verknüpft«, sagte Jens nach einer längeren Pause.

»Leihmütter? Aber wissen diese Frauen davon?«

»Das kann ich mir nicht vorstellen.«

Jetzt war Linda klar, warum dieser Stick so wertvoll war. Von diesen schrecklichen Enthüllungen mal abgesehen, machten sich nicht nur Thomas und dieser Unbekannte, sondern alle mit Namen und Adressen aufgeführten Personen strafbar.

»Wenn das publik werden würde … Schau dir die Namen an. Die meisten sind mir bekannt.«

»Hochrangige Persönlichkeiten mit dem passenden Kleingeld«, empörte sich Linda. »Aber die Kinder, also die Embryonen mit der Nummer 1, sind doch die gesunden, also warum?«

»Es können nur gewisse Erbkrankheiten ausgeschlossen werden. Das heißt, die Kinder können trotzdem erkranken oder zum Beispiel durch einen Unfall Blut-, Zell- oder sogar Organspenden benötigen«, erklärte Jens.

»Aber die Mütter von Embryo Nr. 2 wissen doch nichts von diesen Machenschaften und ich kann mir nicht vorstellen, dass diese sich freiwillig zur Verfügung gestellt haben.« In der Zwischenzeit hatte Jens weiter in den Daten und Listen gestöbert.

»Hier sind die Verträge hinterlegt über die künstliche Befruchtung. Bei den Leihmüttern handelt es sich augenscheinlich um Frauen, die sich keine künstliche Befruchtung mehr leisten konnten. Die meisten Krankenkassen übernehmen unter gewissen Umständen nur fünfzig Prozent der Kosten für eine künstliche Befruchtung und dies auch nur bis zum dritten Versuch. Oft werden aber mehrere Versuche benötigt, bis es dann tatsächlich zu einer bleibenden Schwangerschaft kommt. In Deutschland ist mittlerweile jedes siebte Paar von der ungewollten Kinderlosigkeit betroffen, daher ist dieser Weg vielleicht die letzte Hoffnung auf ein leibliches Kind.
Sie haben alle diesen Vertrag unterschrieben und im Kleingedruckten steht Folgendes:
Aufgrund der unentgeltlich durchgeführten In-Vitro-Fertilisation verpflichtet sich der Vertragspartner unter §24 dazu, das Kind in eine interne Spenderkartei aufnehmen zu lassen.«
Linda schüttelte den Kopf.

»Dieser Paragraf und damit der komplette Vertrag sind doch rechtlich nicht haltbar.«

»Sehe ich auch so«, antwortete Jens.

Für Linda bröckelte wieder ein Teil ab. Ein Teil dessen, woran sie in den letzten Jahren geglaubt hatte, auf dessen Fundament sie ihre Ehe aufgebaut hatten. Sie würde jetzt das Richtige tun und dem Wahnsinn ein Ende bereiten.

»Ich ruf die Polizei an«, sagte Linda und griff nach ihrem Smartphone in der Handtasche.

34. Kapitel

Linda ließ das Handy fallen, als sie hörte, dass die Haustür geöffnet wurde, und stürmte zusammen mit Jens in den Korridor. Susanne musste nichts sagen. Ihr Blick reichte vollkommen aus. Svenja stand wie ein Häufchen Elend mit verquollenen Augen neben ihrer Mutter und zog die Nase hoch. Sie standen sich wortlos im Hausflur gegenüber. Linda und Jens auf der einen Seite, Susanne und ihre Tochter Svenja auf der anderen. Linda trat auf der Stelle hin und her.

»Es tut mir leid. Ich weiß nicht, wie das passieren konnte. Wir haben den gesamten Weihnachtsmarkt nach ihr abgesucht.« Hin und her. »Wir haben auch sofort die Polizei informiert.« Hin und her. »Sie suchen noch und melden sich, sobald sie Leonie gefunden haben.«

Linda konnte sich noch daran erinnern, als wäre es gestern gewesen. Wie sie das Ultraschallbild an einen Herzluftballon gebunden hatte. Seine Augen strahlten. Als Linda den Luftballon losgelassen hatte, sprang er auf, umarmte Linda und hob sie hoch. Wie ausgelassen sich Thomas freuen konnte. Gleich beim ersten Versuch der künstlichen Befruchtung hatte es geklappt. Hin und her.

»Ich liebe dich und unseren kleinen Krümel«, sang er.

Jeden Abend brachte er eine neue Überraschung mit nach Hause. Einen Teddy, der so groß war, dass nicht einmal Linda ihn umarmen konnte. Ein altes Schaukelpferd, das er liebevoll selbst restaurierte. Er freute sich an den Babybodys mit der Aufschrift „Papas Liebling“ und las Schwangerschaftsbücher.
Thomas strahlte das pure Glück aus, als er Leonie direkt nach der Geburt in den Armen halten durfte.
Ein Baby. Kein Designerkind. Sondern ein Mensch, der sich so entwickeln würde, wie es das Leben vorgesehen hatte, die Natur. Hin und her. Leonie, die rein künstlerisch den Hang zum Abstrakten hatte. Ein Mädchen, ihre Prinzessin, die das Herz am rechten Fleck trug. Hin und her.

Linda sah ein Seil vor ihrem geistigen Auge. Es war ein dickes Seil. Sie könnte einen Palstek knoten, der so fest war, dass er nicht mehr gelöst werden konnte. Hin und her.

Linda öffnete die Augen und sah sich verwirrt um.

»Was ist passiert?«

»Du warst ohnmächtig. Ich hab dich aufs Sofa getragen und den Arzt verständigt. Der müsste gleich eintreffen. Bleib ganz ruhig liegen«, antwortete Jens.

»Leonie?«

Jens schüttelte den Kopf. »Wir wissen noch nichts Neues. Die Polizei meldet sich bestimmt bald.«

»Wie konnte das … wo habt ihr denn Leonie verloren?« Susanne setzte sich auf den Sessel neben dem Sofa und nahm Lindas Hand in ihre.

»Es tut mir so leid. Ich weiß nicht, wie das passieren konnte«, sagte sie. »Da war ein Zelt vom Weihnachtsmann. Alle Kinder sind da reingegangen und kamen mit einem kleinen Geschenk wieder raus …«, sie nahm ein Taschentuch und schnäuzte sich die Nase, »… nur Leonie war verschwunden.«

»Ich bin schuld. Ich war mit ihr zusammen im Zelt«, sagte Svenja vollkommen aufgelöst.

»Nein, Schatz, dafür kannst du nichts«, beschwichtigte Jens und streichelte seiner Tochter über die Schulter.

»Doch, verdammter Mist. Ich war abgelenkt. In dem Zelt stand auch Tommy, den ich … ich meine … also, den ich eben ziemlich cool finde, und dann war Leonie plötzlich verschwunden. Einfach weg.«

Als die Türglocke ertönte, eilte Jens aus dem Wohnzimmer.

F43.0, konnte Linda aus ihrem Augenwinkel sehen. Der Notarzt diagnostizierte demnach eine akute Belastungsstörung. Früher nannte man dies auch einfach nur einen Nervenzusammenbruch, dachte Linda. Doch diese Bezeichnung war unpräzise. *Jetzt denkst du über Diagnosen nach?*

»Ich spritze Ihnen ein leichtes Beruhigungsmittel, Frau Dr. Schwarz«, sagte der fremde Arzt.

»Nein. Das macht mich nur müde und das kann ich jetzt nicht brauchen.«

Der Arzt sah Linda erstaunt an: »Aber …«

»Nein danke.« Lindas Unterton war so bestimmt, dass der Mediziner die Spritze wieder in seinen Koffer packte.

»Dann kann ich nichts weiter für Sie tun, Frau Dr. Schwarz.«

Lindas Smartphone klingelte. Sie wollte aufstehen, hatte aber das Gefühl, als würde sie in einem Karussell sitzen. Mit einem Aufseufzen lehnte sie sich wieder zurück aufs Sofa.

»Wo ist es denn?«, fragte Susanne.

»Auf dem Boden, dort beim Esstisch«, antwortete Linda. Svenja ging zum Tisch, hob das Handy auf und brachte es Linda.

»Danke.« Es dauerte zu lange. Bis Linda das Mobiltelefon zu fassen bekam, war das Klingeln verstummt.

»Mist, das war bestimmt die Polizei!« Eilig sah Linda in die Anrufliste.

»Die haben deine Nummer nicht. Jedenfalls nicht von mir«, sagte Susanne. »Ich kenne deine Telefonnummer nicht auswendig und hab sie auch nicht gespeichert. Daher habe ich meine Handynummer und unsere Festnetznummer angegeben.«

»Rufnummer unbekannt«, stand im Display.

35. Kapitel

Februar 2015 – Die Hyäne

Der Springbrunnen war beleuchtet und plätscherte gleichmäßig vor sich hin. Unermüdlich holte sich die Pumpe Nachschub aus dem kleinen, zugewachsenen Teich und presste das Wasser durch ein schmales Rohr nach oben. In der nächsten Sekunde klatschten die Tropfen zurück auf die Oberfläche. Es war ein ständiger Kreislauf. Mia dachte daran, dass ein Teil verdunstete und nicht zurück in den Teich gelangte. So war es auch mit den Menschen. Unermüdlich waren sie im Kreislauf des Lebens gefangen. In ihrer Tretmühle. Viele sahen nicht nach rechts oder links. Sie gingen einfach ihren Weg. Einige machten Karriere, quetschten sich durch das enge Rohr ganz nach oben. Wenn sie Glück hatten, durften sie dort verweilen. Sich auf einem Blatt niederlassen. Wenn nicht, dann fielen sie wieder zurück in den Strudel, in den Teich des Lebens. Einige verschwanden. Sie lösten sich in Luft auf und gingen in die Atmosphäre über – sie starben.

»Buh.«

Mia zuckte zusammen. »Mensch, Nancy, erschreck mich

doch nicht immer so.«

»Tschuldigung. Hab mich gerade mit der alten Schachtel angelegt. Die ist echt nervtötend.«

»Wen meinst du?«

»Na, die Krankenschwester, die uns gestern Abend schon so dumm von der Seite angemacht hat.« Nancy setzte sich neben Mia. »Also, pass uff. Da komm ich aus dem Speisesaal, ja, und hab 'nen Apfel in der Hand, ja?«

»Ja, und weiter?«

»Essen dürfen Sie nur im Speisesaal«, äffte Nancy die Krankenschwester nach. »Was für 'ne blöde Schelle, oder?«

»Na ja, es geht wohl eher um die Hygiene, denke ich«, erklärte Mia.

»Hyäne – genau das ist das richtige Wort für diese alte Beißzange.«

Mia lachte. »Du bist unbezahlbar.«

»Ha, ich geb dir gern die Telefonnummer von meinem Boss.« Nancy zwinkerte Mia zu. »Aber das Beste kommt ja erst noch.«

»Was denn?«

»Eine halbe Stunde später hab ich die Hyäne mit einem Schokoriegel erwischt. Auf frischer Tat sozusagen.« Nancy setzte sich aufrecht hin und schlug ein Bein über das andere.

»Da sag ich: Ach, so haben wir das gern, mit zweierlei Lineal messen, was?«

»Und dann?«

»Nüscht und dann. Grinst die mir ins Gesicht, stopft sich den Rest der Schokolade in den Mund und geht in so 'nen Besprechungsraum … Ach so, jetzt weiß ich, was ich dir eigentlich erzählen wollte.«

»Mach's nicht so spannend, Nancy.«

»Ich hab rein zufällig, also nur ganz zufällig … pass uff. Also, ganz zufällig hab ich mitbekommen, wie die über die Patienten sprechen.«

»Wer?«

»Keine Ahnung. Die Tür war nur einen Spalt weit auf. Also auf jeden Fall die Hyäne und eine männliche Stimme, aber die warten anscheinend noch auf jemanden. Wäre doch mal interessant mitzuhören, oder?«

»Wo?«

»Komm mit.«

Mia und Nancy sahen sich um.

»Da ist keiner, lass uns mal an der Tür lauschen«, flüsterte Nancy.

»Bei einer dissoziativen Identitätsstörung ist es meines Erachtens notwendig, dass die Patientin in die geschlossene Abteilung wechselt. Sie wissen genau, dass diese Patienten in höchstem Maße selbstmordgefährdet sind. Können Sie dieses Risiko zum jetzigen Behandlungsstand ausschließen?«, sagte eine männliche, fremde Stimme. Mia und Nancy drückten sich noch enger an die Tür des Besprechungszimmers.

»Nein, natürlich nicht«, antwortete eine andere männliche Stimme. »Dennoch haben wir schon Therapiefortschritte zu verbuchen. Hier ist mein schriftlicher Bericht. Die Patientin ist in der Phase der Aufarbeitung. Ich nehme an, dass wir in den nächsten Tagen einen Durchbruch erzielen werden.« Mia und Nancy sahen sich an und zuckten beinahe gleichzeitig mit den Schultern.

»Gut, auf Ihre Verantwortung. Nun kommen wir zu dem Patienten Herrn Silberkron …«

Mia deutete Nancy an, dass sie ihr leise folgen solle, und ging zurück in den Aufenthaltsraum.

»Die besprechen wahrscheinlich gerade die Therapien von allen Patienten.«

»Hast du gewusst, dass es hier im Sanatorium eine geschlossene Station gibt?«, fragte Nancy.

»Nein, das glaube ich auch nicht. Eventuell würde der oder die Patientin dann in die Psychiatrie überwiesen.« Nancy machte ein nachdenkliches Gesicht. »Mich würde ja schon sehr interessieren, was da so in unseren Akten steht.«

»Du musst das nur beantragen, dann bekommst du Akteneinsicht«, erklärte Mia.

»Ha, ja nee, is klar. Mit fünffachen Durchschlägen wie beim Klopapier. Du glaubst doch nicht, dass du die Originalakte bekommst. Da wird bestimmt die Hälfte gestrichen. Geteiltes Leid ist halbes Kleid oder so.«

Mia lachte. »Schon möglich. Eventuell gibt es aber auch Patienten, bei denen es wohl besser ist, wenn sie nicht alles erfahren, meinst du nicht?«

»Willst du nicht wissen, was da drin steht?«, fragte Nancy.

»Doch.« Mia überlegte. »Aber wie willst du da dran kommen?«

»Lass Nancy mal machen.«

36. Kapitel

Dezember 2014 – Zeitlupe

So lange sie auch auf dieses vermaledeite Smartphone starrte, es gab keinen Ton mehr von sich. Linda wusste ganz genau, wer der Anrufer gewesen war. Für sie gab es nur eine logische Erklärung. Natürlich. Sie hätte niemals zulassen dürfen, dass Leonie das Haus verließ, nicht nach dem, was geschehen war. Linda machte sich Vorwürfe. Sie war zu blauäugig gewesen, als sie festgestellt hatte, dass sie dem Unbekannten – wenn auch unwissentlich – den falschen USB-Stick hatte zukommen lassen. Sie hätte Leonie nicht mehr aus den Augen lassen dürfen. Hätte sie beschützen müssen. Die Polizei einschalten oder selbst einen Personenschützer engagieren müssen – Geld spielte doch keine Rolle.

Das Klingeln des Telefons ließ Linda zusammenzucken. Diesmal war es nicht das Smartphone, auf das sie immer noch wie paralysiert starrte.

»Hartmann«, meldete sich Jens an seinem Festnetzanschluss. »Ja, natürlich.« Jens nickte zustimmend und starrte hinüber zu Linda. Seine Falten auf der Stirn kamen zum Vorschein. War es die Polizei? Wenn sie Leonie unversehrt gefunden hätten, würde Jens sie nicht mit diesem bedauernden Gesichtsausdruck anstarren.

»Ja, aber ihr momentaner gesundheitlicher Zustand …« Linda versuchte aufzustehen. Es war klar, dass Jens über sie sprach. Ihre Gesundheit spielte aber jetzt keine Rolle. Sie musste ans Telefon. Musste wissen, mit wem er sich unterhielt und über was. Linda setzte sich an den Rand des Sofas und blieb dort so lange sitzen, bis das Karussell langsamer wurde und der Couchtisch vor ihr zum Stehen kam. An dessen Kante hielt sie sich fest und drückte sich nach oben.

»Du sollst noch nicht aufstehen, Linda.« Sie beachtete Susannes Kommentar nicht und kam auf ihre wackligen Beine.

»Ob das jetzt schon möglich ist? Gibt es keine andere Alternative?«

Der Boden musste zu einer Rolltreppe umgebaut worden sein. Linda machte einen Schritt nach vorne, und wenn sie nicht schnell genug war, rutschte sie wieder einen Schritt zurück.

»So lass dir wenigstens helfen«, sagte Susanne, ging zu Linda und hakte sie unter.

»Gut, wenn es notwendig ist … ich sehe gerade…« Stück für Stück kam Linda endlich weiter in Richtung Esstisch, weiter in Richtung Jens und Telefon.

»Ja, einen Moment noch.« Nur noch einen Meter bis zu den Neuigkeiten über Leonie.

»Warte«, sagte Linda, ging weiter und streckte Jens ihre Hand entgegen.

»Gut, ich verstehe. Auf Wiederhören.« Jens legte den Telefonhörer zurück auf die Gabel.

»Was ist los mit dir? Gib mir das verdammte Telefon«, schrie Linda. Im gleichen Augenblick spielte ihr Smartphone die Erkennungsmelodie. *Das darf doch alles nicht wahr sein.* Svenja, die immer noch neben dem Sofa stand und eine stumme Beobachterin der Szene gewesen war, stand auf, nahm Lindas Handy und rannte zu ihr. Jens griff sich einen Stuhl und half Linda, sich zu setzen.

»Ja«, meldete sich Linda kurz. Außer schwerem Atmen am anderen Ende der Leitung konnte sie nichts hören.

»Hallo«, sagte Linda jetzt lauter.

»Das war der falsche Stick«, entgegnete der Unbekannte und räusperte sich.

»Wo ist Leonie?«, schrie Linda. Jens flüsterte Svenja etwas ins Ohr. Svenja nahm danach Lindas Mobiltelefon an sich und tippte darauf herum. Linda erschrak und wollte aufspringen, doch Jens machte eine beschwichtigende Geste.

»...unden«, hörten sie noch aus dem Lautsprecher.

»Können Sie das bitte wiederholen? Ich habe Sie nicht verstanden«, sagte Linda.

»Ist sie denn verschwunden, hatte ich gefragt.«

»Was fragen Sie denn so dumm? Sie haben Leonie entführt! Wo ist sie? Wie geht es ihr? Wenn Sie mir nicht sofort sagen …« Jens trat neben Linda und legte seine Hand auf ihre Schulter. Wie sollte sie in dieser Situation Ruhe bewahren? Sie hatte den Entführer ihrer Tochter am Telefon und Linda konnte sich denken, wozu dieser skrupellose Mensch fähig war.

»In unserem letzten Telefonat sagte ich bereits, dass Kinder zuweilen gern einen Ausflug machen, oder?« Lindas Hände zitterten. Noch bevor ihr das Smartphone herunterfallen konnte, packte Jens zu.

»Wo ist Leonie?«, mischte er sich ein.

»Und wer sind Sie jetzt?«, fragte der Unbekannte verblüfft.

»Ich bin Dr. Jens Hartmann, Lindas Kollege und Freund der Familie, aber das dürfte Ihnen ja bereits bekannt sein.« Diesmal ließ sich der Anrufer Zeit mit seiner Antwort. Es war wieder nur der schwere Atem zu hören.

»Hallo?«, fragte Linda.

»Ich brauche die richtigen Daten«, ertönte es aus dem Lautsprecher.

»Bevor ich nicht weiß, wie es Leonie geht und wo sie ist, bekommen Sie überhaupt nichts, ist das klar?« Linda hatte einen Kloß im Hals und räusperte sich.

»Sie denken also, dass Sie in der Position sind, Forderungen zu stellen?«

»Bitte sagen Sie mir, wie es meiner Tochter geht«

»Es geht ihr gut. Sie wissen ja, wo Ihre Tochter verloren gegangen ist, nicht wahr?«

»Ja, auf dem Weihnachtsmarkt«, antwortete Linda.

»Und genau dort werden wir uns treffen. Nehmen Sie Ihr Handy mit. Ich rufe Sie an und werde Ihnen den genauen Treffpunkt kurzfristig mitteilen, sobald Sie beim Weihnachtsmarkt angekommen sind. Wenn Sie denken, dass Sie die Dateien, so wie Sie das mit dem letzten Stick getan haben, ohne mein Wissen kopieren können, sind Sie im Irrtum. Es befindet sich ein zusätzliches Programm auf dem Stick. Über dies wird alles genauestens dokumentiert. Wann geöffnet oder kopiert wurde, und vor allen Dingen auch die IP-Adresse. Und ich gehe davon aus, dass ich nicht explizit erwähnen muss, dass Sie die Polizei aus dem Spiel lassen. Wenn ich nur den kleinsten Verdacht hege … Sie lieben doch Ihre kleine Prinzessin, nicht wahr?« Linda nickte stumm.

»Ja, wann sollen wir uns treffen?«, fragte Jens.

»Habe ich von Ihnen gesprochen? Frau Schwarz erscheint mit dem USB-Stick alleine um 18:30 Uhr auf dem Weihnachtsmarkt und ich melde mich dann telefonisch. Ich hoffe, dass ich mich klar genug ausgedrückt habe.« Die Verbindung wurde getrennt.

Es war still. Keiner sagte ein Wort. Es schien so, als müssten sie die neuen Informationen verarbeiten, damit jeder für sich wieder einen klaren Gedanken fassen konnte.

»Es ist jetzt genau 17:30 Uhr. Das heißt, wir haben eine Stunde Zeit«, durchbrach Jens die Stille. »Svenja, hat das mit der Aufzeichnung des Anrufes geklappt?«

»Klaro, Dad«, bestätigte diese.

»Gut, dann können wir diesen Beweis an die Polizei weiterleiten.«

»Polizei? Aber ...«, stotterte Linda und schnäuzte sich die Nase.

»Natürlich verständigen wir die Polizei.« Jens griff sofort nach dem Telefonhörer.

»Warte mal. Wer hat denn vorhin angerufen? Es ging doch auch um Leonie, oder?«, fragte Linda.

»Ja, aber jetzt, nach diesem Anruf ist klar, dass es sich um eine Verwechslung handeln muss.«

»Was meinst du damit?«

»Es wurde ein blondes Mädchen gefunden. Alter zwischen drei und vier Jahren. Verkehrsunfall. Keine Aufsichtspersonen weit und breit. Unweit der Innenstadt, wo auch der Weihnachtsmarkt stattfindet«, erklärte Jens. Linda sprang wütend auf.

»Und du lässt mich nicht ans Telefon und behandelst mich, als wäre ich aus Zucker? Hier geht es um meine Tochter! Geht es ihr gut? Ist es in einem Krankenhaus? Wollten die Beamten, dass ich zu ihr gehe? ... Was ist los, nun sag schon?!«, schossen die Fragen aus Linda heraus.

»Das hat sich doch jetzt, nach dem zweiten Anruf, alles geändert«, sagte Jens ruhig und streichelte Linda über die

Schulter.

»Sag es!«

»Die Beamten wollten, dass du das Kind identifizierst. Das Mädchen liegt in der Pathologie.«

37. Kapitel

Februar 2015 – Memory-Effekt

Mia war sich nicht mehr sicher, ob sie tatsächlich wissen wollte, was in ihrer Krankenakte stand. Sie hätte auch einfach nur bis Montag warten müssen, um Einblick in diese Akte zu erlangen – oder? Hatte Nancy recht und sie würde nur einen kleinen Auszug über ihre gestörte Psyche zu lesen bekommen? War sie denn gestört, oder musste sie das Erlebte nur verarbeiten, um wieder zurück zu ihrem alten Ich zu finden? Aber wer genau war ihr altes Ich? Sie konnte sich an eine lebenslustige, junge Frau erinnern, die vor Energie und Tatendrang strotzte. Als sie nach ihrer Ausbildung keinen festen Arbeitsvertrag als Physiotherapeutin erhalten hatte, war sie nicht verzweifelt. Im Gegenteil. Kurzerhand hatte Mia eine kleine Boutique für Babys und Kleinkinder eröffnet. Auch wenn ihr Arnold später immer wieder zu verstehen gab, dass sie keinerlei modischen Geschmack hätte, so waren die Eltern der Kinder, ihre Kunden, damals anderer Meinung gewesen. Mia liebte den Kontakt zu Menschen und vor allem zu den Kindern. *Pünktchen.* Ihr kleiner Laden war in kürzester Zeit zum Geheimtipp avanciert. Bis Arnold sie dazu gebracht hatte, ihn zu verkaufen. Bis er sie Stück für Stück von allem getrennt hatte, was ihr lieb gewesen war. Abgeschottet. Einsam, nur zusammen mit ihrem Peiniger unter ihrer stinkenden Käseglocke.

All das sollte nun anders werden. Sie wollte, nein, sie musste wissen, was in ihrer Akte verzeichnet war. Hatte sie diese Unterlagen, dann hatte sie einen Beleg für ihre Identität.

»Pssst, sei leise«, flüsterte Nancy, drückte Mia eine zweite Taschenlampe in die Hand und schloss das Büro auf.

»Wo hast du denn den Schlüssel her?« Nancy legte ihren Zeigefinger auf den Mund, öffnete die Tür und zog Mia hinter sich in das Büro.

»Leise, erklär ich dir nachher. Los, such nach deinen Anfangsbuchstaben, bevor uns einer erwischt.« Mia und Nancy zogen gleichzeitig die gegenüberliegenden Aktenschränke auf.

»Ich bin falsch, hier ist nur S bis W«, sagte Mia.

»Hesse, Nancy Hesse. Ich hab meine gefunden. Hier ist auch K drin, komm rüber«, flüsterte Nancy und leuchtete Mia mit der Taschenlampe.

»Kranich, Kronsenheim … da gibt es keine Akte Mia Kronen.«

»Ach wat, lass mich mal, wer suchet, dem wird

aufgetan«, sagte Nancy und schubste Mia zur Seite. Für einen Augenblick war es still. Nancys Blick flog über die Registerkarten. Dann nicht mehr. Beide erstarrten. Schritte vor der Bürotür, kurz darauf das Klirren eines Schlüsselbundes. Nancy drückte leise die Lade zu.

»Versteck dich«, flüsterte sie und ging unter dem wuchtigen Schreibtisch in Deckung.

Mia sah sich hektisch um. Das Büro war ihr fremd, und im schummrigen Licht der Taschenlampe konnte sie kein Versteck ausmachen. Der Schlüssel wurde im Schloss gedreht.

»Na so was«, sagte eine männliche Stimme und öffnete die Tür. Im gleichen Augenblick, als das Deckenlicht angeknipst wurde, huschte Mia hinter die breiten, dunklen Übergardinen am Fenster.

»Da hab ich doch tatsächlich vergessen abzuschließen«, sagte eine weibliche Stimme. Mia erinnerte sich an die Krankenschwester, die Nancy als Hyäne betitelt hatte.

»Das nächste Mal müssen Sie bitte darauf achten, Frau Westphal«, erwiderte die männliche Stimme. *Frau Westphal?* Die ominöse Frau, die ihre Todesanzeige aufgegeben hatte? Die Fremde, die im Auftrag von Arnold gehandelt und Mias Beerdigung bezahlt hatte? *Ruhig bleiben. Der Name Westphal ist bestimmt kein seltener in Freiburg und Umgebung*, sagte Miss Logik. *Das kann kein Zufall sein*, mischte sich die Bauchstimme ein.

»Können Sie Fortschritte erkennen oder müssen Sie

diese drastische Maßnahme tatsächlich ergreifen?«, fragte Frau Westphal.

»Ja und nein«, antwortete die männliche Stimme. »Wenn es sich nur um den Memory-Effekt handeln würde, dann wäre es einfacher, aber so kommen wir nicht umhin und müssen es tun.«

»Memory-Effekt? Was hat denn das Ganze mit Akkus zu tun?«

»Entschuldigen Sie, ich setze schon wieder zu viel voraus. Es geht nicht um den Kapazitätsverlust von Akkus. In der Psychologie gibt es einen ähnlichen Begriff. Offiziell heißt dieser: der False-Memory-Effekt. Wir haben es dabei mit Erinnerungen zu tun, die der Patient für real hält, die aber so nicht den Tatsachen entsprechen. Meist hat so etwas einen traumatologischen Hintergrund. Je öfter sich der Betroffene an Vergangenes erinnert, desto weiter sinkt der Wahrheitsgehalt. Es werden unbewusst neue Details hinzugefügt und diese dann wiederum als Erlebnisse abgespeichert. Diese Menschen sind absolut davon überzeugt, dass sich alles genau so abgespielt hat. Ein solcher False-Memory-Effekt kann unbeabsichtigte Folge einer Hypnose sein, aber auch spontan unter Stress und bei Erschöpfungszuständen auftreten.«

»Aber ich dachte, sie leidet unter …«

»Ja, Frau Westphal, und genau das ist das Problem«, unterbrach die Stimme, die Mia nun zuordnen konnte. *James, der Butler?*

Mia hatte das Gefühl, diesen Vortrag schon einmal gehört zu haben. Es bestand auch die Möglichkeit, dass sie in einem dieser „dummen Bücher" darüber gelesen hatte. Von welcher Patientin die beiden wohl sprachen? Mia atmete flach und versuchte, ganz still zu stehen, doch je länger sie in ihrem Versteck ausharren musste, desto schwerer fiel es ihr.

»Und genau aus diesem Grund bleibt uns nichts weiter übrig. Wir müssen es tun, um ihr zu helfen.«

»Verstehe«, antwortete Frau Westphal. Die Stimme hörte sich besorgt an. »Aber warum ausgerechnet Mia Kronen?«

Mia Kronen. Sie, deren Fuß gerade eingeschlafen war, sie war die Patientin mit einem False-Memory-Syndrom? Mia? Sie hatte zu ihren Erinnerungen immer wieder Details hinzugefügt, die nicht den Tatsachen entsprachen? Arnold? Mia Kronen war tot. Nein, sie lebte, sie atmete, und die Ameisen in ihren Füßen krabbelten gerade an ihren Waden nach oben. Nichts entsprach den Tatsachen? Gab es etwa gar keinen Arnold, der sie verfolgte? War sie niemals geschlagen worden? Doch, natürlich. *Denk logisch.* Schach. Das alles war eine Scharade. Ein Spiel, ein weiterer Schachzug von Arnold. Nancy? War sie die Dame im gegnerischen Spiel? In der Partie, deren Finale gerade eingeläutet wurde? Nancy war bei Mia, ständig. Sie hielt

Kontakt zu Arnold über ihr Smartphone – natürlich, sie tippte doch immer darauf herum. Logisch. Nancy war auf der Toilette gewesen, als Arnold vor dem Café aufgetaucht war, und kaum war sie wieder bei Mia gewesen, war er verschwunden. Auf dem Friedhof waren sie tatsächlich verfolgt worden. Nancy war diejenige gewesen, die unbedingt Mias Grab hatte sehen wollen.
Das scheinheilige „gnä' Frau" von James, dem gegnerischen Turm, hätte sie gleich misstrauisch machen müssen. Und Frau Westphal war der Springer, der die Drecksarbeit erledigen musste. *Remis, Arnold? Nein, kein Unentschieden. Du hast meinen letzten Zug nicht vorausgesehen. Den entscheidenden Zug!*

Mia schob die Übergardine zur Seite und rannte los, vorbei an James und Frau Westphal, die beide sichtlich erschraken. Die Tür riss Mia mit so großer Wucht auf, dass sie an das dahinterliegende Regal knallte.

»So bleib doch stehen«, hörte sie Nancys Stimme hinter sich.

Nein. Die gegnerische Dame würde Mia nicht mehr zu fassen bekommen. Sie war wieder einmal auf einen Menschen hereingefallen, dem sie vertraut hatte. Alle waren sie nur die Spielfiguren von Arnold.
»Gnä' Frau, bleiben Sie bitte stehen und lassen Sie uns über alles reden«, rief James. *Der Turm ist die zweitstärkste Schachfigur nach der Dame. Er kann sich horizontal wie auch vertikal bewegen und darf über jedes freie Feld bis zum Rand ziehen.*

Mia spurtete durch den Eingangsbereich, vorbei an der Rezeption, die zu dieser späten Stunde unbesetzt war, in Richtung Ausgang. Dabei rannte sie mit vollem Tempo in einen Rollstuhl, den eine Frau gerade vor sich herschob, und ging zu Boden.

»Jetzt warte doch mal«, rief Nancy, die fast bei Mia angekommen war.

»Lass mich in Ruhe, du falsche Dame«, schrie Mia, stand auf und eilte hinaus. Die Kälte schlug ihr entgegen und stach wie spitze Nadeln durch ihre dünne Bluse bis auf die Haut.

Doch für ihren nächsten und letzten Zug würde das keine Rolle mehr spielen.

Vor dem Sanatorium stand ein Fahrzeug, dessen Türen weit geöffnet waren. Mia sprang auf den Fahrersitz. Den Knopf, um den Wagen von innen zu verschließen, entdeckte sie sofort und betätigte ihn. Der Zündschlüssel steckte. Es war keine Zeit, um den Sitz auf Mias Größe einzustellen, daher rutschte sie mit ihrem Gesäß weiter nach vorne, damit sie die Pedale durchdrücken konnte. Kupplung, Bremse, Gas. Sie trat mit einem Fuß auf die Kupplung, mit dem anderen auf die Bremse und drehte den Schlüssel. Erster Gang, Kupplung kommen lassen, Gas. Sie fuhr gerade noch rechtzeitig an, bevor der Turm an der Beifahrertür angelangt war. *Nein, nein, mein Lieber, es kommt auch nicht zu einer Rochade. Du denkst, du kannst den Platz mit König Arnold tauschen? Nein!* Mia konnte noch im Rückspiegel die unbekannte Frau sehen, die, diesmal ohne Rollstuhl, aufgeregt mit ihren Armen fuchtelte und dem Auto einige Schritte hinterherlief.

Hauptsache, weit weg von diesem Sanatorium und weit weg von diesen Spielfiguren. Sie war überrascht, dass sie mit dem Fahrzeug so gut zurechtkam. Immerhin hatte sie keinen Führerschein. Doch es gab bestimmt auch Naturtalente. Zu irgendetwas musste sie ja nutze sein. Wenn Arnold sie sehen könnte …
Wie lange sie bereits auf der Autobahn fuhr, wusste sie nicht. Es war dunkel und kaum ein anderes Fahrzeug war unterwegs. Nur ein Auto, das Mia seit geraumer Zeit verfluchte, fuhr direkt hinter ihr und überholte nicht. Die Scheinwerfer blendeten. Sie musste schneller sein als ihre Verfolger und drückte das Gaspedal bis zum Anschlag durch. Der Nachrichtensprecher im Autoradio verkündete die 0:00 Uhr-Nachrichten, und somit läutete er auch den Beginn eines neuen Monats ein.

38. Kapitel

Dezember 2014 - Murphy

Ob es richtig gewesen war, die Polizei einzuschalten? Wenn der Unbekannte Linda auf dem Weihnachtsmarkt traf und nur den leisesten Verdacht hegte, dass sich Beamte in Zivil unter die Passanten gemischt hatten, würde er Leonie niemals freigeben.

»Geht es meiner Tochter gut?«, fragte Linda das Nummernschild-Orakel. Ein Fahrzeug bog vor ihr auf den Friedrichring ein. Die letzte Zahl auf dem Nummernschild war eine Drei. Linda atmete auf. Selbst wenn der Entführer die Beamten nicht bemerken würde, was, wenn er Linda abtastete und die Kabel entdeckte, die die Polizistin vorhin an Lindas Oberkörper befestigt hatte?

»Bekomme ich mein Kind heute gesund zurück?«, war die nächste Frage an das Orakel. Vor der Einfahrt in die Schwarzwald-City-Tiefgarage stand ein Lieferwagen. Die letzte Zahl war eine Null. Neutral. Die Zukunft war noch nicht geschrieben. Es lag also alles in ihren Händen.

»Sind wir schon da?«, fragte Jens von der Rückbank aus. Linda hatte ihn nicht davon abbringen können, sie zu begleiten. »Wir haben einen Zugang vom Haus, direkt in die Garage, da kann uns keiner beobachten«, waren seine Worte gewesen. Linda sah in den Rückspiegel und bemerkte, wie sich die Lehne der nach innen umgeklappten Rückbank bewegte. Jens war ein großer, stattlicher Mann. Er musste demnach eine sehr unbequeme Position, kauernd im Kofferraum, eingenommen haben.

»Ich fahre gerade in die Tiefgarage«, erklärte Linda.

»Wenn es nicht wichtig ist, dann sollten Sie jetzt nicht sprechen«, tönte es aus dem Knopf in Lindas Ohr. »Sie könnten beobachtet werden, und jemandem könnten Ihre Lippenbewegungen auffallen.«

Heute, am 23. Dezember, war das Parkhaus in der Innenstadt voll belegt. Jetzt waren auch diejenigen, die bislang noch keinen Urlaub gehabt hatten, unterwegs, um die letzten Geschenke einzukaufen. Linda wartete an der roten Ampel zur Einfahrt.

»Alles besetzt um diese Zeit, was?«, sagte Jens. Linda räusperte sich. Sie glaubte zwar nicht, dass sie gerade jetzt von dem Entführer ihrer Tochter beobachtet wurde, wollte sich aber dennoch den Anweisungen der Polizei nicht widersetzen. Linda hatte die Heizung in Jens' Auto auf die höchste Stufe gestellt. Trotzdem war ihr kalt. Sie zitterte. Kalter Schweiß bildete sich an ihren Handflächen, und sie wischte ihn an ihren Hosenbeinen ab. Konnte sie ruhig bleiben, wenn sie vor ihm stand? Sie betete, dass es Leonie gut ging.

Die Ampel sprang auf grün. Linda öffnete das Seitenfenster, zog ein Parkticket aus dem Automaten und fuhr um die erste Kurve nach unten. Nach quälend langer Suche fand sie endlich einen Parkplatz und stellte den Wagen ab.

»Du steigst aus und ich folge später unauffällig, wie besprochen«, flüsterte Jens. Linda hielt sich die Hand vor den Mund, täuschte ein Niesen vor und hauchte ein »Ja«. Ihre Beine fühlten sich immer noch an, als bestünden ihre Muskeln aus Wackelpudding. *Waldmeister, den liebt Leonie.* Sie öffnete die Tür, zog den Schlüssel ab und schnappte sich ihre Handtasche. Der Boden schien bei jedem Schritt nachzugeben. Lindas Kopf dröhnte und der Specht hatte seinen Platz gegen einen Presslufthammer eingetauscht. Vor den Aufzügen warteten bereits eine Menge Leute. Linda bekam keine Luft, und mit dem Hämmern in ihrem Kopf entschloss sie sich für die Treppe. Sie hielt inne, atmete ein und wieder aus und vergewisserte sich, dass ihr Smartphone eingeschaltet war. Hier unten hatte sie keinen Empfang. Daher steckte sie es zurück in die Jackentasche und setzte ihren Weg fort. Sie wollte so schnell wie möglich ins Erdgeschoss und auf den Weihnachtsmarkt. Dorthin, wo auch Leonie war. Würde er sie denn mitbringen? Das wäre dumm, aus seiner Sicht zumindest. Linda krallte sich am Treppengeländer fest und zog sich mit aller Kraft nach oben. Der Wackelpudding und der Presslufthammer ließen es nicht zu, dass sie schneller ging.

Je näher Linda in Richtung Rathausplatz und Weihnachtsmarkt kam, desto mehr schnürte ihr die Angst den Hals ab. Auch wenn ihr jetzt der kalte Wind entgegenschlug, fiel ihr das Atmen schwer. Die Besucher drängten sich zwischen den eng stehenden Holzbuden durch die schmalen Gänge. Linda wurde mit der Menge mitgeschoben und hatte keine Chance auszubrechen.
Von jeder Bude dröhnte ein anderes Weihnachtslied. Bei dieser Lautstärke würde sie das Klingeln ihres Smartphones niemals hören. Linda schob sich aus dem Gedränge in den schmalen Gang zwischen zwei Weihnachtsständen, nahm ihr Handy aus der Tasche und schaltete auf Vibrationsalarm. Sie musste raus. Weg von diesen Menschenmassen, weiter an den Rand des Marktes. Mit dem Mobiltelefon in der Hand quetschte sich Linda zwischen den Holzbuden auf die andere Seite. Ein heftiger Rempler von einem Passanten ließ sie stolpern und hart auf die Knie fallen. Eine Hand, die ihr aus der Menge entgegengestreckt wurde, half ihr, wieder auf die Beine zu kommen. Verloren. Sie hatte verloren. Fassungslos starrte Linda auf den Boden, doch das Smartphone, das ihr aus der Hand gerutscht war, war verschwunden.

»Das Handy ist weg«, sagte Linda laut.

»Kann ich Ihnen beim Suchen helfen?«, fragte eine männliche Stimme. Linda sah auf und blickte in ein bekanntes Gesicht, dem sie im ersten Augenblick aber keinen Namen zuordnen konnte. Einstweilen nahm sie automatisch die Hand, die ihr freundlich entgegengestreckt wurde. Dann hatte sie eine Situation zu dem Gesicht gefunden.

»Sie sind doch der Notarzt, der mich behandelt hat, nicht wahr?«

»Ja. Dr. West. Guten Tag, Frau Dr. Schwarz. Wo haben Sie es denn verloren?«

»Was?«, rief Linda lauter. Der Presslufthammer und die Weihnachtslieder dröhnten ihr in den Ohren. *Ihr Kinderlein kommet.*

»Ihr Telefon? Wo haben Sie es verloren?«, rief nun Herr Dr. West so laut, dass Linda ihn verstehen konnte.

»Ungefähr hier.« Linda deutete mit dem Finger auf die Stelle. Der Notarzt bückte sich und suchte zwischen den unzähligen Füßen der Passanten. Er hatte ein breites, weißes Pflaster seitlich am Kopf und seine Haare waren um diese Stelle großflächig abrasiert worden. An seiner Hand konnte Linda tiefe Kratzspuren erkennen. Er musste einen Unfall gehabt haben.

»Wahrscheinlich geklaut«, rief er, als er wieder aufrecht stand. »Lassen Sie uns aus dem Gedränge, ein Stück zur Seite gehen.«

Linda drückte immer wieder gegen den Knopf in ihrem Ohr, aber sie bekam keine Anweisungen. Was sollte sie tun? Kein Handy – kein Anruf. Kein Anruf – kein Treffen mit dem Entführer. Kein Treffen – keine Leonie.

»Haben Sie Ohrenschmerzen? Ist doch etwas von dem Schlag auf Ihren Kopf zurückgeblieben?«, erkundigte sich der nette Arzt.

»Nein, das ist alles viel komplizierter«, antwortete Linda.

»Warum sind Sie denn auf dem Weihnachtsmarkt? Ich denke nicht, dass Ihnen dieser Rummel gut bekommt, mit Ihrer Gehirnerschütterung.« Er nahm sie beim Arm und half ihr durch das Gedränge in einen Seitengang.

Sie konnte dem Arzt keine Antwort mehr geben. Linda blieb wie angewurzelt stehen und starrte auf den Boden.

»Was haben Sie denn? Ist Ihnen nicht gut?«, fragte Dr. West. Linda schnürte es den Atem ab.

»Frau Dr. Schwarz?« Der Arzt fühlte Lindas Puls.

Sollte es tatsächlich möglich sein? Nein, sie irrte sich bestimmt. Auf dem Weihnachtsmarkt waren viele Kinder und einige von ihnen würden auch, so wie Leonie, nie das Haus ohne ihr geliebtes Kuscheltier verlassen. Linda bewegte sich. Langsam, aber sie kam voran. Sie beugte sich nach unten und hob das verdreckte Plüschtier auf. Murphy. Auch wenn es bestimmt einige dieser Murphys gab, war sich Linda ganz sicher, dass er Leonie gehörte. Sein Ohr war nachträglich mit einer falschen Garnfarbe festgenäht worden, das reichte Linda als Beweis. Ihr wurde übel.

»Was ist denn mit diesem Plüschtier?«, fragte Dr. West.

Das plötzliche, durchdringende Piepen schmerzte in Lindas Trommelfell. Sie griff reflexartig an ihr Ohr, riss den

Funkknopf heraus und pfefferte ihn auf den Boden. Doch es war immer noch da, das Piepen, und wollte Lindas Gehörgang auch nicht wieder verlassen. Sie schüttelte den Kopf und kniff die Augen zusammen.

»Wa... w... denn das?« Mehr konnte Linda zwischen dem Dröhnen und Piepen in ihrem Schädel nicht hören.
Sie stand da, sah Dr. West an und drückte Murphy eng an ihre Brust.

»Ge...örte ...ochter?« Linda sah hinüber zum Kinderkarussell. »Oh… fr…licheee«. Hatte ihr Karussell bereits in Jens' Wohnzimmer aufgehört, sich zu drehen, so wurde gerade jetzt für sie die zweite Runde eingeläutet. Ein fremdes Kind lief an ihr vorbei und zupfte an einer voluminösen Zuckerwatte. *Leonie, sie liebt diesen pappigen, süßen Wattebausch.*

»...nda.« Linda wurde am Arm gepackt. Sie erschrak, ließ Murphy und ihre Handtasche fallen und drehte sich um. Jens. Dann ging alles ganz schnell.

Im gleichen Moment, als Linda sich wieder zu Dr. West drehte, bückte sich dieser und griff nach Lindas Handtasche, die auf den Boden gefallen war. Blitzschnell fasste Linda einen Henkel.

»Danke.« Als sie bemerkte, dass Dr. West nicht loslassen wollte, zog auch Linda fester an ihrer Handtasche. Menschen drängelten, sie wurde angerempelt und ging fast zu Boden. Von Weitem sah sie zwei Beamte in Zivil, doch

Linda hatte die Handtasche und damit auch den Stick. Dr. West war verschwunden.

»W...kon...cht stehen.« Sie hatte fast alles verloren, ihr Gehör, den Kreislauf, ihre Muskelkraft, und im nächsten Moment würde sich auch ihr Gehirn abschalten. Doch sie würde es nicht zulassen, diesen USB-Stick zu verlieren und somit die Chance, ihr Kind wieder wohlbehütet in ihre Arme schließen zu können. Sie wurde angerempelt und von Jens getrennt. Fremde Personen, die auf sie einredeten und an ihr herumzupften. Sie verstand kein Wort. »Sie haben aber eine nette Tochter«, hatte der Anrufer gesagt. Worte … sie waren wie eine geschärfte Waffe und konnten tief in die Seele stechen. Ein totes Mädchen lag in der Pathologie und Murphy lag im Rinnstein. Ihr Ehemann und Vertrauter lag im Koma, und selbst wenn er wieder erwachte, wäre nichts so wie früher.

Weg. Linda wollte fliehen, nein, fliegen. So leicht sein wie ein Vogel. Weit weg sein von den fremden Menschen und dem Lärm. Sie riss sich los und rannte. Auch wenn sich alles um sie herum drehte, auch wenn sie wackelige Beine hatte und ihr der Kopf dröhnte. Das Einzige, was sie jetzt noch tun konnte, war fliehen, um diese Daten zu retten.

Wie lange sie schon auf der Autobahn gefahren war, wusste sie nicht. Sie benötigte auch kein Taschentuch mehr und sah fokussiert auf die Straße. Es war dunkel und der Regen peitschte an die Windschutzscheibe. Kaum ein Fahrzeug war zu sehen, nur die Scheinwerfer hinter ihr blendeten. Sie trat aufs Gas. Ein Knall. Der Wagen kam ins Schleudern und drehte sich. Er wurde wie von Geisterhand gelenkt. Bei dem Versuch, die Lenkung in den Griff zu bekommen, wurde Lindas Hand verdreht und weggeschleudert. Das Auto rutschte zur Seite. Plötzlich kam eine Leitplanke in den Lichtkegel der Scheinwerfer. Der Aufprall war so heftig, dass ihr Schädel gegen das Seitenfenster geschleudert wurde. Der Airbag öffnete sich mit einem Knall und das Fahrzeug kam zum Stehen. Sie hatte keine Zeit, darüber nachzudenken, was passiert war. Zögerlich griff sie an ihre schmerzenden Schläfen und besah sich danach ihre Finger. Blut. Sie musste aus diesem Auto. Die Verankerung des Sicherheitsgurtes klemmte. Verzweifelt drückte Linda immer wieder auf den Knopf. Gleich darauf wurde die Fahrertür aufgerissen. Dr. West befreite Linda von dem Gurt, packte sie um die Schultern und zog sie unsanft aus dem Auto. Er schleuderte sie auf die nasse, kalte Straße. Von dort aus beobachtete Linda, wie er sich über den Fahrersitz beugte. Dr. West hatte sie verfolgt. Er war brutal. Nicht der nette Arzt, der noch auf dem Weihnachtsmarkt so höflich zu ihr gewesen war. In einiger Entfernung sah sie blaue, blinkende Lichter, die sich in den Pfützen der Straße spiegelten. Er war der Entführer von Leonie und damit auch der ominöse Anrufer. Demnach konnte auch nur Dr. West Linda zu ihrer Tochter bringen. Sie rollte sich zur Seite. Blut vernebelte ihr die Sicht. Sie versuchte, es mit dem Ärmel ihrer Jacke notdürftig abzuwischen. Dr. West hangelte sich wieder aus dem Pkw, Lindas Tasche in der Hand. Mit großer Mühe stützte sich Linda auf die Ellenbogen, doch auch die Kraft in ihren Armen hatte nachgelassen. Sie griff an sein Hosenbein und krallte sich daran fest.

»Frau Doktor hat noch nicht genug?« flüsterte der Arzt bedrohlich, holte aus und bohrte seinen Stiefel in Lindas Magen. Auch wenn es sich so anfühlte, als wären ihre Organe gerade wie Luftballons geplatzt und Flüssigkeit würde nun ziellos in ihrem Unterleib umherschwappen, sie musste Dr. West festhalten. Er war der einzige, der sie zu Leonie bringen konnte.

»Lass los!«, zischte er wütend und schlug ihr mit der geballten Faust ins Gesicht. Ihre Finger krallten sich wie Schraubzwingen in sein Hosenbein. Er würde sie schon töten müssen, bevor sie losließ. Niemals würde sie freiwillig den einzigen Bezug zu Leonie verlieren. Auch dann nicht, wenn er ihren Schädel gegen den Asphalt knallen ließ, so wie gerade eben, und es nur eine Frage der Zeit war, bis sich ihre Gehirnmasse auf der Straße verteilen würde. Die Blaulichter waren ganz nah. Das grelle Licht und das Blut, das ihr in die Augen lief, zwangen Linda, die Lider zu schließen. Aber auch wenn sie nichts mehr sehen konnte, dieses Stück Stoff zwischen ihren Fingern hielt sie fest. So fest wie den Glauben daran, dass Leonie noch lebte.

Fahrzeuge hielten in der Nähe und Autotüren knallten.

»Waffe fallen lassen und Hände hoch«, schrie eine fremde männliche Stimme. Linda konnte ein Klacken hören. Dann fiel ein Schuss.

39. Kapitel

Einige Monate später

Auf der Wiese nebenan verströmten die alten Apfelbäume ihren zarten Duft. An der hohen Mauer blühte ein lila Fliederbusch in voller Pracht. Stiefmütterchen und Narzissen waren frisch gepflanzt. Der große Engel an der Ecke sah aus wie ein gutmütiger Geselle, der über die Gräber wachte. Die Marmorplatte, die in den Boden eingelassen war, glänzte. Sie lag unter einem großen Baum, dessen Blätter saftig grün leuchteten. Jens bückte sich, zündete die Kerze an und stellte das Grablicht auf die Platte.

»Ich kann es einfach nicht begreifen«, sagte Thomas. Jens legte die Hand auf Thomas' Schulter, doch in diesen Momenten gab es keinen Trost.

»Wie geht es dir? Was sagen die Ärzte?«, fragte Jens.

»Ich muss noch einige Wochen Physio- und Ergotherapiebehandlungen durchstehen, aber ich hatte Glück und es wird wohl kaum etwas zurückbleiben von dem Unfall. Aber was nutzt das jetzt noch?« Thomas drückte Jens seine Krücke in die Hand, beugte sich zu der

Marmorplatte und legte eine dunkelrote Rose darauf.

»Papa«, rief Leonie. Sie löste sich von Svenjas Hand und rannte auf Thomas zu, den verdreckten Murphy unter dem Arm.

»Hast du es ihr erklärt?«, flüsterte Jens.

»Ja.« Thomas schluckte schwer.

»Mööfie passt jetzt auf dich auf, Mama«, sagte Leonie und legte das Plüschtier auf die Grabplatte. Dann wurde es ganz still. Susanne, die neben Jens stand, reichte ihm stumm ein Taschentuch.

»Ich bin schuld«, schluchzte Thomas schließlich und durchbrach die Stille. Jens gab Svenja ein Zeichen, die daraufhin Leonie an die Hand nahm und mit ihr davonspazierte.

»Dich trifft doch keine Schuld, Thomas. Es war ein Unfall«, sagte Jens.

»Aber das alles ist ja nur durch mich entstanden. Ich hätte sie einweihen müssen. Gleich nachdem ich entdeckt hatte, welches Spiel mein Kollege vom Institut und dieser Dr. West spielen. Ich hätte auch sofort mit den Beweisen auf dem Stick zur Polizei gehen müssen, anstatt ihn in einem Bankschließfach zu deponieren. Auch einer Kollegin war aufgefallen, dass da etwas nicht stimmte. Sie hatte mir einige gespeicherte Daten auf einem USB-Stick in einem Umschlag in den Briefkasten geworfen, bevor sie in Urlaub gefahren ist. Ich wollte mit dem Gang zur Polizei warten, ich wusste ja, dass mein Kollege einen Partner haben musste, den ich bis dato noch nicht kannte. Damit waren Linda und Leonie in Gefahr«, brach es aus Thomas heraus.

»Du konntest doch nicht wissen, wie skrupellos dieser Dr. West war. Der ominöse Anrufer, der Einbrecher, der Erpresser und mutmaßliche Entführer von Leonie …« Jens machte eine kurze Pause. »Wir waren auch dumm. Ich war bei seinem letzten Anruf dabei. Er hat uns an der Nase herumgeführt. Linda und auch wir waren davon überzeugt, dass er Leonie entführt hatte. Doch dem war nicht so. Linda hat ihm selbst gesagt, dass Leonie verschwunden war – vorher hat er das gar nicht gewusst! Es hätte mir spätestens dann auffallen müssen, als er gefragt hatte, wo Leonie verschwunden war … aber in der Aufregung ...« Jens schüttelte den Kopf, »Kann sich Leonie denn mittlerweile daran erinnern, wo sie war oder was genau passiert ist?«

»Nach der mutmaßlichen Entführung stand sie einfach einige Tage später vor unserer Haustür. Wie du weißt, hat unsere Nachbarin sie gefunden und die Polizei informiert. Ich danke euch nochmals, dass ihr Leonie bei euch aufgenommen habt, solange ich im Krankenhaus war. Sie hat nur die Erinnerung an dich und deine Familie nach der Entführung. Sie muss da etwas durcheinanderbringen. Aber das ist ja kein Wunder, bei dem Stress.«

»Aber es geht ihr gut, sie ist doch gesund, oder?«, wollte Jens wissen.

»Ja, zum Glück.« Thomas stützte sich auf das andere Bein. Es fiel ihm sichtlich schwer, so lange zu stehen. »Mit Leonie ist alles in Ordnung, aber ob ich nach dem PID-Skandal meinen Job behalten kann, ist noch nicht klar.«

»Ja, das Thema Präimplantationsdiagnostik wird seit Wochen heiß diskutiert, nach diesen Schlagzeilen in der Presse«, sagte Jens.

»Natürlich. Meine Forschungsgelder sind momentan auf Eis gelegt. Gut«, Thomas hob seine Krücken hoch, »es wird auch noch eine Zeit dauern, bis ich wieder arbeiten kann. Mein Ex-Kollege sitzt in Untersuchungshaft. Er hat die PID im Institut durchgeführt, und West, dieser Arsch, hat dann seine gynäkologische Privatpraxis benutzt, um den betuchten Patientinnen die designten Embryonen einzusetzen. An die anderen Frauen darf ich gar nicht denken – diejenigen, die einen der übrigen Embryonen bekommen haben, ohne zu wissen, was man ihnen da einpflanzt.«

Es wurde wieder still. Sie betrachteten den Stein und die Inschrift:
»Dr. Linda Schwarz 02.02.1982 – 01.03.2015 Für immer in unseren Herzen.«

Langsam machten sie sich zurück auf den Weg zum Parkplatz. Als alle vorangegangen waren, zündete Jens eine zweite Kerze an, bückte sich und stellte das Grablicht auf die Marmorplatte.

40. Kapitel

Die letzten Studenten drängten sich durch die Reihen auf die noch wenigen freien Plätze. So gut besucht hatte Jens den Hörsaal das letzte Mal gesehen, als er selbst noch auf der anderen Seite des Pultes gesessen hatte. Auch sein alter Professor und Mentor hatte in der ersten Reihe Platz genommen, um seiner Gastvorlesung zu einem ganz besonders interessanten Fall beizuwohnen. Nachdem Jens die Anwesenden begrüßt hatte, begann er mit seinem Vortrag.

»Wie Sie wissen, kommen einige Studien zu dem Ergebnis, dass unser Gedächtnis wie eine Videokamera funktioniert und alle Erlebnisse eins zu eins abspeichert. Von dieser Erkenntnis müssen zuweilen auch Juristen überzeugt sein, die einem einzigen Augenzeugen Glauben schenken. Es gilt allerdings ebenfalls als erwiesen, dass unser Gehirn vom Aufbau her nicht auf detaillierte Erinnerungen ausgelegt ist. Befragen Sie zum Beispiel bei einem Verbrechen mehrere Zeugen, so werden sich die Aussagen zwar meist ähneln, jedoch nie hundertprozentig identisch sein.

Wenn nun bei einer Person eine äußerliche Einwirkung wie ein Trauma, Hypnose, Suggestion oder auch Stress und Erschöpfungszustände hinzukommt, kann sich der False-

Memory-Effekt entwickeln. Stellen Sie sich unser Gehirn wie die Festplatte eines Computers vor. Immer, wenn wir als User auf etwas Abgespeichertes zugreifen, wird diese Datei verändert, unbewusst mit weiteren Details bestückt, abgewandelt und überschrieben. Die Betroffenen sind dann der festen Überzeugung, dass sich alle Erinnerungen genau so zugetragen haben und nicht anders.« Er räusperte sich kurz und trank einen Schluck Wasser.

»Bei dem vorliegenden Fall wird es nun noch komplizierter. Es handelt sich um eine Frau, die mit ihren dreiunddreißig Jahren mitten im Leben stand. Eine Mutter, Ehefrau, selbst Psychologin und nicht zuletzt eine liebe Kollegin von mir. Dr. Linda Schwarz.« Ein Raunen ging durch die Menge. Auch Linda hatte hier an der Universität als Gastdozentin schon einige Vorlesungen abgehalten und war bei vielen Studenten bekannt.

»Darf ich wieder um Ruhe bitten«, sagte Jens und drehte das nächste Blatt mit seinen Notizen um. »Bis auf ihr Kindheitstrauma, das sie nie aufgearbeitet hatte, war Frau Dr. Schwarz psychisch gefestigt«, fuhr er fort.

»Können Sie das Kindheitstrauma beschreiben?«, fragte ein wissbegieriger Student.

»Ihre Mutter war an Krebs verstorben, daraufhin hat sich ihr Vater auf dem Dachboden erhängt. Frau Dr. Schwarz war zu diesem Zeitpunkt erst fünf Jahre alt. Die Tragödie war, dass *sie* ihren Vater tot auf dem Dachboden gefunden hatte.« Jens schluckte schwer und griff erneut nach dem Glas Wasser auf dem Pult vor ihm.

»Ab Dezember 2014 überschlugen sich dann die Ereignisse in ihrem direkten Umfeld. Ihr Mann hatte einen Unfall und lag daraufhin im Koma. Sie wurde erpresst, überfallen und glaubte zuletzt, ihre Tochter sei entführt worden.«

»Warum glaubte? War das denn nicht so?«, fragte derselbe Student.

»Das möchte ich hier nicht im Einzelnen erörtern. Es geht mir lediglich darum, zu verdeutlichen, unter welch intensiver psychischer Belastung Frau Dr. Schwarz stand«, antwortete Jens.

»Nun behalten Sie Frau Dr. Schwarz und ihren psychischen Zustand bis zu diesem Punkt im Gedächtnis und wir machen einen kleinen Schnitt.

Anfang Dezember wurde eine schwer misshandelte Patientin in die Feldmann-Klinik eingeliefert. Sie war völlig verstört und irrte tagelang im Stadtpark umher, bis sie von der Polizei aufgegriffen und zu uns in die Feldmann-Klinik gebracht wurde. Sie hatte keine Ausweispapiere, und wir haben auch erst viel später eine versteckte EC-Karte bei ihr gefunden. Diese Patientin hieß Mia Kronen. Sie konnte sich nicht artikulieren und drohte mit Suizid. Frau Kronen sprang auf einen Tisch und hielt sich eine Scherbe an die Halsschlagader. Da sich Frau Kronen keinem Therapeuten, sondern nur den Papageien in unserem Atrium anvertraute, hatte Frau Dr. Linda Schwarz die Idee, dort eine Aufnahmegerät zu installieren. Sie war es dann auch, die diese Aufnahme analysierte. Wochenlang hat sich Frau Schwarz intensiv mit dieser Patientin beschäftigt.« Jens drehte das Blatt um und schob es in den Stapel nach unten.

»Nun gehen wir wieder zurück zu der psychischen Belastung von Frau Dr. Schwarz. Im Verlauf der Ereignisse musste sie auch schwere körperliche Blessuren ertragen. Einige Wochen war Frau Dr. Schwarz dann im Krankenhaus zur Erholung. Im Februar 2015 wurde sie mit der Diagnose Trauma und False-Memory-Effekt zu uns als Patientin in die Feldmann-Klinik überwiesen.«

»War sie auf der geschlossenen Station untergebracht?«, fragte eine Studentin.

»Nein das war nicht notwendig. Wir wussten allerdings auch bis dahin nicht, dass sie eine zusätzliche Persönlichkeits- und visuelle Wahrnehmungsstörung hatte. Eine dissoziative Identitätsstörung. Allerdings war es nicht so, dass mehrere Persönlichkeiten von ihr Besitz ergriffen hatten, sondern nur eine. Bei dieser Störung zerfallen Denken, Handeln, Erinnerung und die eigene Identität vollkommen. Direkt beim Frühstück am ersten Morgen las Frau Dr. Schwarz die Todesanzeige von Frau Mia Kronen. Das war der Zeitpunkt, an dem Frau Linda Schwarz dann vollkommen die zweite Persönlichkeit, also Mia Kronen, übernommen hatte. Durch die zusätzliche dissoziative

Wahrnehmungsstörung, die durch die Schwere der Erkrankung besonders ausgeprägt war, hat Frau Dr. Schwarz als Mia Kronen auch ihre Umgebung und Personen anders gesehen und wahrgenommen.
War es in Wahrheit unsere bescheidene Kantine, so sah die zweite Mia Spiegelwände, Stuhlhussen, dicke rote Teppichböden und in ihrem Zimmer ein rustikales Ölgemälde mit einem Hirsch, der sie ständig anstarrte. Es hing tatsächlich ein Gemälde in dem Zimmer und dieses hatten wir auch mit Kameras ausgestattet, aber es war eher abstrakt und nicht bildlich. Ich mutierte plötzlich zu dem Butler James und unsere nette Studentin im letzten Semester«, Jens zeigte auf die junge Frau in der ersten Reihe, »Frau Nancy Hesse, war eine Patientin im Sanatorium, das in Wahrheit die Feldmann-Klinik war.

Mia Kronen Nummer zwei, also Frau Dr. Schwarz, konnte natürlich nicht begreifen, warum sie ihre eigene Todesanzeige in den Händen hielt, und machte sich am nächsten Tag daran, die mysteriöse Geschichte aufzuklären. Natürlich wäre es viel zu gefährlich gewesen, wenn die Patientin ohne Aufsicht die Klinik verlassen hätte, und so haben wir ihr Frau Nancy Hesse zur Seite gestellt. Diese war ständig über das Smartphone mit uns in Kontakt. Zu den weiteren Ausführungen darf ich Sie, Frau Hesse, zu mir bitten.« Die Studenten klopften auf die Tische.
Nancy legte einen Ordner über die Notizen von Jens.

»Frau Dr. Schwarz war so davon überzeugt, Mia Kronen zu sein, dass sie tatsächlich alle Informationen über ihre ehemalige Patientin als eigene Erinnerungen übernahm und durch den diagnostizierten Memory-Effekt das eine oder andere Detail noch hinzufügte. Selbst die Schmerzen der Misshandlungen, die Frau Kronen durch ihren Ehemann hatte erleiden müssen, spürte Frau Schwarz ganz deutlich. Sie hatte panische Angst und litt an Verfolgungswahn. Überall sah sie ihren gewalttätigen Ehemann – eigentlich den von Frau Kronen. Ich dachte, wenn ich sie Stück für Stück mit der Realität konfrontiere, hätte dies eine positive Wirkung. Wir waren bei der Zeitungsredaktion, in der Bank, auf dem Standesamt, im Beerdigungsinstitut und auf dem Friedhof. Selbst als sie eine Ausweiskopie von Mia Kronen in den Händen hielt, wunderte sie sich kaum.«

»Hatte Frau Dr. Schwarz denn so viel Ähnlichkeit mit dieser Mia Kronen?«, unterbrach ein Student.

»Nein, nicht sehr. Die Größe, die Augenfarbe und die Frisur stimmten überein. Dr. Hartmann«, sie zeigte auf Jens, »hatte erwähnt, dass Frau Dr. Schwarz sich die Haare im Dezember schneiden und färben ließ. Der Herr vom Beerdigungsinstitut händigte uns eine schlechte Schwarz-Weiß-Kopie aus. Das Foto von Frau Kronen war auch schon neun Jahre alt. Mit gutem Willen kann man jedoch viel hineininterpretieren.«

»Haben Sie denn niemanden getroffen, der die echte Frau Kronen gekannt hat?«

»Doch, tatsächlich. Aber es handelte sich hierbei um eine 86 jährige Frau mit Sehschwäche. Diese alte Dame hatte ihre Zweifel, aber die konnte Frau Dr. Schwarz alias Mia Kronen mit ihrem Wissen, das sie von den analysierten Aufnahmen hatte, aus dem Weg räumen«, erklärte Nancy.

»An was ist Frau Dr. Linda Schwarz verstorben?«

Nancy sah fragend zu Jens. Er stand auf und übernahm den Podiumsplatz wieder.

»Das größte Vertrauen hatte Frau Dr. Schwarz alias Mia Kronen nach diesen gemeinsamen Erlebnissen natürlich zu Frau Hesse aufgebaut. Sie war ihre Freundin und Vertraute. Ich war nur der Butler James und konnte sie nicht einmal mit ihrem richtigen Namen ansprechen. Da wir nicht einschätzen konnten, was passieren würde, wenn wir sie direkt damit konfrontieren, sprach ich sie nur mit gnä' Frau an.

Selbst bei einer solchen Persönlichkeitsstörung ist das einmal Gelernte nicht vollkommen verschwunden, daher wollte ich an ihren psychologischen Verstand appellieren. Frau Hesse brachte Linda alias Mia spät abends unter einem Vorwand in mein Büro. Hier sollte sie eine Unterhaltung mithören zum Thema Memory-Effekt und Persönlichkeitsstörung. Allerdings kamen wir nicht so weit. Sie rannte wütend aus dem Büro, sprang in das nächste Auto und fuhr davon. Leider hatte sie dann einen tödlichen Unfall.« Jens sah zu Boden. »Meinen Kollegen und mir ist so ein Fall noch nicht untergekommen. Ich habe die

Erlaubnis des Ehemannes von Frau Dr. Schwarz, dass ich Ihnen meine gesammelten Unterlagen in Kopie für Studienzwecke zur Verfügung stellen darf.«

»Herr Dr. Hartmann«, meldete sich eine Studentin in der letzten Reihe. »Was genau ist denn mit der echten Mia Kronen passiert?«

»Mia Kronen starb tatsächlich am 25. Januar 2015 – die Todesanzeige entsprach den Tatsachen. Sie hatte es geschafft, aus der geschlossenen Abteilung zu entkommen. Frau Kronen kletterte auf das Stahlgerüst einer Autobahnbrücke und sprang in den Fluss. Wir haben sofort die Polizei informiert, doch es war zu spät. Wir konnten sie nicht aufhalten. Zu tief waren nicht nur ihre äußerlichen Wunden, sondern die seelische Zerstörung, die sie durch die Misshandlungen ihres Ehemannes erleiden musste.«

»Was ist mit diesem Schwein von Ehemann passiert?«, wollten drei Studentinnen zeitgleich wissen.

»Der Ehemann hieß Dr. Arnold West. Er war auch der mutmaßliche Entführer der Tochter von Frau Dr. Schwarz. Da ich hier die Zusammenhänge der Erpressung nicht im Einzelnen erörtern möchte, nur so viel: Frau Dr. Schwarz war auf der Flucht, da sie die geforderten Daten in Sicherheit bringen wollte und in ihrer Situation vermutlich keinen anderen Ausweg sah. Dr. West hat sie auf der Autobahn verfolgt und mit einem gezielten Schuss in einen Autoreifen stoppen können. Die Polizei war ihm allerdings dicht auf den Fersen. Als er Frau Dr. Schwarz mit einer

Waffe bedrohte und es so aussah, als wollte er sie erschießen, waren die Polizisten schneller. Dr. Arnold West war sofort tot. Da es keine weiteren Verwandten gab, haben wir und im Besonderen unsere nette Oberschwester Frau Westphal, uns um die Beerdigung und die Todesanzeige für Frau Mia Kronen gekümmert«, antwortete Jens. »Wir machen nun eine kurze Pause. Danach können Sie gerne weitere Fragen stellen.«

41. Kapitel

Er verbrachte gerne hier seine Mittagspause. Zwischen den tropischen Pflanzen, direkt neben dem plätschernden Teich und dem Springbrunnen. Ab und zu stand er auf und ging hinüber zu der Voliere. »Ich bin der Anton aus Tirol«, sang der Graupapagei. Emma, das Weibchen, hielt ihren Kopf schräg und ließ sich bereitwillig kraulen. Auch Linda hatte Jens hier ab und zu Gesellschaft geleistet. Er vermisste sie. Nicht nur als fachkundige Kollegin, sondern auch als Freundin. Hatte wirklich alles so weit kommen müssen? Wenn er anders gehandelt hätte, wäre sie dann noch am Leben? Hätte er eine Wahl gehabt? Würde er wieder genau so handeln?

»Das ist nicht Ihr Ernst, oder?« Nancy kam stampfend auf ihn zu und pfefferte einige Unterlagen auf den Glastisch. Jens entfernte sich von der Voliere, ging hinüber zum Tisch und setzte sich in einen der Korbstühle. Er warf einen Blick auf die Papiere und erkannte diese sofort.

»Woher haben Sie das?«

»Einige Studenten der gestrigen Vorlesung haben sich an mich gewandt und wollten eine weitere Kopie. Da ich Sie nicht finden konnte, habe ich mir erlaubt, den Aktenkoffer in Ihrem Büro zu öffnen.«

»Das ist dreist!«

»Dreist? Ha, ja nee, is klar. Jetzt mal nicht ablenken. Ich hab das Thema mit diesen Embryonen ja nur am Rande mitbekommen. Aber wenn ich das richtig verstehe, dann schlägt das dem Fass den Korken aus«, schimpfte Nancy.

»Boden«, verbesserte Jens.

»Nee, das ist mehr als eine bodenlose Sauerei. Können Sie mir das erklären oder soll ich gleich die Polizei verständigen?«

»Glauben Sie, dass Sie sich in diesem Fall ein Urteil erlauben können?«, fragte Jens, nahm die Brille ab und legte sie auf die Unterlagen. Er konnte einfach aufstehen und gehen, doch was hätte er damit erreicht? Nancy würde es nicht auf sich beruhen lassen. Sie war neugierig und wütend, das war keine gute Konstellation. Sie hatte eindeutige Beweise vorliegen und konnte damit sofort zur Polizei gehen. Jens hatte daher nur eine Chance. Er musste ihr die Frage stellen, die Frage, die ihn selbst bis heute jede Nacht verfolgte.

»Stellen Sie sich folgendes Szenario vor. Sie und Ihr Partner wünschen sich nichts sehnlicher als ein Kind. Nach zwei Jahren Hoffen und Bangen ist es dann so weit und Sie sind schwanger. Das Paar ist glücklich und freut sich auf das gemeinsame Baby. Doch der Tag der Geburt befördert Sie aus dem siebten Himmel direkt in die Hölle. Diagnose: Seltene Chromosomenanomalie. Wie geht es einer Mutter, die ihr Kind tot gebären muss, und dem Vater, der emotional tief mit Mutter und Kind verbunden ist?«

Nancy zuckte mit den Schultern und starrte ihn an.

»Wenn Sie von den Ärzten erfahren, dass Sie im Falle einer weiteren Schwangerschaft die Möglichkeit einer PID haben, um dieses Chromosom bereits im Embryostadium zu beseitigen, würden Sie dann …«

»Das erklärt aber immer noch nicht, warum Sie ausgerechnet Leonie, das Kind von Frau Dr. Schwarz, ausgesucht haben«, unterbrach Nancy.

»Nennen Sie es Schicksal, aber Dr. West war auch der Gynäkologe meiner Frau. Linda hätte uns niemals freiwillig … Außerdem hätte sie dann erfahren, dass Leonie einer der übrigen eingefrorenen Embryonen gewesen war. Sozusagen eine leibliche Schwester von Svenja.« *Wie in einem Memory-Spiel. Nur wenn du die zweite, identische Karte findest, kannst du sie als Paarung ablegen.*

»Langsam, ich verstehe kein Wort«, sagte Nancy.

»Es war wirklich nur ein Zufall und nicht beabsichtigt, dass Frau Dr. Linda Schwarz einer der übrig gebliebenen und eingefrorenen Embryonen, also quasi ein Geschwisterchen von Svenja, transferiert wurde«, erklärte Jens.

»Wie kann so etwas passieren?«

»Da muss ein Labormitarbeiter geschlampt haben, wir wissen es auch nicht. Jedenfalls war es Zufall, dass der Mitarbeiter im Institut das herausgefunden hat. Auch meiner Frau wurden damals für die PID zehn Eizellen entnommen und künstlich befruchtet. Wir haben die übrigen, gesunden dann einfrieren lassen, für den Fall, dass wir noch ein Geschwisterchen für Svenja haben wollten. Frau Dr. Schwarz hatte eine normale künstliche Befruchtung, ohne PID. Wie diese Embryonen dann gelagert und verwechselt werden konnten, ist uns auch ein Rätsel.

Aber genau diese Verwechslung der Embryonen brachte den Institutsmitarbeiter und Dr. West erst auf die Idee, generell diese übrig gebliebenen Embryonen bei anderen Frauen, quasi als zusätzlichen Trumpf, einzusetzen. Als meine Tochter Svenja dann krank wurde und sich kein passender Spender für die Blutstammzellentransplantation fand, mussten wir auf diese Möglichkeit zurückgreifen. Die ganze Sache wäre aufgeflogen, wenn ich Linda direkt darauf angesprochen hätte, und damit wäre auch die Möglichkeit, Svenja zu helfen, vertan gewesen. Was würden Sie alles tun, um das Leben Ihres Kindes zu retten?«

Nancy sah ihn groß an, doch es schien so, als hätte sie darauf keine Antwort.

»Die Sache ist aus dem Ruder gelaufen. Das tut mir sehr leid und war nicht beabsichtigt.« Jens räusperte sich. »Wir wussten zuerst nicht, dass Thomas bereits Beweise gesammelt hatte. Nach seinem Unfall habe ich Linda angeboten, dass Leonie zu uns kommen könnte, das hat sie aber abgelehnt. Als Linda und ich die Daten auf dem USB-Stick analysierten, war ich auf ihre Reaktion gespannt, doch es hätte mir von vornherein schon klar sein müssen, dass Linda diese Vorgehensweise nicht für gut befindet. Dann wollten wir Leonie aus der Villa abholen. Ich habe den Haustürschlüssel von Thomas im Krankenhaus mitgenommen und Dr. West den Code für die Alarmanlage gegeben. Wir konnten ja nicht ahnen, dass Leonie bei Linda schläft und diese beim kleinsten Geräusch die Polizei verständigt. Nach dem Einbruch wollten wir Linda ins Krankenhaus bringen, damit wir Leonie einige Tage in unserer Obhut gehabt hätten, doch auch das wollte sie nicht. Die Zeit drängte mittlerweile und Svenja ging es immer schlechter. Selbst der letzte Versuch, Linda mit einem Mittel für einige Zeit ruhig zu stellen, als sie dachte, ihre Tochter sei entführt worden, misslang. Meine Frau hat Leonie einem befreundeten Arzt übergeben, der als Weihnachtsmann verkleidet war. Er hat sie in seine Klinik gebracht und für ein paar Stunden ruhig gestellt. Leonie hatte keine Schmerzen. Bei der peripheren Blutstammzellenentnahme ist es nicht mehr so wie früher bei einer Knochenmarksspende. Ähnlich wie bei einer Dialyse werden innerhalb von drei bis vier Stunden durch ein spezielles Verfahren Blutstammzellen entnommen und das Blut dem Spender über die andere Armvene sofort wieder zurückgeführt. Von all dem hat Leonie nichts mitbekommen, sie hat geschlafen. Da sie danach die ganze Zeit bei uns zu Hause war, kann sie sich auch an nichts anderes erinnern. Aber Svenja ist gerettet.«

»Und Frau Dr. Linda Schwarz ist tot!«, sagte Nancy.

»Das ist ganz furchtbar und lag leider nicht in unserer Hand und noch mal die Frage …«, Jens lehnte sich nach vorne und nahm seine Brille.

«Was würden Sie tun, um das Leben Ihres Kindes zu retten?«

Zum Buch & Danksagung

Im Psychothriller „Memory-Effekt“ werden drei Schwerpunktthemen behandelt: zum einen der psychologische Hintergrund, zum anderen die Präimplantationsdiagnostik, die im Nachwort nochmals ausführlicher dargestellt wird. Aber auch – und die Recherche hierzu hat mir oftmals einen Schauer über den Rücken gejagt – die häusliche Gewalt. Die weltweit häufigsten Menschenrechtsverletzungen sind Misshandlungen in einer Partnerschaft. Wie im Roman bereits erwähnt, muss es sich bei dem Opfer nicht zwangsläufig um eine Frau handeln. Zuerst ist es die große Liebe, doch nach und nach bröckelt sie und weicht der Gewalt. In den Medien werden Misshandlungen meist „nur“ als körperliche Grausamkeiten dargestellt. Jedoch ist nachgewiesen, dass psychische und verbale Gewalt genauso folgenschwer sein kann und damit der körperlichen gleichzustellen ist. Wussten Sie, dass häusliche Gewalt die häufigste Todesursache europäischer Frauen zwischen 22 und 44 Jahren ist? Für mein Buch durfte ich eine Betroffene interviewen. Einige Horrorszenarien, die Mia Kronen erlebte, entsprechen daher leider auch den traurigen Tatsachen. Zutiefst schockiert über diese Rechercheergebnisse ist es mir ein großes Bedürfnis, mich bei Mia Kronen (entspricht nicht dem realen Namen) zu bedanken. Sie hat es geschafft und konnte nach vielen Jahren ihrer Ehehölle entkommen.

Wie immer an dieser Stelle möchte ich mich auch diesmal bei vielen Personen bedanken, ohne die es „Memory-Effekt“ in dieser Form nicht gegeben hätte. Zuerst natürlich bei Ihnen, meinen Lesern. Danke, dass Sie sich aus der großen Vielfalt der angebotenen Bücher dieses ausgesucht und gelesen haben. In der Hoffnung, dass ich Sie für einige Stunden unterhalten konnte, würde ich mich über ein nettes Feedback in Form einer Rezension sehr freuen.

Das Haareraufen und Schenkelklopfen während der Bearbeitung des Manuskriptes wird von Buch zu Buch weniger. Ob es daran liegt, dass die verrückte Autorin gezähmt wurde oder dazulernt, kann ich nicht mit Gewissheit beantworten. In diesem Sinne ein dickes Dankeschön an meine liebe Lektorin (und Dompteuse) Textehexe Susanne Pavlovic.

Das Spiel (Buch) ohne den Joker zu beenden wäre töricht. Ein herzliches Dankeschön geht daher an meinen Joker Anke Höhl-Kayser.

Meine liebe Kollegin Greta Schneider hat während der

Entstehung immer wieder ein prüfendes Auge auf den Text werfen können. Die Anmerkungen waren gering, trafen jedoch immer genau ins Schwarze. Danke, Hase.

Apropos „Hase". Meine liebe Nancy Hesse hat mir freundlicherweise ihren Namen zur Verfügung gestellt. Falls die Ähnlichkeit mit dem Charakter im Buch zu gravierend ist und sich jemand beschweren sollte, du weißt ja: „Bellende Hunde miauen nicht".

Ohne meine Betaleserinnen wäre ich aufgeschmissen. Ihr seid echt klasse, Mädels. Lieben Dank! (Nennung in alphabetischer Reihenfolge) Christina Deppermann, Mel Döhring, Beata Koch, Katja Peters und Steffi Schaaf.

Nachwort

Die medizinischen Grundlagen für die Handlung meines Romans sind wieder einmal nicht erfunden. Während die in-vitro-Befruchtung, also die Befruchtung im Reagenzglas, bereits vielen Paaren den sehnlichen Wunsch nach einem Kind erfüllt hat, geht die Präimplantationsdiagnostik (PID) noch einen Schritt weiter. Das Erbmaterial der Eizellen wird getestet, bevor sie der Mutter eingesetzt werden.
Ursprünglich wurde dieses Verfahren entwickelt, um sicherzustellen, dass eine schwere erbliche Belastung seitens der Eltern nicht auf das Kind übertragen wird. Durch eine Hormonbehandlung lässt man mehrere Eizellen gleichzeitig reifen und befruchtet sie anschließend im Reagenzglas. Danach folgt ein Gentest, durch den genetisch gesunde Embryonen identifiziert und der Mutter eingepflanzt werden.

Für Eltern, die mit Erbkrankheiten vorbelastet sind und Angst haben, diese an ihre Kinder weiterzugeben, ist die Präimplantationsdiagnostik sicherlich ein Segen. Gleichzeitig wirft sie aber grundlegende Fragen auf.
Was beispielsweise geschieht mit den überzähligen Embryonen, die bei dieser Vorgehensweise zwangsläufig entstehen? Friert man sie ein, quasi als Vorrat für eine

weitere Schwangerschaft?
Die meisten „PID-Eltern“ entscheiden sich gegen eine weitere Schwangerschaft, weil sie meist Mehrlinge zur Welt bringen. Was passiert in einem solchen Fall mit den übrigen Embryonen? Bleiben sie auf unbestimmte Zeit eingefroren? Oder vernichtet man sie, direkt nachdem eine ausreichende Anzahl befruchteter Eizellen eingepflanzt wurde?

Ein weiteres Problem: Die meisten Behinderungen von Kindern sind nicht genetisch bedingt, sondern entstehen während der Schwangerschaft oder der Geburt durch Krankheiten, Umweltgifte oder medizinische Komplikationen. Ein Wundermittel gegen das Schicksal, ein behindertes Kind zu bekommen, stellt die PID also keinesfalls dar.

Kritiker der PID wenden sich vor allem gegen die Möglichkeit, mithilfe dieser Technik „Designkinder“ erzeugen zu können.
Und das ist leider keine Science-Fiction: Intelligenz, Veranlagung, Geschlecht, Haar- und Augenfarbe sowie zahlreiche weitere Eigenschaften eines Kindes lassen sich mit dieser Methode von vornherein bestimmen.
Würde sich die PID in der Breite durchsetzen, wären wir dann womöglich auf dem Weg zum optimierten Menschen? Geht uns die genetische Vielfalt verloren? Werden Kinder nach Modeerscheinungen „designt“? Wird es irgendwann

sogar einen Zwang zur Embryonenoptimierung geben, damit das Kind im späteren Leben Chancen auf eine gute Ausbildung und beruflichen Erfolg hat?

Inzwischen wird die PID zu vielen Zwecken eingesetzt: zur Feststellung von Veranlagungen für Krankheiten, die erst im späteren Leben auftreten können, wie zum Beispiel Alzheimer, zur Geschlechtswahl oder zum Zwecke von Blut-, Organ-und Gewebespenden an Dritte.
Ein Kind als Ersatzteillager? Vielleicht sind Sie davon ausgegangen, dass ich mir diese schreckliche Vorstellung für meinen Roman ausgedacht habe, allerdings hat es in Großbritannien tatsächlich einen solchen Fall gegeben.

Selbst die besten Wissenschaftler und Fachexperten haben heute noch keine Antworten auf diese Fragen. Doch über kurz oder lang werden wir entscheiden müssen, in welche Richtung sich unsere Gesellschaft weiter entwickelt.

Ihnen und Ihrer Familie wünsche ich in jedem Fall alles Liebe und Gute.
Ihre Lena Sander

7281703R00174

Printed in Germany
by Amazon Distribution
GmbH, Leipzig